絵の語る歌謡史

小野恭靖

和泉書院

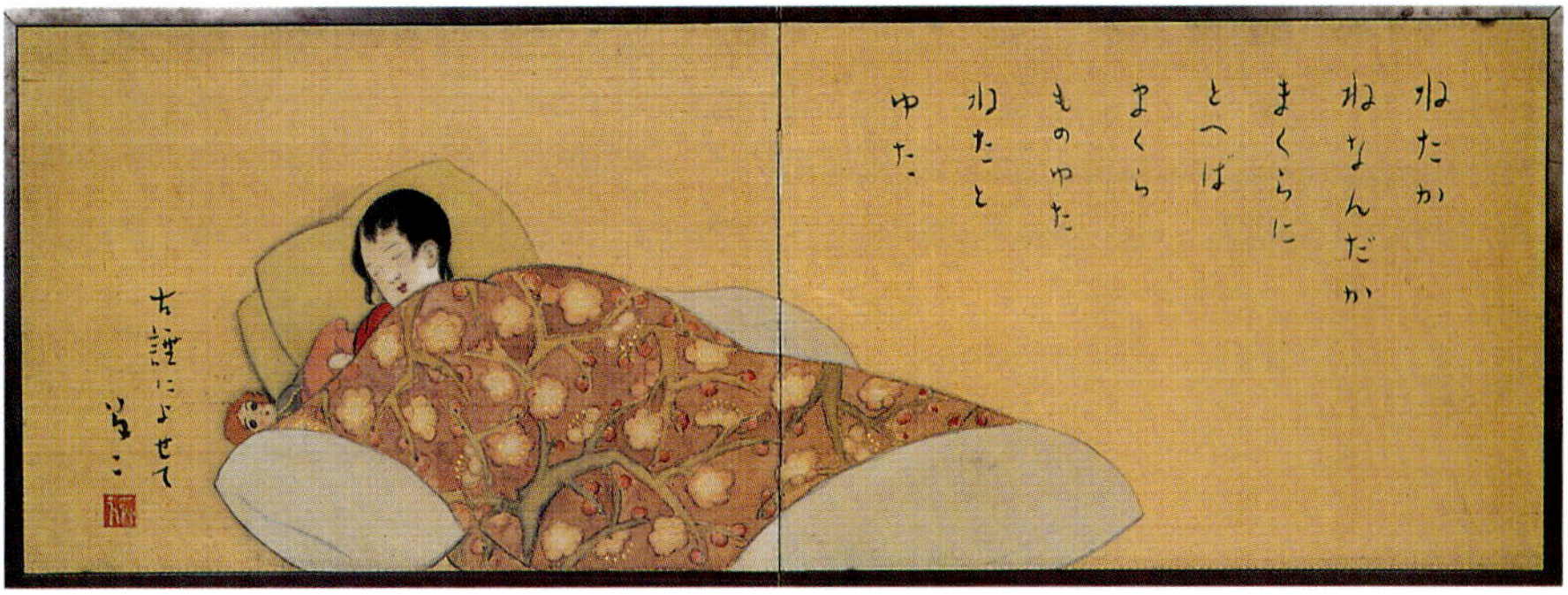

夢二「ねたかねなんだか」枕屛風

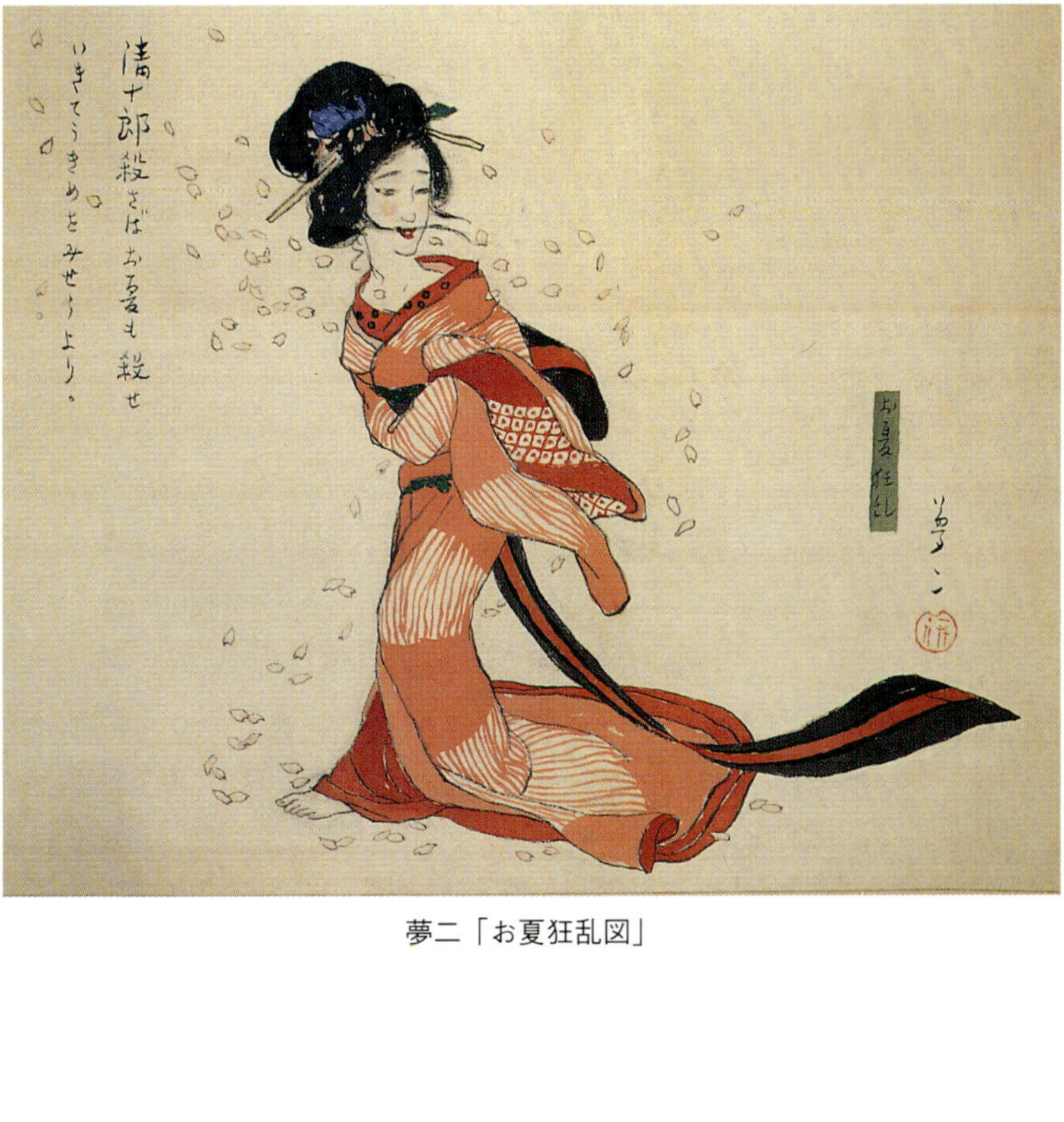

夢二「お夏狂乱図」

白隠「おたふく女郎図」

『七十一番職人歌合』所収「放下」

『七十一番職人歌合』所収「鉢扣」

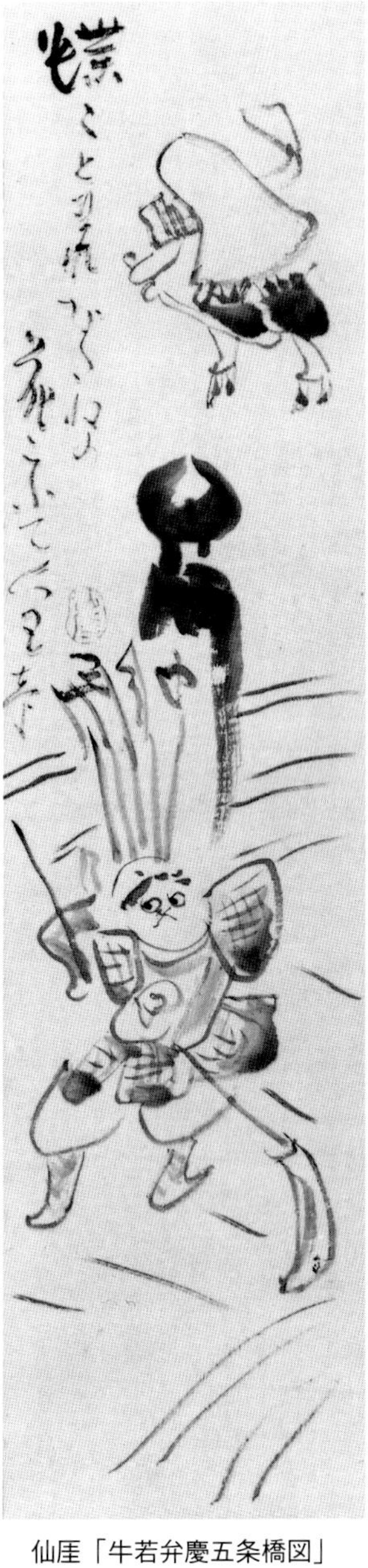

仙厓「牛若弁慶五条橋図」

仙厓「指月布袋図」

仙厓「鈴鹿峠図（乙）」

いせ辰江戸千代紙「かまわぬ（鎌〇ぬ）」

ぽち袋「宇治は茶所…」

ぽち袋「伊勢は津でもつ…」

ぽち袋「わたしや備前の…」

「しんぱんちんはんづくし」

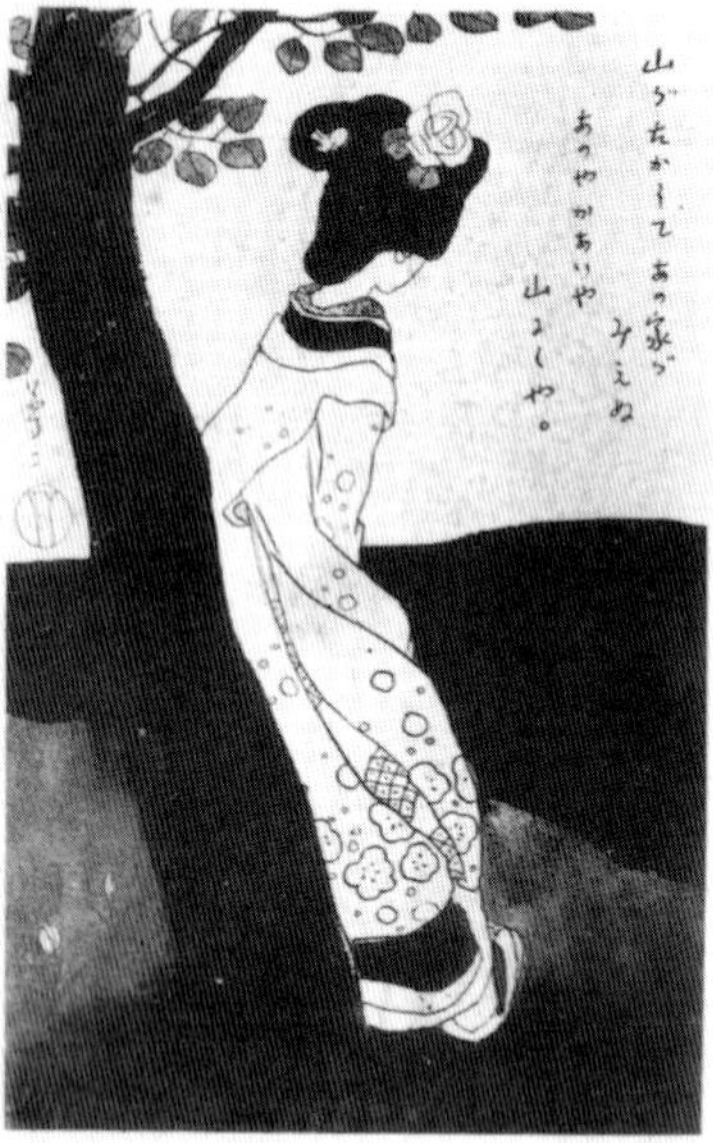

『月刊夢二ヱハガキ』第八集
「山がたかうて…」

『月刊夢二ヱハガキ』第八集
「親は他国に…」

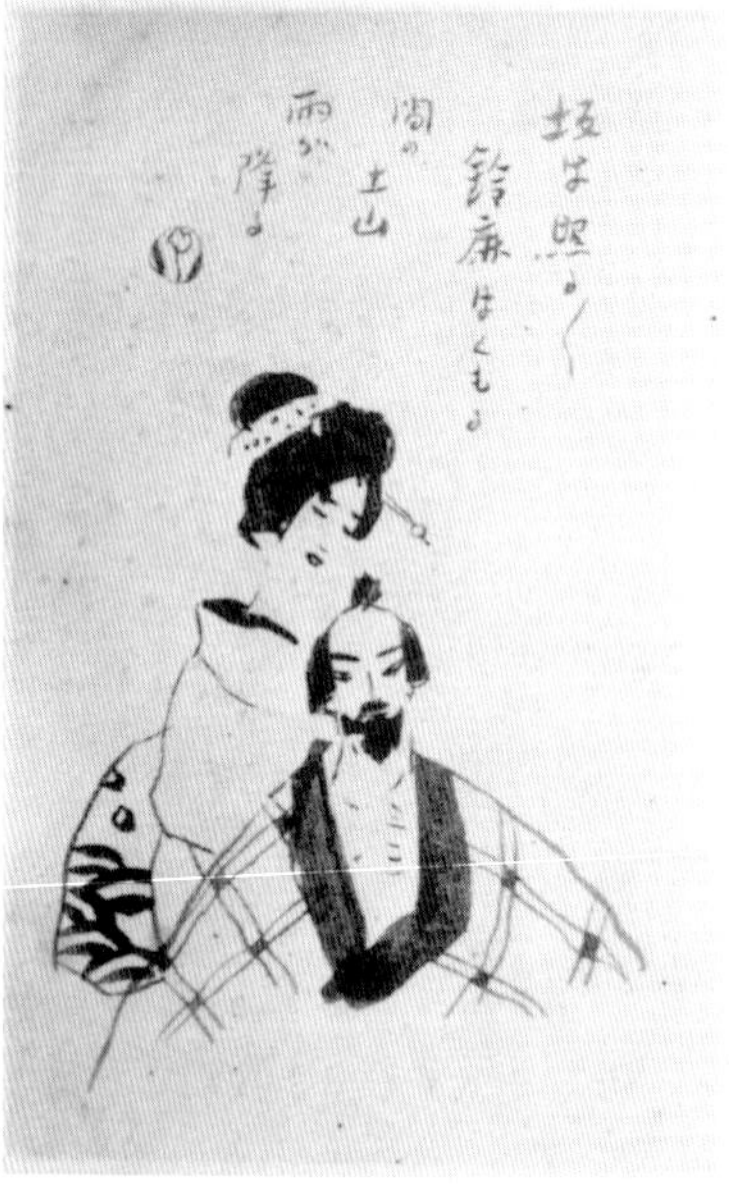

『月刊夢二ヱハガキ』第十六集
「坂は照る照る…」

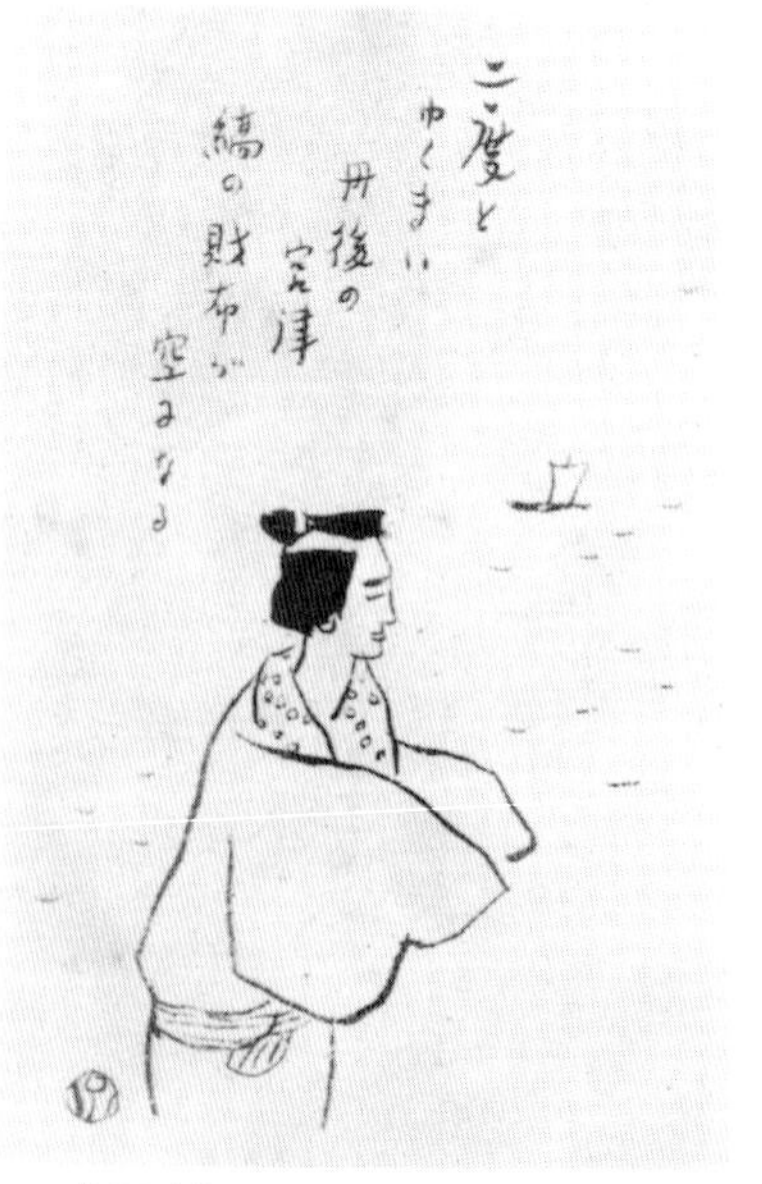

『月刊夢二ヱハガキ』第十六集
「二度とゆくまい…」

『月刊夢二ヱハガキ』第三十二集
「ふじのしら雪…」

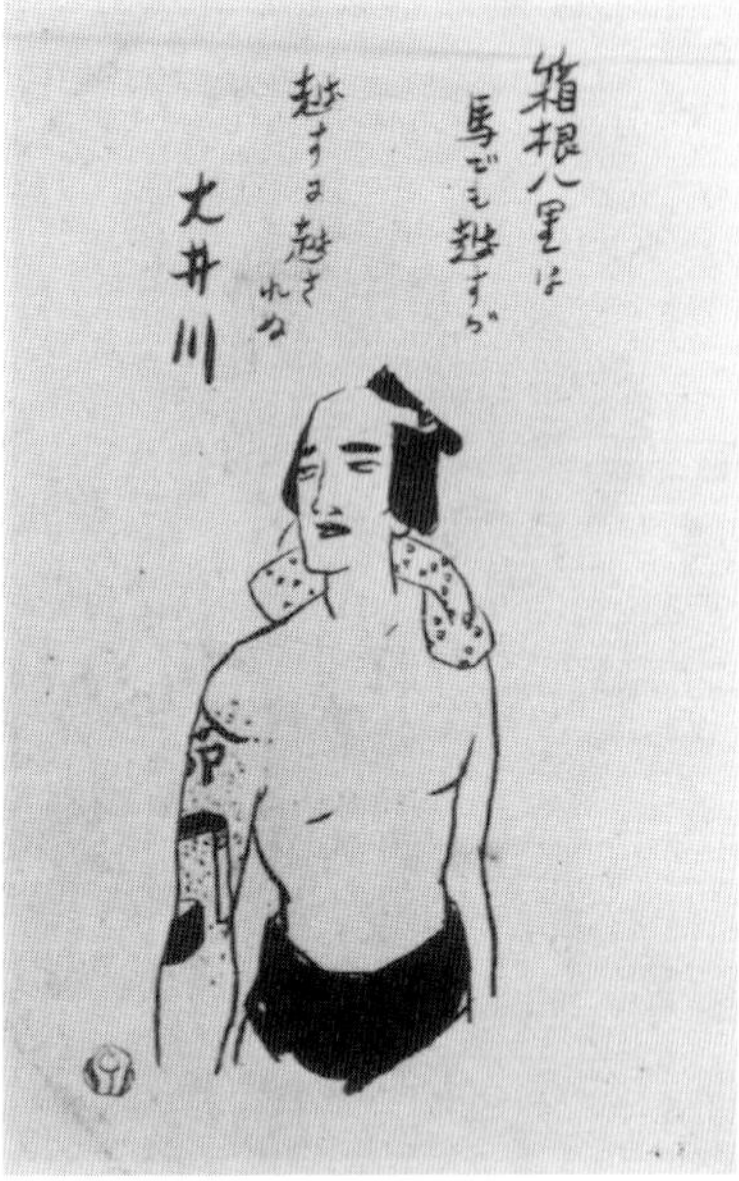

『月刊夢二ヱハガキ』第十六集
「箱根八里は…」

『月刊夢二ヱハガキ』第四十九集
「恋にこがれて…」

『月刊夢二ヱハガキ』第三十二集
「宇治は茶どころ…」

明治廿一年二月五日印刷 麻布區飯倉町五丁目四十八番地印刷者小川敬藏
明治廿一年二月十一日出版 著作兼発行者日本橋區通三丁目一番地 石島八重

「ちんわんぶし（仮称）」

序に代えて――歌謡史と絵画史の遭遇

歌謡は常にその時代の人々の喜怒哀楽の思いの中に成立し、そして流行した。我が国の先人は早くに歌謡を歌い始めたが、それらの多くは『古事記』『日本書紀』『風土記』などの文献中に取り込まれている。その後、いくつもの流行歌が興り、そして消滅して行った。平安時代の地方民謡である風俗歌《ふぞくうた》や催馬楽《さいばら》は庶民の声であり、今様は時の帝王をさえ虜《とりこ》にした。今様には仏教信仰への熱い思いを歌った歌も多くあった。鎌倉時代から南北朝時代には東国の武士階級を中心に早歌がはやり、その後、町衆を熱狂させた室町小歌が興った。江戸期には遊里や酒席で多くの流行歌が生み出され、地方の民謡にまで流入することとなった。

先年、なかにし礼氏によって書かれた『長崎ぶらぶら節』は、江戸時代から近代へ継承された歌謡の命を守るために奮闘した男と女の物語であった。古賀と愛八はその生涯をかけて、ぶらぶら節をはじめとする長崎の遊里歌謡を残そうとした。その背景には、ひとつの歌謡が次の時代にまで生き延びることの困難さがある。歌謡を後代に残すことは、その時代に生きた人々の心の歴史を残すことに他ならない。この意味で日本歌謡研究は、日本研究・日本人論の基礎に置かれるべきものである。小泉八雲ことラフカディオ・ハーンは日本を西欧に紹介したことで知られるが、しばしば日本のわらべうたや古い流行歌、仏教歌謡などについて記している。それは八雲ならではの烱眼によるものであった。このように考えれば、『長崎ぶらぶら節』は近年出色の日本人論と呼べるのである。そして言うまでもなく、歌謡を愛する人々への最大級の讃歌でもあった。

明治時代以降には、学校教育が制度化され、次第に音楽教育への関心も高まっていったが、少なくともその一部は歌謡教育と言っても差し支えがない側面を持っている。新しく制定された文部省唱歌がその代表格であるが、近年この分野の研究が活性化している。また、近代の創作歌謡作家としての北原白秋や竹久夢二、野口雨情、西条八十への視座も不可欠のものとなりつつある。彼らによって生み出された創作歌謡は現代の歌謡曲の基盤となったもので、古賀政雄のメロディーを支えた歌謡もその流れを汲んでいるといってよいであろう。それは形を変えて、今日の演歌やＪポップにまで至っている。中島みゆき、浜崎あゆみといった流行歌手の曲にのせられた歌詞も、それらと決して無縁ではない。

ところで近年、文学と絵画の関係をめぐる問題が次第にクローズアップされるようになってきた。国文学関係の月刊雑誌にはしばしば文学と絵画の関係をテーマに据えた特集が組まれ、文学論集や講座にもこのテーマに一冊が与えられることが増えた。そもそも日本古典文学研究者による絵画資料への言及は、早くから行われていた。平安文学関係では屛風絵、歌仙絵、物語絵巻等をめぐる諸問題について、厚い研究の蓄積を持つ。中世文学においては室町時代物語の研究上、絵巻や奈良絵本への目配りは不可欠であった。また、仏教布教のために絵画を用いて口頭で説く〝絵解き〟の紹介や研究も盛んに行われてきた。近世文学では黄表紙を中心とする草紙物の挿絵の問題や漢詩文と題画文学の問題が論じられてきた。一方、美術史研究においても歌絵、判じ絵（判じ物）、浮世絵等から文学とのかかわりを積極的に推し進める動きが広がってきたと言える。

筆者は約二十年間日本古典文学の一ジャンルである歌謡の研究にかかわってきたが、歌謡研究は現在においても、十分に市民権を得たという状況にはない。したがって、先に掲げたような文学と絵画にかかわる特集を扱った雑誌や論集類にも、歌謡と絵画についての論文は皆無に近い。しかし、歌謡にも絵画と深くかかわる資料が豊富にある。そこには歌謡文学と絵画との密度の濃い出会いがあると言えよう。それはあたかも絵を眺めていると、それらが語り、そして歌い始める歌謡の歴史を紡ぎ出すことができるかのようである。

歌謡と絵画をめぐっては、優れた先行研究も一編や二編にはとどまらない。筆者も学を志した二十歳代の頃から、このテーマを研究対象のひとつに据え、拙いながらもいくつかの論考を発表してきた。*しかし残念ながらそれらの論考は、論文集のなかにあっては散発的な印象を与える憾みがあった。また一方では、その後このテーマにかかわる何編かの新稿を執筆することもできた。そこで、改めて絵画の語ってくれる歌謡史に虚心に耳を傾け、これまでに執筆してきた文章を中心に体系的に整理して一書としたいと願うに至ったのである。本書『絵の語る歌謡史』はこのような経緯で出来上がった。したがって、前掲小著のなかの絵画にかかわる論文をもとに、一般向けに改稿した箇所を含んでいる。そのため、一部の内容に既刊小著と重複する箇所があることを御了承願いたい。

ではこれから読者の皆様にも、絵画の語る歌謡の歴史に耳を傾けていただきたい。

＊　『「隆達節歌謡」の基礎的研究』（平成9年・笠間書院）、『近世歌謡の諸相と環境』（平成11年・笠間書院）、『ことば遊びの文学史』（平成11年・新典社）

目次

I 『平家納経』――表紙絵・下絵・挿絵と歌謡

はじめに

歌謡は口頭で享受されることを主とし、歌い捨てられることがほとんどであったが、稀に一部の歌詞《かし》が書き留められることがあった。それらは歌謡の総数からすれば、まさに氷山の一角という譬えがふさわしい程度の量であったと思われるが、時代的には相当に古くからのものが残されている。それらの歌謡が書き留められた理由も一様ではない。すなわち、記紀歌謡のように物語・説話を背景に負う歌謡群は、その伝承に付随して書き留められた。他方、『梁塵秘抄《りようじんひしよう》』や『閑吟集《かんぎんしゆう》』所収歌謡群のように、流行歌謡を書き留めようとする奇特な御仁による、歌謡の集成それ自体を目的として編まれた歌謡集に収録されたものも存在する。その歌謡が収録される集成を書物の形態としての観点からみれば、そこに絵画とのかかわりを指摘することも可能である。すなわち、歌謡集のなかには下絵入りの高級料紙《りようし》が散見する。また、時代が降ると、写本・版本ともに、歌謡集編集上の工夫として挿絵が入れられることがあった。一方、歌謡集そのものではないが、経典の表紙、見返し、紙背《しはい》には葦手《あしで》を用いた歌絵《うたえ》の意匠として歌謡詞章《ししよう》が指摘できる例もある。

ここでは歌謡と絵画の関連を総合的に捉える試みとして、表紙絵（見返し絵、紙背絵を含む）・下絵・挿絵と歌謡について、一部の具体例を指摘しながらその効果を論じていきたい。

一　表紙絵・見返し絵・紙背絵と歌謡―『平家納経』の歌絵―

歌謡にかかわる絵画資料として貴重なものに『平家納経《へいけのうきよう》』がある。これについては小著『ことば遊びの文学史』（平成11年・新典社）所収「歌絵と葦手絵」のなかで述べたが、葦手は歌絵の一技法に他ならない。したがって、以下に『平家納経』における歌絵（葦手を用いた例を含む）の概要を簡単に紹介し、本章での中心的テーマである歌絵による表紙絵・見返し絵・紙背絵の歌謡についてやや詳しく指摘したい。

『平家納経』は長寛二年（一一六四）に平家一門が安芸国《あきのくに》宮島の厳島神社《いつくしまじんじや》に奉納した装飾経である。全三十三巻で、内訳は法華経が二十八巻、無量義経《むりようぎきよう》、観普賢経《かんふげんきよう》、阿弥陀経、般若心経、平清盛自筆願文各一巻となっている。このうち法華経二十八巻の方便品《ほうべんぼん》、薬草喩品《やくそうゆぼん》、宝塔品《ほうとうほん》、提婆品《だいばほん》、寿量品《じゆりようほん》、分別功徳品《ふんべつくどくほん》、妙音品《みようおんぼん》、普門品《ふもんぼん》、陀羅尼《だらに》品《ほん》、厳王品《ごんのうほん》、法師功徳品《ほうしくどくほん》（勧発品《かんぱつほん》）の表紙、見返し、料紙の天地、紙背等に歌絵と認められる調度類などの品々が描き出されている。

歌絵はすなわち判じ絵の前身に当たるが、今様法文歌《いまようほうもんか》を歌絵によって表現した例が見られる。亀田孜《かめだつとむ》「平家納経の絵と今様の歌」（『仏教芸術』第百号〈昭和50年2月〉）によれば、厳王品の表紙には「そのほと」「長夜」「の」等の文字が描き入れられているという。これは『梁塵秘抄』巻一・一八及び巻二・一九四に重出する今様法文歌「釈迦の月は隠れにき、慈氏《じし》の朝日はまだ遥か（なり）、そのほど長夜《ぢやうや》の闇《くら》きをば、法華経のみこそ照らいたまへ」の歌絵である。また、「しつかに」「山りむ」「ひとりゐて」「す道」等の文字が描き入れられた法師功徳品（亀田氏はもと、勧発品と推測）見返し絵には、『梁塵秘抄』には見えない「山林静かに独りいて、修道法師《すだうほふし》の前にこそ、普《ふ》賢薩埵《げんさつた》は見え給へ」(1)なる今様法文歌の歌絵意匠が見られるとも指摘する。

さらに小松茂美『平家納経の研究』（昭和51年・講談社）によれば、厳王品の見返しに瓶、岩、水鳥等の絵と「五百」「あな」「仏と」などの文字が書き入れられているという。小松氏はこれを『梁塵秘抄』巻一・二一及び巻二・二二重出の「釈迦の正覚《しやうがく》成ることは、このたび初めと思ひしに、五百塵点劫《ごひやくぢんでんごふ》よりも、彼方に仏に成りたまふ」という今様法文歌の歌絵と解釈する。また、宝塔品の紙背にも『梁塵秘抄』巻二・七二番歌「幼き子どもは稚《いとけな》し、三つの車を請ふなれば、長者はわが子の愛《かな》しさに、白牛の車ぞ与ふなる」という今様法文歌が歌絵として描かれているという。いずれも興味深い考察であり、傾聴すべきである。なお、後者は『梁塵秘抄』のなかでも「法華経二十八品歌」に属し、しかも譬喩品《ひゆぼん》を歌った一首である。あるいはもともと譬喩品に使用されるはずであった歌絵の草稿を反古として宝塔品の紙背にまわしたものであろうか。

二　下絵と歌謡

歌謡集のなかには豪華な下絵入りの料紙を用いた例もみられる。以下、その具体例として「梁塵秘抄切《ぎれ》」（後白河院撰『梁塵秘抄』の断簡と推定される古筆切）と「隆達節歌謡《りゆうたつぶしかよう》」の一歌本《うたほん》を紹介していくこととする。

1　「梁塵秘抄切」

歌謡を書き留めた書物の断簡、すなわち古筆切として今日もっとも注目されるものに、「梁塵秘抄切」がある。現在のところこれに該当する断簡は合計四葉が指摘されているが、うち三葉までは『梁塵秘抄口伝集《りようじんひしようくでんしゆう》』（以下、単に口伝集と呼ぶ）の断簡と目され、残る一葉は歌謡集か口伝集か速断を許さない。すなわち、浄土真宗本願寺派蔵

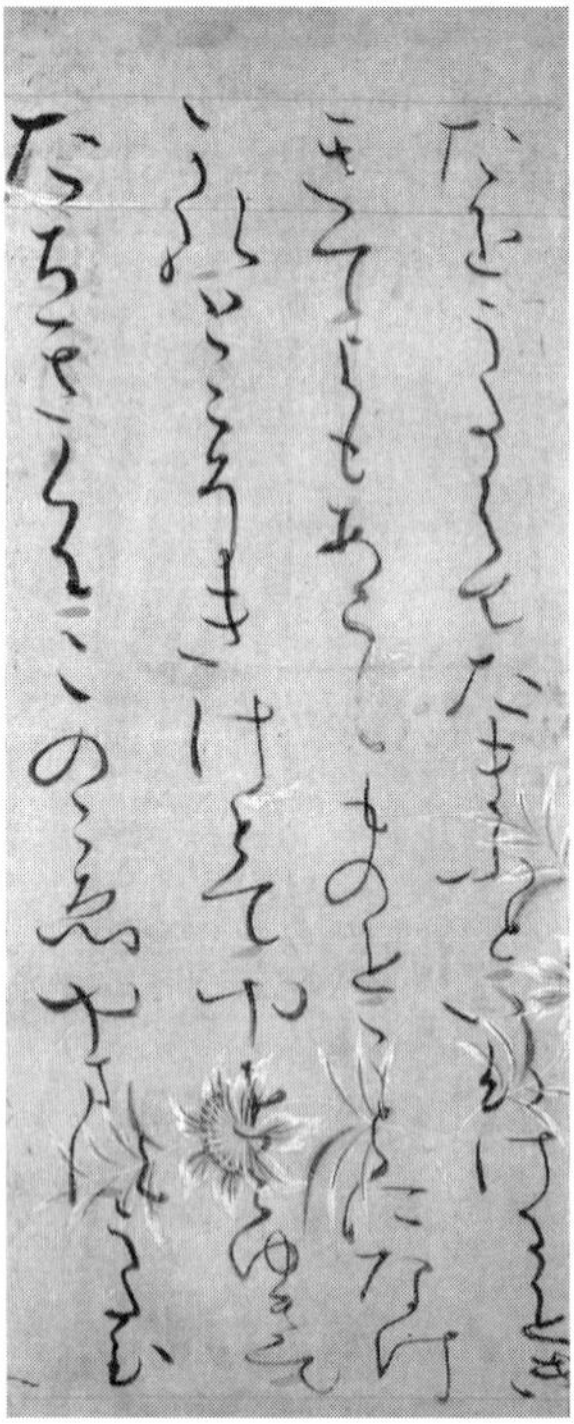

図1　『高窠帖』所収「梁塵秘抄切」

手鑑『烏跌鑑《うけつかん》』所収断簡と上野学園日本音楽資料室蔵断簡、三井文庫蔵手鑑『高窠帖《たかまつじょう》』所収断簡（図1参照）の三葉は、天部の二重界のうち上に当たる線から書き出しており、内容的にも地の文を含んでいるところから、口伝集の断簡と目される。一方、穂久邇《ほのくに》文庫蔵の断簡（通称「龍女の今様」）には明らかに今様法文歌が記されているが、二重界のうちの下の線から書き出している。前述のように、上野学園日本音楽資料室蔵断簡は口伝集の一部と思われるが、その二行目からは今様歌謡が書かれ、書き出しは下の線から始まっている。すなわち、口伝集のなかに歌謡が引用される場合には、二本の界《かい》のうち下の線から書き出しているのである。以上のような点からすれば、穂久邇文庫蔵の断簡を歌謡集と断定するのは、いささか早計に過ぎよう。これら「梁塵秘抄切」のツレ四葉の原本は、口伝集であった可能性もあながち否定できないのである。

以上、四葉の「梁塵秘抄切」をめぐっては古谷稔「後白河法皇の仮名書法と「梁塵秘抄断簡」—書の〝ゆらぎ〟と筆跡考証の視点—」（『MUSEUM』第五百六十三号〈平成11年12月〉）に詳しい。これら四葉に共通した特徴として重要な点は筆跡が同筆と考えられることに他ならないが、その料紙の下絵に金泥の鳥、蝶、法相華《ほうそうげ》唐草《からくさ》が描き出されていることも見逃せない。これら断簡の原本にあたる『梁塵秘抄』は、後白河院を伝称筆者とするにふさわしい豪華な下絵入り料紙が用いられていたことは注意すべきことと思われる。これは歌謡が単なる備忘録としての書き留めでなく、勅撰集にも匹敵するような文学作品として後代に残された数少ない例に他ならない。すなわち、当代一の人であった後白河院との千載一遇を果たした今様雑芸《ぞうげい》歌謡の幸運が再認識されてしかるべきであろう。

2　光悦本「隆達節歌謡」断簡

巻子本《かんすぼん》、冊子本《さっしぼん》、断簡《だんかん》として数多くの歌本を擁する「隆達節歌謡」には、光悦本《こうえつぼん》もしくは嵯峨本《さがぼん》と称される下絵入りの豪華料紙にしたためられたものも存在する。詳細については別に述べたが、[2]以下に要点を記しておく。

光悦本の「隆達節歌謡」歌本は歌謡本文を角倉素庵《すみのくらそあん》が筆写し、その後隆達が節付けして奥書の年紀や宛名を入れたと言われている。今日この歌本は切断され、七点の断簡が確認できる。これは元来百首の小歌《こうた》を収録する歌本であり、少なくともこの他に三点以上の断簡が存在したものと推定できる。また、京都民芸館旧蔵の末尾に当たる断簡（図2参照）に「慶長十年九月日　自菴隆達（「達」は花押）茶屋又四郎殿」と、年紀及び宛名があるところから、この歌本は本来「慶長十年（一六〇五）九月伝角倉素庵筆茶屋又四郎宛百首本」と称すべきものであったと言える。

この「慶長十年九月伝角倉素庵筆茶屋又四郎宛百首本」断簡七点を、仮に(1)〜(7)の数字によって示すと、それぞれには次のような意匠の金銀泥下絵《きんぎんでいしたえ》が入れられている。なお、漢数字は当該断簡所収歌を、「隆達節歌謡」の一歌本で、歌数も多く小歌配列の規範的性格を有している「年代不詳二百首（詠曲秘伝抄《えいきょくひでんしょう》）本」の歌番号によって示したものである。

(1)梅下絵……一〇一〜一〇七・一〇九・一〇八（前半）

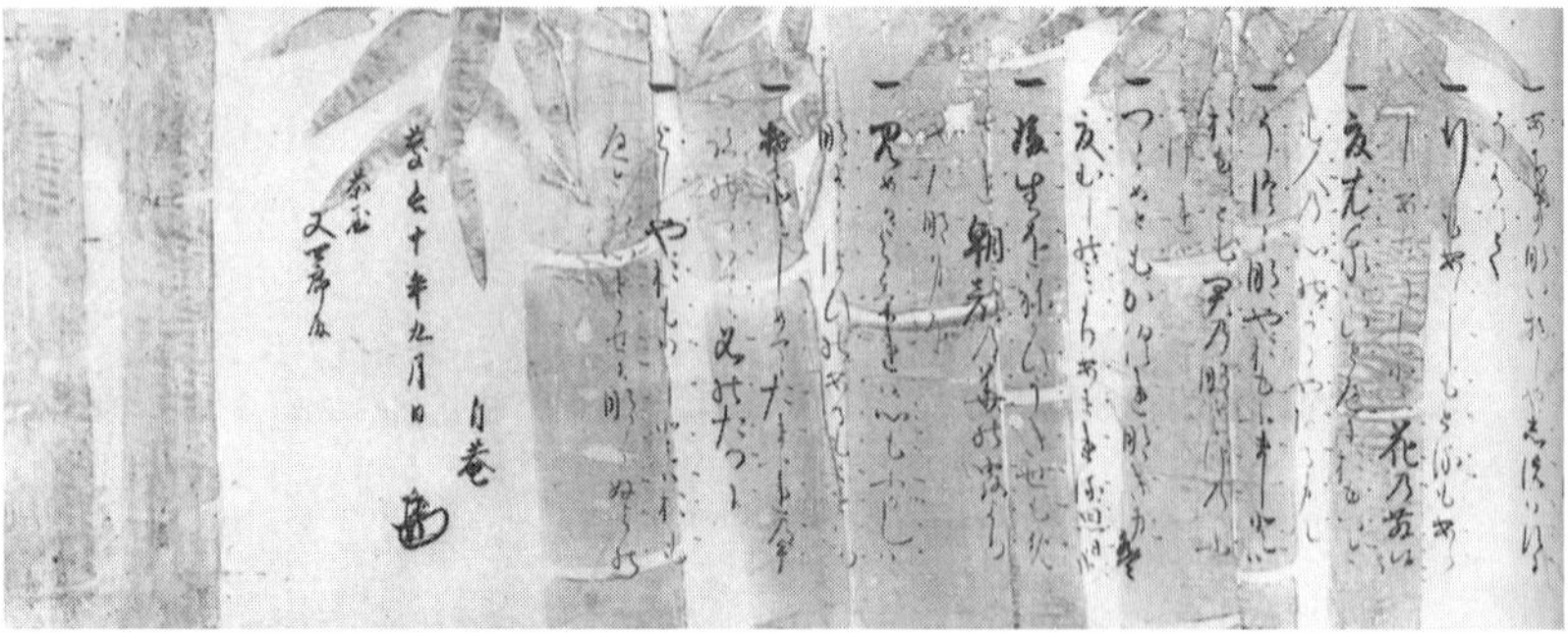

図２　「隆達節歌謡」（慶長十年九月本）末尾断簡

⑵梅・蔦下絵……一一〇～一一九
⑶蔦下絵……一二一～一二五
⑷蔦・細竹下絵……一三三・一六六・一三四～一四一・一四三・一四四
⑸藤下絵……一五三～一六一（前半）
⑹藤下絵……一六一（後半）～一六五・一六七～一七八（前半）
⑺太竹下絵……一九五～二〇〇・一三一・一八四・一四二・奥書《おくがき》

「年代不詳二百首（詠曲秘伝抄）本」の歌番号で一〇一から二〇〇番歌に相当する小歌の配列から考えて、本来のこの歌本は一般的な百首に続く第二番目の百首が記されていたことがわかる。[3] また、歌番号の断続の状況からすれば、⑶と⑷の間、⑷と⑸の間、⑹と⑺の間の三箇所に相当する断簡が別に存在したことを想定させる。それら三箇所の断簡は下絵の流れからすると、⑶と⑷の間が蔦下絵、⑷と⑸の間が細竹下絵（藤下絵は⑸の冒頭部分から始まっているため）、⑹と⑺の間が藤及び太竹下絵となる。これらの下絵は金銀泥による豪華絢爛たる下絵で、俵屋宗達の趣向によるものと思われるが、直接には本阿弥光悦と親密な関係にあった紙師《かみし》宗二《そうじ》なる人物によって摺られたものと考えられている。[4] 梅、蔦、細竹下絵の部分にそれぞれ「隆達節歌謡」の十七、八首分ずつが記され、続く藤下絵にはやや長い約三十首分が、そして最後に太竹下絵には十七、八首分と奥書が記されていたものと推定できる。

三　挿絵と歌謡

挿絵と歌謡の関係が密接になるのは、江戸期に入り、歌謡集の版本が続々と刊行されるに至ってからのことであった。以下に江戸時代の歌謡集に見える挿絵のうち、花街での流行歌謡集の性格を持つ『ぬれほとけ』と『潮来《いた》絶句《こぜつく》』、近世民謡集の『絵本倭詩経《えほんやまとしきょう》』と『山家鳥虫歌《さんかちょうちゅうか》』、近世童謡集の『幼稚遊昔雛形《おさなあそびむかしひながた》』の例を年代順に取りあげて論じていきたい。

1　『ぬれほとけ』の挿絵

『ぬれほとけ』は寛文十一年（一六七一）四月に上板された色道書《しきどうしょ》である。著者は平金と名乗るが、これは古浄瑠璃《こじょうるり》の大立者坂田金平《さかたのきんぴら》を捩《もじ》った筆名であろう。この書において注目されるのは、中巻に当代を代表する三十六人の吉原太夫の挿絵（他に遊客なども描かれる）と各一首の流行歌謡が画賛の形式で書き入れられていることである。この画賛はある意味で、この時期の花街での流行歌謡集の性格を持っていたことになる。歌謡は合計三十六首であるが、うち前半の十八首が片撥《かたばち》、後半の十八首が弄斎節《ろうさい》である。次に三十六人の源氏名《げんじな》と歌謡を列記しておく。

○吉野……もろきは露と誰がいひそめた、我身も草におかぬばかりよ（以下、十八首片撥）
○唐崎《かちさき》……思ひ寝の床ぞひとかたならね、夢にもしぼる袖の白露
○高尾……錦の床もひとりは厭よ、葎《むぐら》の宿に袖を敷きても
○柏木……包むとすれど色にぞ見ゆる、心にあまる花のかほばせ
○白玉……後の世までと契りし中も、別れて行ば夢のたわむれ

○難波……此夕暮は一しほ涙、頼し君に怨み振られて
○石州……夢とは知らで手をうちかけた、覚むれば本の独り寝の床
○常世《とこよ》……身は病葉《わくらば》か問ふ人もなや、怨みは須磨の浪の数々
○若狭……たまさかに君と語ろとすれば、別れを告ぐる鳥ぞ物憂き
○八千代…焦がれて死なば浮名や立たむ、死ての後はとにもかくにも
○田村……我が身は伯牙《はくが》子期《しき》かや君は、別れは誰に引て聞かせん
○高瀬……忍びしことのもし顕われば、それやそれまでよ忍べ戯れよ
○河内……せめては夢にまみへてたもれ、夢には浮名関はすわらじ
○高松……浅茅ケ原の露とも消えよ、迷ひし我も角田川かや
○逢坂……くすむで我に思はせ振りは、厭なら舎《お》きやれふつと罷《や》めべい
○一学《いちがく》……涙の袖に宿れる月は、君にも告げよ夜半の月影
○玄蕃《げんば》……逢夜は後の思ひの種よ、別の明日をかねて思へば
○三笠……別れは憂いと思へど我は、嬉しき君が宵の手枕
○主殿《とのも》……覚めて淋しき怨みの床や、君に添寝の夢を見て（以下、十八首弄斎）
○采女《うねめ》……返す〴〵もこの夕暮は、いとゞ昔が偲ばるゝ
○丹州《たんしゅう》……花は散りてもまたもや咲くが、老に萎《しを》るゝ身ぞ辛き
○長門……寝ても覚めても忘れはせまひ、今朝の別れの睦言《むつごと》を
○花月……永き別れとかねても知らば、怨み口説《くどき》はせまい物

○美穂……扨《さて》も恋には死なれぬものよ、生きて甲斐なの賤《しづ》が身や
○千歳……槿花《きんくわ》一日変わらぬ我が身、頼み少なき世ぞ辛き
○籬垣《ませがき》……枕引寄せ涙とともに、何とせうぞと独り言
○和泉……思ひ〳〵て逢ふ夜はしばし、鳥の空音も止めよかし
○立田《たつた》……裳裾《もすそ》踏むほど馴れにし君も、人目蔽《つつ》めば語られぬ
○吉田……花の盛りを徒《あだ》にぞ暮らし、昔恋しき賤が身や
○越後……神も仏も浮世もいらぬ、君が捨てにし身ぢやものを
○小塩……寝ても寝られぬこの明月は、君の面影身に添ひて
○金吾《きんご》……枕ならでは知る人もなや、誰に語らむ憂き辛さ
○明石……うつらつら〳〵君ゆへ我は、野辺の草木も知らで切る
○淡路……枕並べて語りしことを、忘ればしすな後の世も
○内記《ないき》……思ひ切るとは遣る方なさよ、心乱るゝ捨て言葉
○出羽……今や〳〵と待つ転寝《うたたね》に、知らで明けぬる夜ぞ辛き

ここに収録された歌謡の片撥や弄斎節にはまとまった集成が乏しく、これらは寛文年間（一六六一～七三）、もしくはその直前頃の近世初期流行歌謡の実態を垣間見せてくれる貴重な資料である。

2　『絵本倭詩経』の挿絵

『絵本倭詩経《えほんやまとしきよう》』(5)は明和七年（一七七〇）冬の馬山樵夫《ばざんしょうふ》の序を持ち、翌八年（一七七一）正月、大坂呉服町の池田屋

岡田三郎右衛門から上梓された。三冊本で上巻十二丁、中巻十一丁、下巻十二丁であるが、所収歌謡は各巻とも十一首の合計三十三首である。本文は各葉見開きの両ページを使って、上部に歌謡一首が散らし書きで、また左右いずれかに三～八行の註解がみえ、残りの部分にはその歌謡から喚起される場面の絵が大きく描かれている。それは外題《げだい》のとおり絵本と言ってもよいほどの大きな絵である。

例として巻頭第一首目の部分を次に紹介しておく（図3参照）。ここにみえる歌謡は「朝は起ては父母《おや》様拝《さまおがめ》、爹《お》媓《や》に賢《まさり》し神はなし」で、註解は「父母覆育提挈《ふぼふいくていぜい》の恩徳《おんどく》、其《その》いさおしをかへりみれば、爺《ちゝ》の恩《おん》は山よりも高きゆへに、須弥山五岳山《しゆみせんごがくさん》もたくらぶればひきし。嬢《はゝ》の徳《とく》は海よりも深きによりて、滄溟四瀆《さうめいしとく》もかへつて浅し。易曰《ゑき二いわく》、乾《けんは》天也《てんなり》。故称《ゆへにしやうす》二乎父《ちゝと》一。坤地《こんはち》也《なり》。故称《ゆへにしやうす》二乎母《はゝと》一。また淮《ゑ》南子《なんじ》精神訓《せいしんくん》に以《もつててんを》レ天 為《す》レ父《ちゝと》、以《もつてちを》レ地為《す》レ母《はゝと》とみへたり。爹《ちゝ》は則《すなはち》天神《てんじん》、媓《はゝ》は則地《すなはちじ》神《じん》、信《まこと》なる哉。父母《おや》に賢《まさる》神はなかるべし」である。挿絵は神としての父母が橋上に並んでいる様子が描かれている。

第十首目は「竹《たけ》の丸橋様《まるはしさま》となら渡《わた》ろ、落《おち》て死《し》ぬるともろともに」である（図4参照）。註解はまず『白氏長慶集《はくしちようけいしゆう》』を引用して、『長恨歌《ちようごんか》』における玄宗皇帝と楊貴妃、『大鏡』における村上天皇と宣耀殿女御《せんようでんにようご》という深い愛情によって結ばれた二組の男女の故事を掲げる。そして、末尾には弘法大師の「夫《ふ》妻猶如《さいなをごとし》レ瓦《かわらの》、夫婦の間は水ももらぬやうに、懇《ねんごろ》にすべし」との教えを引いて、この歌謡を偕老同穴《かいろうどうけつ》を歌ったものと解釈している。挿絵には謡曲で有名な高砂の翁《おきな》と嫗《おうな》が描かれている。

3 『山家鳥虫歌』の挿絵

『山家鳥虫歌《さんかちようちゆうか》』は明和八年（一七七一）冬の天中原長《あまのなかはらちようじ》常南山《ようなんざん》の序を持ち、翌九年（一七七二）に刊行された近世

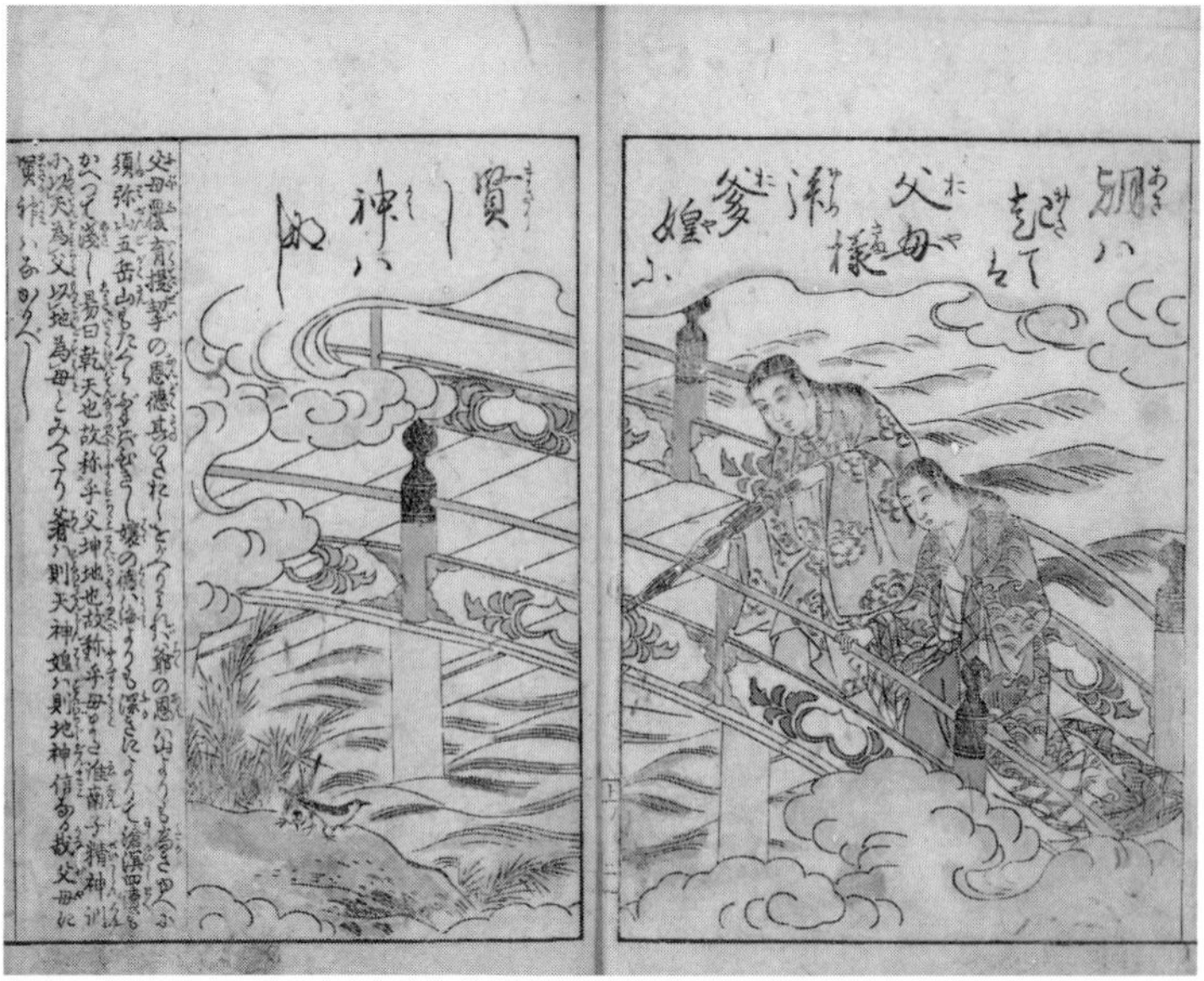

図３　『絵本倭詩経』第一首目

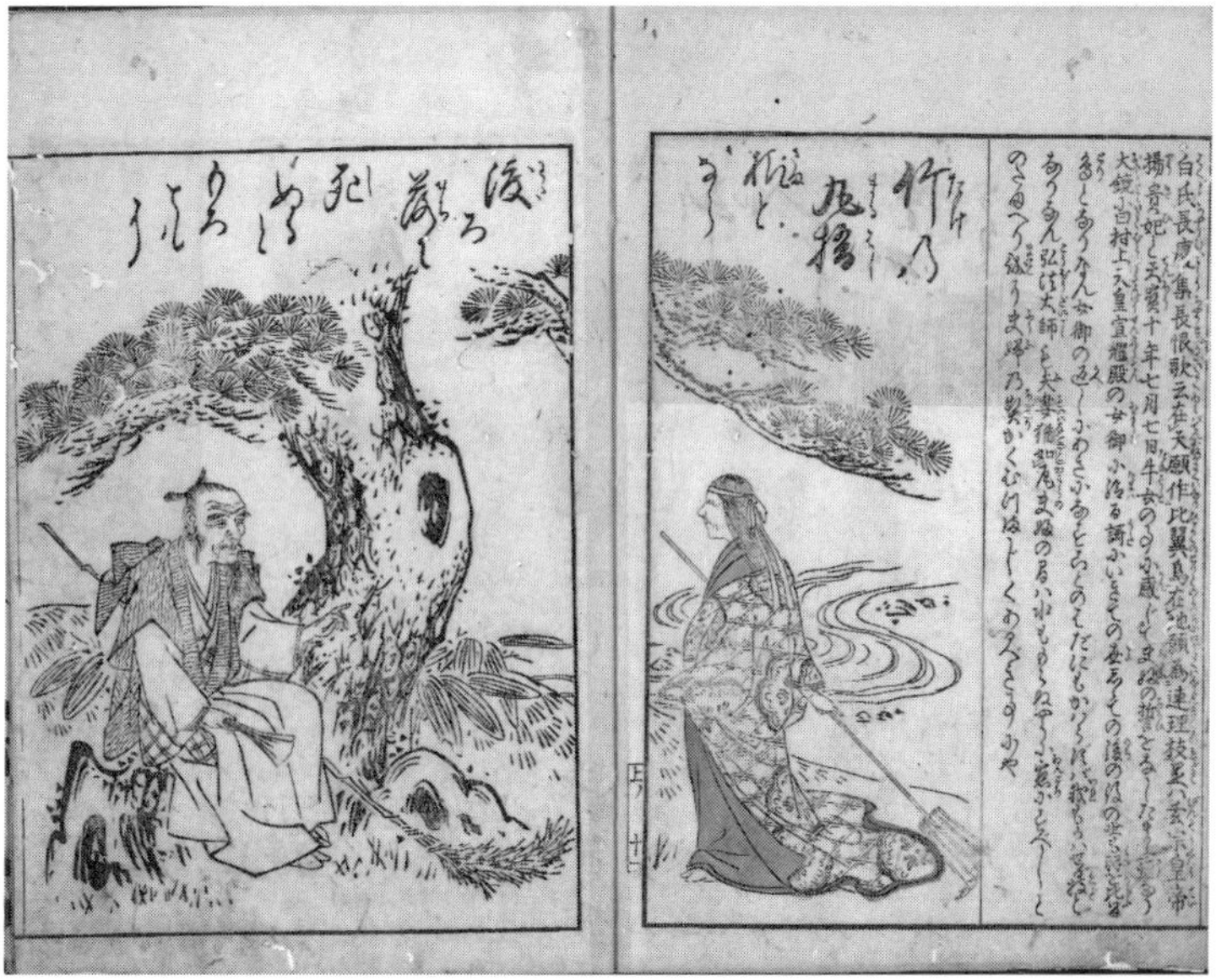

図４　『絵本倭詩経』第十首目

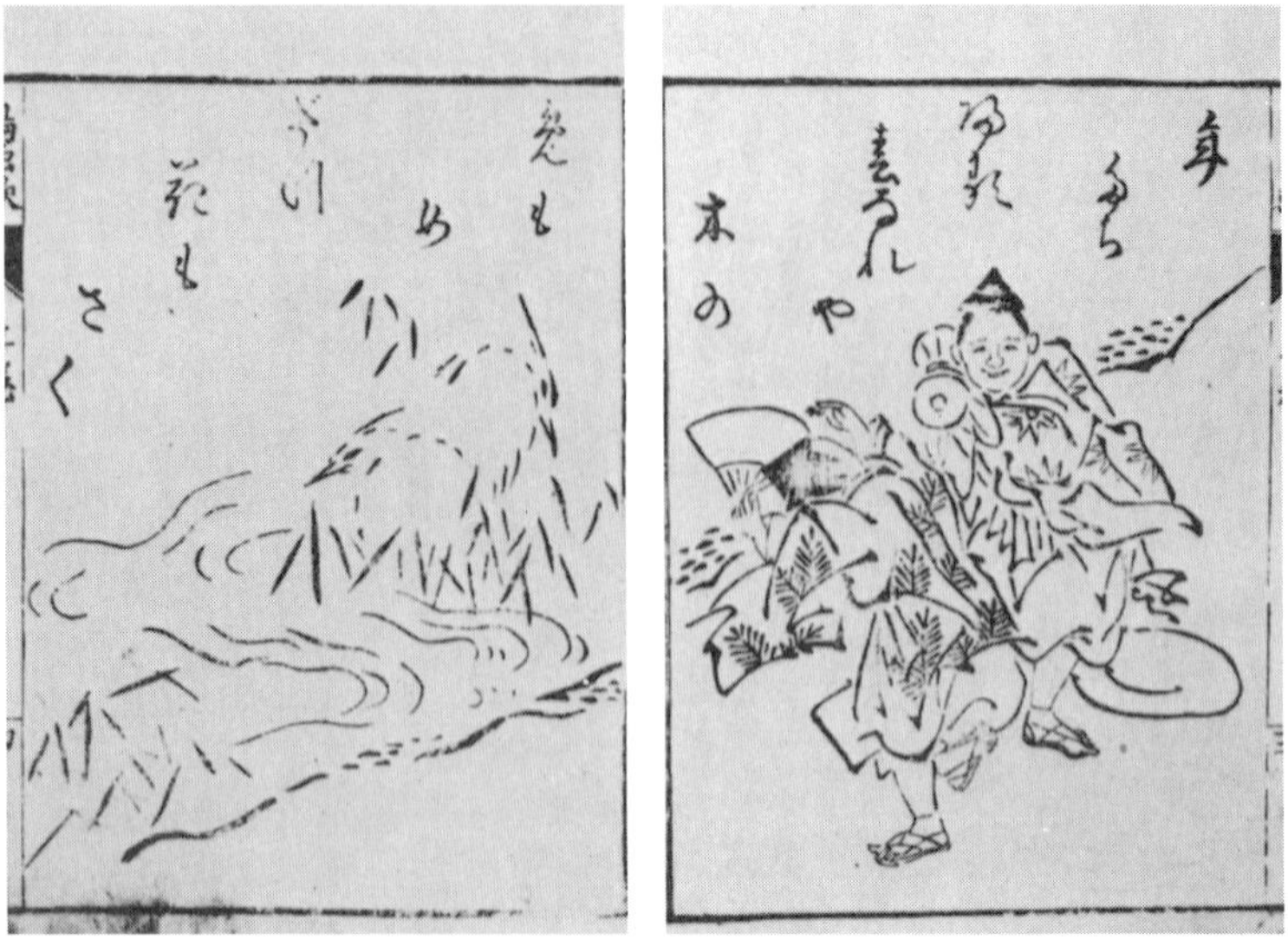

図５　『山家鳥虫歌』挿絵

屈指の優れた民謡集である。上下の二冊本で、国別に六十八箇国、合計三百九十八首（後述する挿絵中の画賛歌を含む）の民謡および流行歌謡を収録する。また、一国もしくは数箇国をまとめて、各国の風俗や人情を『人国記《じんこくき》』をもとに記す。この歌謡集には柳亭種彦《りゅうていたねひこ》所持本系の異本があり、刊本『山家鳥虫歌』との関係が問題になってきた。その点については既に述べた[6]。

ところで、『山家鳥虫歌』には見開きで六葉の挿絵と、画賛の形式で各一首、すなわち都合六首の歌謡が収録されている。その六首の歌謡詞章を(1)〜(6)として掲出し、続く括弧内に挿絵の概要をまとめると次のようになる。

(1)年たち帰る春なれや、木のめもめだつ花もさく〈川岸で舞う千秋万歳法師《せんじゅうばんぜいほうし》〉（図5参照）

(2)さがみ横山てるての姫は、妻のためとて車ひく〈餓《が》鬼阿弥車《きあみぐるま》を曳く照手《てるて》姫《ひめ》〉

(3)我もむかでを射てとりて、たわら藤太の米ほしや〈百足《むかで》退治に向かう俵藤太《たわらとうた》〉

(4)浪もしづかに御代《みよ》治りて、臼ひき哥はよもつきじ

〈松に向かって舞う神官〉
(5)眉目《みめ》がよいとて心が人か、大坂出子《でこ》の坊で面《つら》ばかり〈傀儡《くぐつ》師と二人の子ども〉
(6)夫の留守に人よせせぬは、扨《さて》も見あげた花よめご〈婚礼の水祝いで踊る三人衆〉

これら六首の内容的な内訳は、祝言の歌謡(1)、(4)、(6)、著名な逸話に基づく歌謡(2)、(3)、教訓歌謡(5)となる。絵としては芸能者や著名な登場人物の姿を描くことになり、描き手にとっても、また読者にとっても比較的イメージし易いもので占められていると言えよう。

4『潮来絶句』の挿絵

江戸時代を代表する浮世絵師の葛飾北斎（宝暦十年〈一七六〇〉～嘉永二年〈一八四九〉）の描いた数少ない美人画集に、『潮来絶句《いたこぜつく》』と題された流行歌謡集がある。この集についても既に紹介した。(7)詳細はそちらに譲ることとし、以下簡単に概説しておく。

『潮来絶句』は富士唐麿《ふじのからまろ》（藤堂良直）が新進の絵師であった北斎に美人画を描かせ、江戸吉原仲の町の難波屋の芸妓らの歌う潮来節《いたこぶし》の歌謡と、その歌意を汲んだ五言絶句を添えて画賛《がさん》とした絵本とも呼ぶべき画集であった。享和二年（一八〇二）正月の上梓で、版元は蔦屋重三郎《つたやじゅうざぶろう》であったが、幕府からの咎めを受けて発禁処分となり、遂には絶版に至らしめられたという。今日その完本《かんぽん》を得ることは困難と言われる。国立国会図書館蔵本及び葛飾北斎美術館蔵本を調査することができた。以下は国会図書館本をもとにし、葛飾北斎美術館本を参照して述べる。

国立国会図書館蔵本には上巻に当たる乾の巻に十六首（うち最後の一首は柳亭陳人《りゅうていちんじん》の作）、下巻に当たる坤《こん》の巻に十五首（うち最後の一首は編者富士唐麿の作）の潮来節が挿絵中の画賛の形で掲出されている。挿絵は見開きの両頁

図6　『潮来絶句』第七丁裏〜第八丁表

を用いているが、潮来節一首と五言絶句一編が各頁に入れられている。例えば乾巻第七丁裏と第八丁表の見開きの挿絵は、一人の遊女が床で落涙している場面であるが、そこには「ひぐれ〳〵にあなたのそらを、見てはおもはずそでしぼる」（七丁裏）と「すそをとらへてこれきかしやんせ、じつじやまことじやうそじやない」（八丁表）という二首の潮来節がみえている（図6参照）。また、乾巻第八丁裏と第九丁表の見開き挿絵は、二人の遊女が鼎状の火鉢で湯を沸かしている場面が描かれている。画賛の潮来節は「うそぢやないのにちやにするおまへ、ほんにわたしはエ、ぢれつたいわいナ」（八丁裏）、「あさなゆふなにまくらかはる、まくらかはらぬつまほしや」（九丁表、柳亭陳人作）である。

　ところで、国会図書館蔵本の坤巻冒頭第一丁表は化粧する遊女二人が描かれた半丁（一頁）の挿絵であるが、葛飾北斎美術館蔵本によれば、これももとは見開きの挿絵であったことが知られる。すなわち、国会本では欠けている右側の頁に、川と水上を漕ぎ行く舟二艘が描かれる。すなわち、国会本にも残る左側頁の化粧する遊女二人は、二階の窓から下を流れる川と舟を望む場面であったことが判明する。また、国会本には「わたしやあけくれおまへをおもふ、おまへわたしをおもやせぬ」（二丁表）がみえるだけであったが、葛飾北斎美術館蔵本にはもう一首「ぬしのかへりをかし《（河岸）》から見れば、ふねにほかけてかぎもなし」も掲載される。

以上の例からすれば、『潮来絶句』における北斎の挿絵は、最初に登場する見開き右側の潮来節に見合った場面が選ばれていることがわかる。なお、この歌謡集の歌謡史的な意義は、従来から知られていた潮来節の歌謡集『潮《いた》来《こ》考《こう》』『潮来《いたこ》風《ぶり》』『笑《え》本板古猫《ほんいたこのねこ》』にみえない歌謡を十七首も掲載することにある。前掲の歌謡のうち、「ひぐれ〳〵にあなたのそらを、見てはおもはずそでしぼる」、「すそをとらへてこれきかしやんせ、じつじやまことじやうそじやない」は他には収録されない新出歌謡である。

5　『幼稚遊昔雛形』の挿絵

近世後期に相次いで刊行された童謡集のなかで、子どもの遊び歌をその具体的様態の挿絵入りで紹介する画期的な絵本形式の一書が『幼稚遊昔雛形《おさなあそびむかしひながた》』であった。天保年間（一八三〇～四四）の刊で、万亭応賀《まんていおうが》の著、静斎英一《せいさいえいいち》の画。そこには注目すべき多くの遊び歌の詞章がみえる。そのうちの何首かを次に紹介しておく。

第九首目は「子をとろ子とろ」である。絵は両手を広げ背を向けた鬼役の女児と、それに相対する一列になった四人の子を描く。四人のうち、一番先頭に立った子は後の子たちを鬼から守ろうとして、やはり両手を広げている（図7参照）。この「子をとろ子とろ」は古く「ひひくめ」と称された児戯で、『三国伝記』にその起源説話がみえる。また、古い絵画資料として法然寺蔵『地蔵験記絵巻《じぞうげんきえまき》』があることも梅津次郎「「子とろ子とろ」の古図—

法然寺蔵地蔵験記《じぞうげんき》絵巻補記―」（『ＭＵＳＥＵＭ』第五十号〈昭和30年5月〉）によって指摘されている。また、江戸期には『骨董集《こっとうしゅう》』や『尾張童遊集《おわりどうゆうしゅう》』にも描かれており、当時きわめて一般的な児戯であった。さらに、近年ではこれに類似した児戯がヴェトナムでも行われていたことが報告されている。（8）

『幼稚遊昔雛形』の当該頁には、まず「此あそびは、ながくつながつたかしらにむかひ、おにが」とあって、「こをとろことろ、どのこがみつき、ちよつと見ちやあとの子、サアとつてみやれ」というわらべ歌が記され、さらに「子をとらせぬやうに、りやう手をひろげてふせぐなり、あとの子でも、なかの子でも、とらはれたのが、またおにとかはるのなり」とみえる。

図７　『幼稚遊昔雛形』挿絵

第十首目は鬼決め歌「ぞうりきんぢょ〳〵」である。絵は四人の子のうち三人の子が片方ずつ三つの草履を並べて鬼を決める場面が描かれる。まず冒頭に次のようなわらべ歌が掲出される。

ぞうりきんじよ〳〵おでんまでんま、はしのしたのしようぶは、さいたかさかぬか、まださきそろはぬ、めう〳〵ぐるまを、手にとつてみたれば、しどろくまどろく、じうさぶろくよ、しんまいかずのこ、ひやかしかずのこ、ひねならそつちへ、つんのふけヱロ

続けて説明文「みな〳〵の、かた〳〵づゝならべたるぞうりを、あしでかんぢようし、うたのとまりにあたつ

たるぞうり《草履》の子は、だん〳〵にぬけ、のこりし子がおにとなつて、いろ〳〵のあそびをする、おにのとりきめなり」とある。

第十一首目はおなじみの「かごめ、かごめ」である。この児戯には二種の挿絵が入っている。上の絵は五人が内側を向いて輪になっているところで、下は同じ五人が外側を向いて輪になっている絵である。本文は歌謡詞章と説明を混ぜ合わせたもので、次のような長文である。

　此あそびは、みな〳〵手をひかれて、わになり、〽かアごめ〳〵、かごのなかへとりは、いつ〳〵ねやる、よあけのまへに、つる〳〵つッぺった、トいつて、一トところつながった手をもちあげて、そこへくゞると、せなかあはせのわになり、こんどのうたは、〽なべの〳〵そこぬけ、そこぬけたらどんかちこ、トいくたびもうたひ、〽そこいれてたアもれ、トもとのやうにくゞりいでゝ、かアごめ〳〵にまたなるなり

この記述によって、この児戯の古態の姿を知ることが可能となる。『幼稚遊昔雛形』には以上の他、手毬歌《てまりうた》などにも古態が窺えるとともに、挿絵によって当時の子どもの遊びの様子が具体的に伝えられたきわめて貴重な資料と言えよう。

おわりに

以上、書物を通して見えてくる歌謡と絵画との関係という観点から、表紙絵（見返し絵、紙背絵も含む）・下絵・挿絵の具体例を指摘しながらその意義を論じてきた。歌謡という音声を主たる媒介とする文芸においても、その詞章の文字化を保障するために書物という器が必要とされたことは言うまでもない。そして、その限りにおいて、歌謡と書物を繋ぐものとしての絵画の果たした役割には、きわめて大きなものがあったのである。

注

（1）この今様は三句で、四句形式であるはずの一句を欠いているが、おそらく「山林静かに独りいて」と「修道法師の前にこそ」の間に一句（七・五もしくは八・五）があったと推測される。

（2）「「隆達節歌謡」未紹介資料・補遺㊂」（『早稲田実業学校研究紀要』第二十一号〈昭和62年3月〉／後に『「隆達節歌謡」の基礎的研究』〈平成9年・笠間書院〉第二部第一章第四節所収）

（3）北川忠彦氏はこの百首を謡曲での呼称に準《なずら》えて「外百首」と称した（『日本庶民文化史料集成』〈昭和48年・三一書房〉所収「隆達節歌謡集成」解題による）。

（4）都築悦子「慶長年間の料紙装飾における紙師宗二の役割」（『美学・芸術学』第七号〈平成4年3月〉）参照。なお、宗二は木版巻子本の下絵に同形反復を持ち込んだ人物で、同形反復という後の琳派作品の特性に大きく影響を与えたと評価される。

（5）「近世歌謡資料二種―『絵本倭詩経』・『和河《わか》わらんべうた』―」（『早稲田実業学校研究紀要』第二十号〈昭和61年3月〉／後に『近世歌謡の諸相と環境』〈平成11年・笠間書院〉第三章第三節所収）のなかで翻刻紹介した。

（6）「『山家鳥虫歌』と『諸国盆踊唱歌』―東洋文庫蔵『諸国盆踊り唱歌』をめぐって―」（『研究と資料』第二十二輯〈平成元年12月〉／後に小著『近世歌謡の諸相と環境』第三章第二節所収）

（7）「近世歌謡の絵画資料」（国文学研究資料館編・古典講演シリーズ4『歌謡―文学との交響―』〈平成12年・臨川書店〉所収）

（8）鈴木道子「尾張で「道成寺」と称せられた子をとろ遊び―遊び・祭祀・芸能の連関をみる―」（『風俗史学』改題第三号〈平成10年6月〉）

Ⅱ 『是害房絵』――中世物語絵巻と歌謡

はじめに

室町時代に創作された物語草子は、古く〝お伽草子〟と称されたが、今日では一般に室町時代物語と呼ばれる。それらの作品は、奈良絵と通称される絵画をともなう冊子本の奈良絵本や、類似の挿絵と詞書《ことばがき》による巻子本《かんすぼん》の絵巻形式をとる伝本が多く見られる。後者の絵巻のなかには実際には鎌倉時代末期成立の作品も見出されているので、本書では仮に中世物語絵巻と呼んでおきたい。それらの絵巻の挿絵には、登場人物（動物などの異類も含む）の傍らの多くに、その人物の発した言葉や音声が書き入れられている。それらは、画中詞《がちゅうし》または絵詞《えことば》と呼ばれる会話（以下、画中詞を用いる）が、さしずめ現代ではコミックの吹き出しに相当するものと言え、当時の口語による会話や歌謡が多く認められる。このうち歌謡については、後述するように、諸先学によって個々には指摘されているものの、体系的に論じられたことはほとんどなかった。ただし、地の文も含む室町時代物語の歌謡を問題にした画期的な論文としては、真鍋昌弘「室町期物語に見える歌謡」（『文学・語学』第八十・八十一合併号〈昭和53年3月〉）がある。ここでは中世物語絵巻の挿絵に書き込まれた画中詞の歌謡に焦点を絞り、新見を交えながら論じていきたい。

一　『天狗草紙』と歌謡

『天狗草紙《てんぐそうし》』は鎌倉時代末期の永仁四年（一二九六）成立の絵巻で、一異本に『魔仏一如絵詞《まぶついちにょえことば》』という外題《げだい》を持つ伝本《でんぽん》も存在する。内容は南都北嶺の旧宗派や新興の浄土教系宗派、禅宗などに携わる僧侶たちの横暴、驕慢ぶりを天狗に譬えて批判の矛先を向け、徹底的な風刺を行う異色の絵巻である。特に一遍の時衆に対して、『野守鏡《のもりのかがみ》』に匹敵するような厳しい批判が加えられていることは広く知られている。

『天狗草紙』に関するもっとも重要な先行研究は梅津次郎「天狗草紙考察」「魔仏一如絵詞考」（ともに『絵巻物叢考』〈昭和43年・中央公論美術出版〉所収）、「天狗草紙について」（『新修日本絵巻物全集』第二十七巻〈昭和53年・角川書店〉所収）である。梅津氏によれば、この絵巻は通常の巻次の代わりにそれぞれ「興福寺巻」、「東大寺巻」、「延暦寺巻」、「三井寺（園城寺《おんじょうじ》）巻」三巻、「東寺醍醐高野巻」という名称が付されているという。このうち、「三井寺巻」として伝えられた三巻（以下、「伝三井寺巻」と呼ぶ）の一である中村庸一郎氏蔵（久松定謨氏旧蔵）本の第四図には、画中詞《がちゅうし》として歌謡が書き入れられておりきわめて興味深い。この部分は、その当時、芸能に携わって諸国を遊行した放下僧《ほうかぞう》の実態を描き、戯画化したくだりであるが、そこに朝露《ちょうろ》、蓑虫《みのむし》、電光《でんこう》、自然居士《じねんこじ》という四人の放下僧の姿が描き出される。朝露は太鼓を胸に提げ、両手に撥《ばち》を持つが、右手の撥で太鼓を叩き、左手の撥は宙に投げ上げている。蓑虫は蓑を着て、簓《ささら》を摺って踊っている。蓑は後の暮露暮露《ぼろぼろ》の姿を思わせる。電光は長いまたぶりの杖をかついでいる。そして、その傍らに「□□ぬものをやまきのとを、なとまつ人のこさるらむ」という歌謡らしき画中詞が書き入れられている自然居士は、簓を振りながら踊っている。ここに見える歌謡は、異本である日本大学総合学術情報センター蔵（内藤政光氏旧蔵）『魔仏一如絵詞』にも、「さゝぬ物をやまきのとを、なとまつ人のこさるらん」とある。すなわち、「鎖さぬものをや槙の戸を、など待つ人の来ざるらん」という当時の歌謡の一節であることが明瞭に知られるのである。後の室町小歌の集成『閑吟集』（永正十五年〈一五一八〉成立）には、三首の放下の歌謡が収録されているが、二五四番歌の末尾は「鎖すやうで鎖さぬ折木戸、など待つ人の来ざるらん」とあり、「鎖さぬものをや槙の戸を」という詞章は、この歌謡の古い形と推定される。

中村氏蔵本には天狗たちの饗宴の場を描く第五図にも、次のような二首の歌謡と思われる画中詞が見えている。

○おもしろ（面白）きものはれ、はた、がみいなづま（稲妻）、にわかぜうまう（俄焼亡）つじかぜ（辻風）、やぶ（破）れたる御ぐわんじ（願寺）、人はな（離）れのふるだう（古堂）、からつた（唐蔦）おほ（多）きおほすぎ（大杉）、すゞ（涼）しくぞおぼ（思）ゆる［僧形の天狗の歌］

○おそ（恐）ろしきものはよな、尊勝陀羅尼大仏頂火界の、真言慈救咒おこな（行）いふるす、不動尊ところさびのふる（古）剣、あか（朱）きのつか（束）のこしがたな（腰刀）、穢多がきも（肝）き（切）りまでも、おそ（恐）ろしくぞおぼ（思）ゆる〱［山伏姿の天狗の歌］

これは前掲の画中詞と同様に、日本大学蔵『魔仏一如絵詞』にも見えるが異同を伴う。この二首の歌謡は、既に『梁塵秘抄』にも類似表現のある、〝ものは尽くし〟による類聚的詞章を採る。特に第一首目の「おもしろきものはれ……」は『梁塵秘抄』三九七番歌「見るに心の澄むものは、社《やしろ》毀《こぼ》れて禰宜《ねぎ》もなく、祝《はふり》なき、野中の堂のまた破れたる、子産まぬ式部の老いの果て」を彷彿とさせる。『梁塵秘抄』所収歌では「毀れ」た「社」や「破れた」「堂」を「見るに心の澄むもの」とするのに対し、中村氏蔵本『天狗草紙』や『魔仏一如絵詞』では、破れた御願寺や人離れの古堂を、稲妻、俄焼亡、辻風などと同様に、「おもしろきもの」とする。これは魔界の住人である天狗の活躍の場を歌う歌謡として、ふさわしい詞章と言えるであろう。[1] また、前述した『閑吟集』の放下の歌謡三首は、一九番歌が前半を〝都の名所尽くし〟、後半を〝揉まるる尽くし〟とし、二一六番歌は道行の〝東海道名所尽くし〟、さらに二五四番歌は前半を〝織物模様尽くし〟とする。このように、放下の歌謡が〝ものは尽くし〟の構想によることからすれば、この「おもしろきもの」「おそろしきもの」の二首も、『梁塵秘抄』以来の今様雑芸《いまようぞうげい》歌謡の系譜を引きつつ、放下の謡い物の性格をも併せ持った歌謡を画中詞として書き入れたものであろうか。(2)

なお、この他『天狗草紙』の挿絵のうち、歌謡にかかわる例として、時衆の一遍上人の踊り念仏が風刺的に描かれた著名な場面が挙げられる。それは前述した四人の放下僧を描く直前の部分で、踊り念仏の囃子詞《はやしことば》が「なまいだはい〳〵や、やろはい〳〵、ろはいや〳〵」という画中詞で書き入れられている。

二 『是害房絵』と歌謡

『是害房絵《ぜがいぼうえ》』は作者未詳の説話的な絵巻で、既に鎌倉時代末期には成立していたものと考えられる。話のあらすじは次のようなものである。唐の国の天狗是害房（善界坊とも表記）が来日し、日本の大天狗日羅房《にちらぼう》の手引きで、比叡山の諸僧と法力を競いあう。しかし、是害房はことごとく勝負に敗れ、散々な目にあうことになる。是害房は身体を回復させ、唐に帰国することを願い、日羅房の導きによって湯治に向かう。七日過ぎて回復した是害房は、日羅房をはじめとする日本の天狗たちに送られて帰国の途についた。

この物語草子における歌謡については、友久武文「『是害房絵』の歌謡」（友久武文・湯之上早苗編『中世文学の形成と展開』〈平成8年・和泉書院〉所収）が最新かつ最先端の成果である。以下、友久氏の研究に導かれながら、この絵巻における歌謡の諸相を概観しておきたい。

まず、鎌倉時代末期の延慶元年（一三〇八）に原本が成立したと考えられる曼殊院《まんしゅいん》本絵巻の下巻第一図には、画

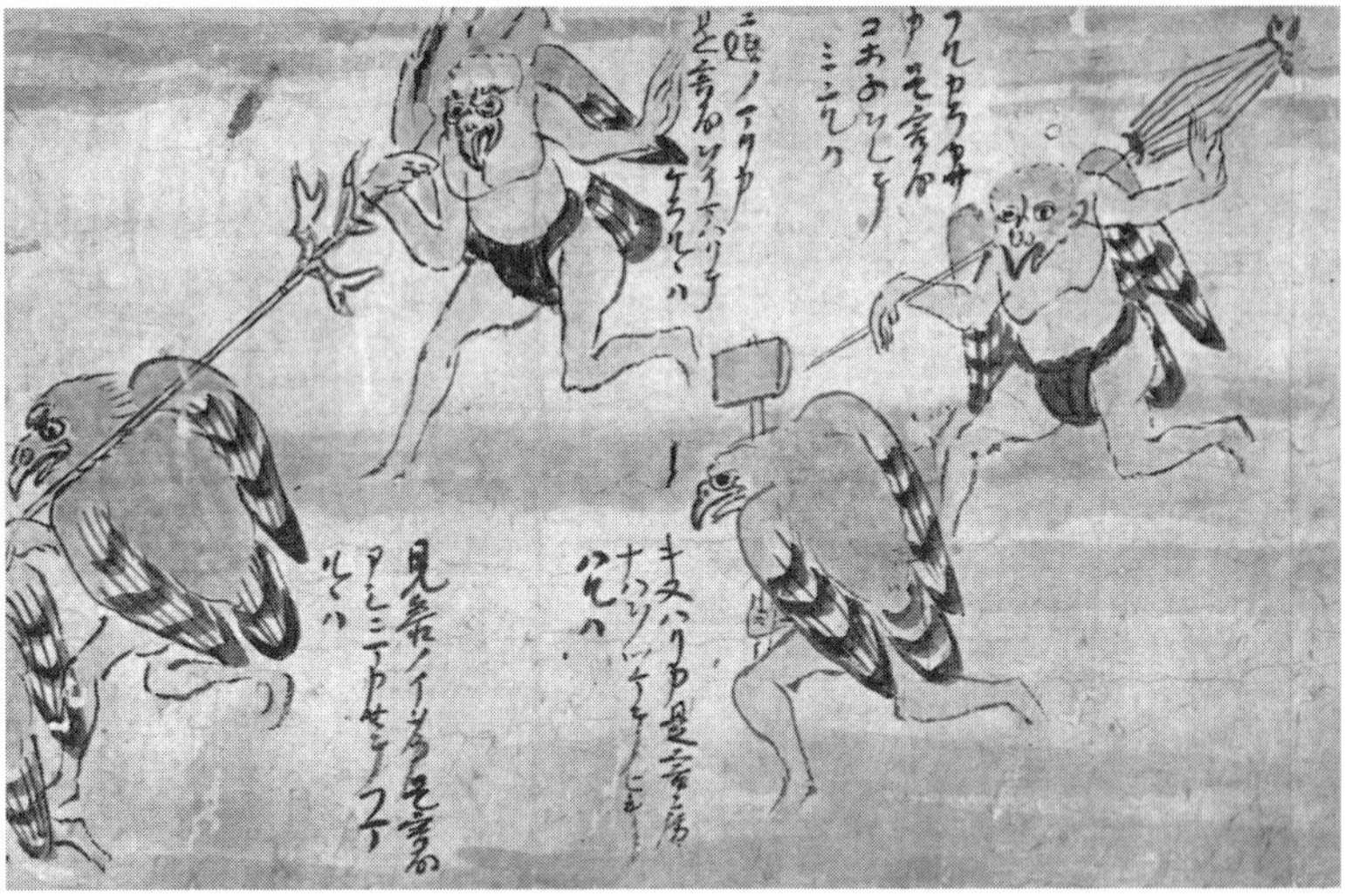

図8　曼殊院本『是害房絵』下巻第一図

中詞として次のような謡い物七首が書き記されている（図8参照）。いま便宜的に頭に算用数字を付す。

1フル（古）カラカサ（唐傘）カ、是害房、コボネ（小骨）ヲ（折）レテ、ミ（見）ユルハ［傘を担ぐ天狗の歌］

2庭ノマリ（毬）カ、是害房、ヲ（追）イマハ（回）リテ、ケ（蹴）ラル、ハ［木の枝に毬を付けて担ぐ天狗の歌］

3キヌハリ（絹針）カ、是害房、ナハ（縄）ヲツケテ、ヒ（引）キハルハ［鎚を担ぐ天狗の歌］

4見参ノイタ（板）カ、是害房、アシ（足）ニマカ（任）セテ、フ（踏）マル、ハ［槍を担ぐ天狗の歌］

5名聞ゾ、是害房、モノ（物）ニノ（乗）リテ、カ（舁）、ルレバ［斧を担ぐ天狗の歌］

6狂句カヤ、是害房、ワラ（笑）ハレテ、カ（書・舁）、ル、ハ［輿を運ぶ後方の天狗の歌］

7吉賽カ、是害房、打テノチ（後）ニ、カ（舁）、ル、ハ［輿を運ぶ前方の天狗の歌］

これが室町時代成立の増補本をもとに、寛文十一年（一六七一）に書写された慶応義塾図書館蔵本の下巻第一図になると登場する天狗の数が大幅に増え、それにともなって画中詞も増加しているが、そこには「はやし（囃子〈拍子〉）物」として、次のような二十二首の歌謡を並べる。[3]

1一番に、次郎まほう、岩のうへ（上）、じゆくし（熟柿）か、かなづち（金槌）をねが（願）ふとは、善界のふるまい（振舞）、おほけなき事かな、あらおかし、ぜがい（善界）坊〳〵［鎚を担ぎ、扇子を手にする天狗の歌］

2いや、よく（欲）はな（無）しの善界坊、大ねだ（根太）くみた（組立）てながら、から（辛）いめ（目）にあ（遭）いたるは、くや（悔）しくやおぼ（思）ゆる、こ（懲）り給へ、善界坊〳〵［大根を担ぐ天狗の歌］

3いや、くび（首）になわ（縄）をか（掛）くるは、ふくべ（瓢）かや、ぜがい（善界）坊〳〵［瓢箪を付けた笹を手にする天狗の歌］

4いや、わ（我）が事をしつるか、一て（手）もと（取）らで、かへ（帰）るは、ゐせ（似非）ゆみ（弓）かや、善界坊〳〵［弓に矢をつがえる天狗の歌］

5いや、かも（加茂）川のあたり（辺）へ、ゆ（湯）い（出）でせんといふ也、善界坊をかま（釜）の中へ取入て、に（煮）よれひよれ〳〵［笛を吹く天狗の歌］

6いや、ゐせ（似非）うた（歌）かや、善界坊、こし（腰）お（折）れてみ（見）ゆるは［短冊を付けた笹を担ぐ天狗の歌］

7いや、物ばち（罰・撥）のあ（当）たりたるは、たいこ（太鼓）かや、ぜがいぼう（善界坊）〳〵［太鼓を打つ天狗の歌］

8いや、姫ごぜ（御前）のまぼ（守）りがたな（刀）、させる事もしい（出）ださず、あらむざん（無残）の事やな、こ（懲）りよ〳〵、ぜがいぼう（善界坊）［太鼓を背負い守り刀を結び付けた笹を持つ天狗の歌］

9いや、ふ（吹）ひてに（逃）げしは、山ぶし（伏）か、善界坊〳〵［法螺貝を吹き、手斧を持つ天狗の歌］

10いや、ほそなわ（細縄）をつ（付）けし（締）めて、かしら（頭）を、ちやう〳〵とう（打）たるゝは、つゞみ（鼓）かや、

ぜがいぼう（善界坊）〳〵［鼓を打つ天狗の歌］

11いや、こし（腰）になわ（縄）をゆ（結）ひつ（付）けて、しからかと、う（打）たるゝは、やつばち（鉢）かや、ぜがいぼう（善界坊）、はや（囃）せ〳〵もの（者）ども、はや（囃）せ〳〵もの（者）ども［腰に結び付けた鼓様のものを打つ天狗の歌］

12いや、雨ふ（降）れば水をゑ（得）たる、ふる（古）からかさ（唐傘）か、善界坊、こぼね（小骨）お（折）れてみ（見）ゆるは、あがめづるは、ぜがいぼう（善界坊）［小骨の折れた傘をさす天狗の歌］

13いや、ほとけ（仏）神の御まへ（前）に、かげ（影）をさへ、えささず、やぶ（藪）のすみ（隅）に、うづまうは、ぼけ（木瓜）の花か、ぜがい（善界）坊〳〵［木の枝を担ぐ天狗の歌］

14いや、一村雨の折ふし（節）、はやし（林）につ（連）れてわた（渡）るは、ほとゝぎす（郭公）か、ぜがいぼう（善界坊）、な（泣）けや〳〵、ぜがいぼう（善界坊）〳〵［小鳥を手に据え、軍配を持つ天狗の歌］

15いや、くわかい（火界）の、しゆ（朱）にこ（焦）がされて、は（葉）のいろ（色）の、たが（違）ひたるは、たつた（龍田）山の紅葉か、おもしろ（面白）の、ぜがいぼう（善界坊）〳〵［紅葉の枝と扇を持つ天狗の歌］

16いや、ほとけ（仏）たちに、ふ（踏）まれたるは、れんげ（蓮華）かや、ぜがいぼう（善界坊）、あらとうと（尊）、ぜがいぼう（善界坊）〳〵［蓮を持つ天狗の歌］

17いや、しは〳〵となりたるは、花に雨か、ぜがいぼう（善界坊）、おもしろ（面白）、ぜがいぼう（善界坊）〳〵［笠をかぶり花の枝を持つ天狗の歌］

18いや、ゑだ（枝）うご（動）きて、ちから（力）な（無）げにみ（見）ゆるは、青柳かや、ぜがいぼう（善界坊）、いとおしや、ぜがい（善界）坊〳〵［毬を結び付けた青柳の枝を持つ天狗の歌］

19いや、お（追）ひまは（回）して、け（蹴）らるゝは、庭のまり（毬）か、ぜがいぼう（善界坊）〱［毬を見上げる天狗の歌］

20いや、うめ（呻）きすめきて、か（書）ゝるゝは、連哥をするか、たゞ（但）し哥よ（詠）むか、のふ、き（聞）ゝ、たひぞ、ぜがい（善界）坊［善界坊を手輿に乗せて運ぶ後方の天狗の歌］

21いや、わら（笑）はれてか（書）ゝるは、はいかい（誹諧）のほつく（発句）か、のふおかし、ぜがいぼう〱（善界坊）［善界坊を手輿に乗せて運ぶ前方の天狗の歌］

22いや、こうくわい（後悔）は、さき（先）にた（立）ゝず、あと（後）へさ（下）がれ、ぜがいぼう（善界坊）、さみつる事よ、ぜがい（善界）坊〱［善界坊に向かう天狗の歌］

これらは「はやし（囃子〈拍子〉）物」の名にふさわしく、即興的かつ寄物《きぶつ》的性格を持つ歌謡群である。五節間《ごせちのあいだの》郢曲《えいきょく》（4）の物云舞《ものいいてのまい》と類似の性格を有していると言えよう。また、友久氏が前掲論文で指摘するように、なぞなぞ遊び的な趣向も見えている。

曼殊院本以外の絵巻の下巻第四図には、画中詞として次のような延年の唱歌二首を書き入れる。次に梅津家蔵の松本亀《まつもとき》岳《がく》模本によって引用しておく（5）。

（1）いやそよや、二はよりとひのよはひ（齢）をおも（思）ふにも、けふ（今日）のちとせ（千歳）のはじめ（初）なりけり、やりことんとう、〱［鼓を打つ天狗の歌］

（2）しよほうじつさう（諸法実相）とくわん（観）ずれば、みね（峰）のまかい（魔界）もぶつかい（仏界）なり、まんぼう（万法）一によ（如）とと（説）くとき（時）は、たに（谷）のきじん（鬼神）もれいじん（霊神）なり〱［踊る日羅房の歌］

三　『藤の衣物語絵巻』と歌謡

『藤《ふじ》の衣《ころも》物語絵巻』は従来、前半部だけの残欠本が『遊女物語絵巻』と呼ばれてきた作品で、楢崎宗重「新出『遊女絵物語』と白描挿絵について」（『国華』第八百三十一号〈昭和35年〉）によって初めて紹介された。その後、この物語絵巻の研究を強力に推進したのは伊東祐子『藤の衣物語絵巻（遊女物語絵巻）影印・翻刻・研究』（平成8年・笠間書院）であった。

物語のあらすじは次のようである。都の貴族の一行が住吉詣での折、海辺の遊女宿に泊る。宿の長者は一行の中の若き人に、美貌の遊女かうしゅ（正しくは「かうじゅ（寿）」か、不明なため以下「かうしゅ」の表記とする）を引き合わせる。若き人は後朝の別れに際し、かうしゅに守り刀を渡す。かうしゅは若き人のことを詳しく知らないまま、子供を宿し、女の子を出産する。女の子は成長し、若き人の面影を宿すようになっていく。そんな折、かうしゅは体調を崩し、今様を歌いながら息絶える。女の子が十歳となった時、太政大臣邸で五節の遊びが行われた。長者をはじめとする遊女たちは上洛し、太政大臣にかうしゅの娘である女の子を宮仕えさせてくれるように依頼する。長者はまた、かつて若き人に従っていた従者に出会い、若き人が太政大臣の息子で、現在は行方不明となっていることを知る。そして、太政大臣家の意向により、娘は引き取られる。一方、若き人は腹違いの兄である大将との後継争いのために失踪したことが紹介される。太政大臣は嫡子の大将を後嗣と定めたものの、大将には子供がなかったため、かうしゅの娘の異母兄に当たる若き人の息子を元服させる。一方、娘は春宮のもとに入内する。この間、若き人は山伏となって、諸国を巡っていた。旅に出た若き人の母（宮の御方）と、かうしゅの娘（宮の御方の孫娘）は、偶然に山伏と出会う。宮の御方は山伏を自分の息子とは気付かない。山伏の方は母に気付くものの名のることはしない。折しも孫娘が体調を崩したので、宮の御方は山伏に祈禱を頼む。その時、山伏は娘がかうしゅから受け継いだ守り刀を持っているのを見て驚き、この女の子が自分とかうしゅとの間に生まれた娘であることを知る。ある夏、帝が病気になり、桂川から来た験者の祈禱により平癒する。かうしゅの娘は春宮の女御となって、二人の皇子を儲ける。その後、太政大臣は亡くなり、娘の異母兄の中納言は、天王寺や高野山に参詣に訪れる。高野山では実の父である山伏の姿を発見するが、山伏はすぐに姿を消してしまう。その後、帝は退位し、春宮が即位する。娘の産んだ皇子が新しく春宮《とうぐう》となったのにともない、娘は后宮《きさいのみや》となる。秋になって、宮の御方が亡くなり、法会に来た阿闍梨から、山伏が八月十五日に高野山で亡くなったこと、山伏がかうしゅの娘と中納言の父であったことが報される。中納言は父山伏と祖母宮の御方を相次いで失い、深い悲しみに沈み込むとともに、比叡山に登って、僧正から山伏のことを聞いて深く胸を打たれる。

以上、前半部だけの残欠本のため末尾が完結をみていないものの、興味深い内容を持つ物語絵巻と言える。そしてまたこの絵巻は、かうしゅが今様を歌いながら往生を遂げる場面を持つ他、画中詞にも歌謡の書き入れが多く、歌謡研究上きわめて貴重な物語草子でもある。画中詞は散らし書きで、読む順番に漢数字が付されている。ところで、この絵巻に見える歌謡については青木祐子氏の研究がある(6)。以下、青木氏の研究を参照しつつ述べていきたい。

まず、第一段の絵は住吉詣での一行を迎えた遊女たちが芸能によってもてなす場面で、物語本文には「鼓などはうちやりて、朗詠し、今様などうたひすさぶ」とある。その画中詞には、長者の音声として「君をはじ(初)めてや、み(見)る時はや」、また、きくしゅ御前の音声として「千世もへ(経)ぬべしや」とある。これは著名な今様の一節で、『平家物語』祇王においても仏御前が清盛の前で歌うものである。一首は「君を初めて見る折は、千代も経ぬべし姫小松、御前の池なる亀岡に、鶴こそ群れ居て遊ぶめれ」である。物語中での遊女の持ち芸のひとつとして、今様が据えられていることは注目すべきであろう。

第二段の絵は遊女たちが琴を弾いている場面であるが、めいしゅという遊女の画中詞に「恋しからうをり(折)は、ゝ、かど(門)にた(立)てもみ(見)るべきに、ゝ、わからかいたるゑんの、木のえだ(枝)のさいたるしげ(繁)さよ」とある。これは出典未詳ながら「は」「に」の表記を重ねて、音をのばすことを意図しているところから、歌謡であることは間違いない。末尾の「しげさよ」の四音留めは、五節間郢曲《ごせちのあいだのえいきょく》の中で歌われ、後代の室町小歌の淵源に当たるとも言われる物云舞《ものいいてのまい》の特徴とも共通している。また、同じ絵にはかうしゅの「かた(片)山のくず(葛)の葉は、風にも(揉)まれたり」と、それに続く遊女まんしゅの「わらうらもも(揉)まれたり、恋にも(揉)まれたり」という画中詞が書き入れられている。この歌謡は後述する『藤袋《ふじぶくろ》の草子』の挿絵画中詞にも書き入れられた恋歌である。「も(揉)まる」を詞章に持つ歌謡は、『閑吟集』一九番歌にあたる放下の謡い物の〝揉まるる尽くし〟などが指摘でき、室町人の愛好したものであった。

第三段の絵は播磨国の大名をもてなす酒宴と控えの間が描かれるが、控えの間にいる姥の画中詞は「恋うし、ゝ、なに恋ぞ、いせ、恋がものならねば、おとめ(乙女)がよろこ(喜)びな、身ぞつか(疲)れうずる、たれ(誰)を恋さ給」という歌謡が書き入れられる。また、ふくしゅに添えられた画中詞「たれ(誰)ともし(知)らぬたび(旅)人にな(馴)るれば、なごり(名残)のお(惜)しきかな」も歌謡と認定してもよいであろう。

第五段の絵はかうしゅの産んだ乳飲み子をあやす遊女たちを描く。遊女五人の中でただ一人鼓を持つふくしゅの画中詞は、「ほゝう〳〵、心からう(浮)きたるふね(舟)にや、の(乗)りそ(初)めて、夜な〳〵浪に、ぬ(濡)れぬ日ぞなきや、〳〵」である。これは鼓に合わせて歌った歌謡であろう。

以上の他、対応する物語本文の認められない絵の中にも、きくしゅの「あはれなりや、あはれなりぞ、な(馴)れ〳〵たはぶ(戯)れし人の、おもかげ(面影)に」と、めいしゅの「いま(今)もな(馴)れぞな(馴)れな(馴)れて、み(見)ばやとぞおも(思)ふ」という画中詞が見える。これも歌謡と認定できる。また、同じ場面のかうしゅの画中詞も「心とや、よれ、つまの浪はかゝるらう、袖の浦に、よ(寄)せ〳〵て、なみ(浪)はかゝるらう」で、こちらも歌謡と思われる。

画中詞とは異なるが、この絵巻においてもっとも印象的に歌謡が用いられている箇所は、言うまでもなく主人公のこうしゅが、今様を歌いながら極楽往生する場面である。物語本文は「入日をあら(洗)ふをき(沖)つ白浪、はる〴〵となぎ(凪)わた(渡)りて、あたり(辺)のなみ(浪)もみかけるゑ(絵)の心ちするほど、うた(歌)うた(歌)ひ、らうゑい(朗詠)などして」とあって、続いて「さら(娑羅)やりむじゆ(林樹)の木のもと(下)に、かくると人にみ(見)えしかど、といふいまやう(今様)うた(歌)ひて、なみ(浪)にしづ(沈)むかとみ(見)ゆる入日にむ(向)かゐて、ねぶ(眠)るがごとくにて、た(絶)えは(果)てぬ」と描かれる。ここで今様として紹介される「さら(娑羅)やりむじゆ(林樹)の木のもと(下)に、かくると人にみ(見)えしかど」は、『梁塵秘抄』雑法文歌・一九一番歌「娑羅や林樹の樹の下に、帰ると人には見えしかど、霊鷲山《りやうじゆせん》の山の端に、月はのどけく照らすめり」の前半部分に相当する。この後、「うみ(海)のおもて(面)に、むらさき(紫)の雲かすかにうつ(映)ろいてき(消)え行……」とあり、かうしゅが極楽往生したことが記される。

遊女《あそび》は言うまでもなく男子に変成しなくては成仏できない女人であり、しかも女人の中でももっとも仏の救いから遠い存在と認識されてきた。そのような遊女の極楽往生はきわめて困難なものであったが、これをテーマとした一説話が語り伝えられている。それは、遊女とねくろの今様往生譚で、『宝物集』巻七、『十訓抄』第十、『拾遺古徳伝』巻七、『続教訓抄』第十四冊等の説話集に見えるが、何よりも今様の強力な推進者であり保護者でもあった後白河院の残した『梁塵秘抄口伝集《りようじんひしようくでんしゆう》』巻十にも収められている。

いま『十訓抄』によってこの説話を示せば、次のようである。

神崎君《かんざききみ》とねくろ、男に伴ひて筑紫へゆきけるが、海賊に逢て、あまた手をおひて、しなんとしける時、

我等《われら》何しに老ぬらん　おもへばいと社哀《こそあはれ》なれ　今は西方極楽の　弥陀の誓《ちかひ》を念ずべし

と度〳〵謳《うた》ひてひき入にけり。其時、西方に楽の声聞えて、あやしき雲靆《たなび》きけりとなむ。心にしみにける態なれば、今様を歌ひて往生をとげてけり。解脱《げだつ》は何をわかず、唯心のひく方に付て、信を起すによるべきにや。

遊女として生を送った罪業深きとねくろが臨終の際に歌った歌は『梁塵秘抄』巻二・二三五番歌にも収録される鮮烈な印象を持つ今様である。「我等何しに老ぬらん」と、これまでの自らの人生を省みる起としての第一句。第二句「おもへばいと社哀なれ」は、第一句から導き出される強い後悔の念の表明で、承としての役割を担う。そして一転して、「今は西方極楽の」と、自らの過去と決別し、死に直面した一瞬の炎の燃焼を強烈に歌い上げる第三句。「弥陀の誓を念ずべし」と、阿弥陀如来への帰依と讃歎に集約される結論を語る第四句。この歌は以上のように、きわめて起承転結のメリハリの効いたドラマティックな構成を見せる。まさにとねくろが歌うにふさわしい、むしろ、とねくろのために用意されたとも言えるような、折に適った今様であった。

一方、『藤の衣物語絵巻』において、かうしゅが臨終の場面で歌った今様は、『梁塵秘抄』一九一番歌にも見える「娑羅や林樹の樹の下に、帰ると人には見えしかど、霊鷲山の山の端に、月はのどけく照らすめり」という法文歌であった。これは釈迦の入滅を歌いながら、釈迦はこの世を去ったのではなく、実は月のように常住不滅の

存在であることを説く。この今様をかうしゅが歌ったということは、遊女であるかうしゅの臨終が、釈迦の入滅と重ね合わされたことになろう。かうしゅはこの今様を歌うことによって往生が約束され、永遠の命を生きることになったのである。

以上、『藤の衣物語絵巻』はかつて『遊女物語絵巻』と呼ばれていたように、遊女が主要な人物として登場する。そして、それら遊女たちがさまざまな場面で、今様雑芸歌謡を中心とした多くの歌謡を披露する。また、主人公の娘を産む遊女かうしゅは、今様を歌いながら往生するといった、印象的な設定がとられている。この意味でも『藤の衣物語絵巻』は中世物語絵巻と歌謡とのかかわりを考える際に、不可欠な作品と言ってよいであろう。

四　『藤袋の草子』と歌謡

室町時代成立の物語絵巻『藤袋《ふじぶくろ》の草子』は、民間伝承の昔話に類話のある物語で、猿と人間との交渉を描く異類物に分類される。

あらすじは次のようである。近江国に住む一老翁が、女の子を拾って養育する。その子は美しく成長する。翁は日々の畑仕事の辛さから、手伝う者がいれば、たとえ猿であっても娘を嫁に取らせるものをと独言する。すると、本当に猿が来て翁の畑仕事を手伝ってくれる。翁は軽率な発言をしたことを後悔して娘を隠すが、猿は娘を捜し当てて連れて行ってしまう。翁と妻の媼《おうな》は清水観音に祈誓し、山中に猿を追っていくと、猿たちは娘を慰めるために酒宴を催した後、木の実を採りに出かけた。猿たちが留守にする間、娘は藤袋に入れられ、梢に掛けられて、宿直猿のみが番をしていた。翁たちがその様子を見ていると、狩人の一行が通りかかったので、助けを求めた。狩人は供の弓名人に弓を引かせ、娘が吊られている縄を射落とさせた。その後、娘の代わりに狩用の犬を入れておいた。それを知らずに戻って来た猿たちが、娘を慰めようとすると、袋の中から犬が飛び出して、猿を散々に追い散らせた。狩人は娘を娶り、翁と媼を養うこととなった。

この物語の一伝本である麻生太賀吉氏旧蔵絵巻の第三図には、猿の歌う「かた(片)山のくず(葛)のは(葉)は風にも(揉)まれたり、わらうらも、も(揉)まれたり、恋にも(揉)まれたり」、第七図にも「けだ(獣)物の、その中に、さる(猿)こそ、すぐ(優)れたりけれ、け(毛)こそ、身にを(負)いたれど、人のすがた(姿)にか(変)はらず、つばさ(翼)をばも(持)たねど、木ずゑ(梢)をもか(駆)けりぬ、野山をもはし(走)りつ、水のそこ(底)の月をも、われ(我)らこそと(取)りぬれ、あら〱、めでたや」という猿の歌う歌謡が画中詞として書き入れられている。なお、早く岡見正雄氏[7]が指摘するように、この歌の冒頭部分が小異で『十二類合戦絵巻』堂本家本に見えている。

第三図の画中詞である前者の歌謡「かた山のくずのはは……」の直前には、畑を打つ猿の独語「まだ見ぬ人にまよ(迷)ひて、このはた(畑)をう(打)つ事よ」がある。したがって、この歌がいまだ見ぬ人を恋することを主題とした歌謡であることが知られる。これはすなわち、翁との約束によって主人公の猿が、いまだ見ぬ翁の娘を娶ることを歌ったものである。真鍋昌弘氏[8]の指摘によれば、この歌は田植草紙系歌謡に多くの類歌を見出すことができるという。例えば「峠山の葛の葉は風にもまれたよな、わしらも其如くにとのにもまれた」(『田植歌略本』)、「たいせん山のくずのはゝ風にもまれたよな、わかいときにはもまれし、いまでわわ(ママ)が身やつれた」(『佚表紙田植歌《いつびようしたうえうた》』)などが指摘されている。田植えという本来の享受の場と、この物語での田打ちの場とがきわめて近接していることが知られるのである。

後者の歌謡を画中詞として書き入れる第七図は、猿たちの酒宴の場面で、扇を持って舞う猿がこの歌を歌う。猿曳の芸能の歌謡として、当時広く行われていたものと推測できる。

なお、歌謡とは直接関係ないものであるが、若林正治氏蔵の古絵巻の本文には「我こひ(恋)はままのでくるをま(待)ちかねてひもじなはら(腹)にむし(虫)さは(騒)ぐなり」という、「我が恋は松を時雨の染めかねて真葛が原に風騒ぐなり」(『新古今和歌集』恋一・一〇三〇・前大僧正慈円)のパロディーの狂歌を載せており興味深い。

五　『弥兵衛鼠』と歌謡

『弥兵衛鼠《やひょうえねずみ》』は鼠を主人公とする異類物である。徳田和夫氏(9)によれば、室町時代物語において鼠を主人公とする作品には、別名を『鼠の権頭《ごんのかみ》』とする『鼠の草子』や『鼠草子』のような悲劇的結末のもの、『鶏鼠《けいそ》物語』『猫の草子』『隠れ里』のような滑稽味のあるもの、『(別本)鼠のさうし』のような禅的幽寂な境地のもの、『東勝寺鼠物語』のような往来物風のものがあり、さらにここでとりあげる『弥兵衛鼠』のような童話味と祝儀的性格を有するものがあるという。

『弥兵衛鼠』のあらすじは次のようである。京都東寺の塔を住みかとする白鼠の弥兵衛は、野鼠の将監の一人娘である美貌の妻を娶り、多くの子を儲けた。ある時、妻がまた懐妊し、雁の右の羽交《はがい》の身を欲しがるのを聞き、弥兵衛は雁に飛び付いた。ところが、雁は驚いてそのまま飛び立ったので、弥兵衛は雁に抱えられた状態のまま、東国の常磐《ときわ》の国まで連れて行かれることとなった。都では行方不明となった夫を捜すため、妻が土龍《もぐら》の御局に占ってもらう。すると、いずれ便りもあり、逢うことも叶うとのことであったので、妻はその占いを頼みとした。一方、弥兵衛はあちこちさまよい歩いた末に、常磐の里の長者左衛門の家に住み着く。大黒天の使者として歓待された弥兵衛は、土地の鼠たちからも客として迎えられ、盛大な酒宴を張ってもてなされる。しかし、都への思いを断ち切りがたい弥兵衛は、上洛する左衛門の荷の中に入れてもらい、無事に妻子との再会を果たした。喜んだ弥兵衛は左衛門への恩返しに、金銀と娘の鼠を贈る。娘の白鼠を迎えた左衛門家は、ますます繁栄し、三国一の大長者となった。また、弥兵衛の方も繁盛をきわめた。

この物語絵巻の画中詞に書き入れられた歌謡に関しては既に優れた考察がある。[10] 以下、この作品中にみられる画中詞の歌謡について考察を加えてみたい。

絵巻には弥兵衛を慰める宴会での遊君の舞の場面の絵があるが、その画中詞に狂言「花子《はなご》」で歌われる室町小歌が書き留められている。まず、天理図書館蔵（藤井乙男氏旧蔵）絵巻の例について述べる。同絵巻の挿絵の画中詞は散らし書きで、漢数字の番号が付されている。これは『藤の衣物語絵巻』と同じ方法が採られていると言える。その順に従って読むと、「みす（御簾）のおいかぜ（追風）、にほ（匂）ひく（来）る、げにやあづま（東）の、はて（果）しまで、人の心のおく（奥）ふか（深）き、そのなさけ（情）こそみやこ（都）なれ、花のはる（春）、もみぢ（紅葉）のあき（秋）、た（誰）がおもひで（思ひ出）となるべし」となる。そして、鼓や笛の楽器を演奏している周辺の鼠の傍らには「ちちちとちちほ」「とたんたたとたんゑやと」「ひやつひやり、ひやうりひやあるり」という口唱歌の音が入れられている。この「みすのおいかぜ……」は金春禅竹《こんぱるぜんちく》の作とされる謡曲「千手《せんじゅ》」の地謡《じうたい》上《あ》げ歌《うた》の一節に該当する。「千手」では都を遠く離れて東国に護送されてきた平重衡のために、千手の前《まえ》が歌い舞う場面である。徳田和夫氏が前掲論文の中で指摘するように、『弥兵衛鼠』ではそれを踏まえて、都を離れて遥かな東国をさすらうことになった主人公弥兵衛と、それを慰めて歌う遊君とに重ね合わせる。なお、「千手」の当該部分は小謡として、この部分だけを独立させて歌うことが多く、大蔵流狂言「花子」や鷺流狂言「座禅」の中でも独立した歌謡として歌われる。[11]

これが慶応義塾図書館所蔵絵巻の画中詞となると「妻戸をきりりとお（押）しひら（開）き、御簾《みす》の追ひ風にほ（匂）

ひく(来)る、千代もいく(幾)千代姫小松、誰が思ひ出とかなりなん」とある。「千代もいく千代」は室町小歌に多い賀の慣用的表現で、「隆達節歌謡（草歌〈春〉）」三七番歌には「いつも春立つ門の松、茂れ松山、千代も幾《いく》千代若緑(12)」という小歌が収録される。また、他に室町時代の狂歌合『玉吟抄《ぎょくぎんしょう》』の二番左歌「鶯も初子《はつね》めでたや姫小松千代も幾千代歌へ春の野」とあり、この狂歌に対して判者の三条西実隆は「小歌の言葉にて詠ぜるかや」と判詞を付けている。これは前掲画中詞の一節「千代もいく千代姫小松」ときわめて近似する。おそらく、「千代もいく千代姫小松」という詞章の小歌も存在していたのであろう。すなわち、慶応義塾図書館所蔵絵巻の画中詞歌謡は、「千手」の地謡に当時流行の室町小歌が合成された詞章を見せるものである。

六　『鼠の草子』（『鼠の権頭』）と歌謡

『鼠の草子』（『鼠草子』）と称される中世物語には三種の異なる作品が存在する。そのうちここでは別名『鼠の権頭《ごんのかみ》』とも呼ばれる作品（以下、単に『鼠の草子』と記す場合この『鼠の権頭』を指す）をとりあげる。

この作品のあらすじは次のようである。京都四条堀河に住まいする鼠の権頭は、自分の子孫が畜生道から逃れられることを願い、人間の女と契れるように清水観音に祈誓した。その結果、五条油小路の柳屋三郎左衛門の娘を妻として娶ることが叶った。婚礼の宴は京都中の芸能者が集まって、盛大に行われた。権頭は妻を寵愛したが、妻は新居が鼠の住みかであることを知ってしまう。そこで妻は琴の糸で罠を仕掛け、それに権頭がかかるのを待って、逃げ出した。その後、占いによって妻が別の男と再婚し、猫を飼って自分を遠ざけようとしていることを知った権頭は、失意のうちに出家して、〝ねん阿弥〟と号し、高野山に上った。

この作品には絵の周辺に書き込まれた画中詞が豊富である。それらは室町時代の口語資料として夙に注目されているが、室町小歌をはじめとする歌謡も何首か書き込まれており注目される[13]。

まず、『鼠の草子』の中でも、もっとも多くの画中詞歌謡が見られることで著名な本は、天理図書館蔵の別本絵巻である。その絵巻が別本と呼ばれるのは、天理図書館にはもう一本の藤井乙男氏旧蔵絵巻（室町時代後期成立）が所蔵されており、早くに紹介されていたからに他ならない。こちらの藤井氏旧蔵絵巻には巫女の神降し歌として、「よ(依)りびと(人)は、いま(今)ぞよ(依)りく(来)る、ながはら(長原)を、あしげ(葦毛)のこま(駒)に、たづな(手綱)ゆ(揺)りか(掛)け、あづさ(梓)のゆみ(弓)に、よ(依)りく(来)るや[14]」があることは古くから知られており、『続日本歌謡集成』の中にも採録された。

一方、別本絵巻は江戸時代初期の成立とされる断簡である。しかし、断簡ながらこの別本には多くの挿絵に画中詞歌謡が書き入れられている。中でも、鼠の権頭と人間の姫との婚礼の宴の準備場面は圧巻である。まず、釣瓶井戸で水を汲む鼠の歌う歌謡は「しの(忍)びのつま(夫)によね(米)くれて、おちや(茶)のみづ(水)、く(汲)めどもおけ(桶)にた(溜)まらぬ、〱」である。その傍らの水桶を頭上に担ぐ鼠の歌う歌謡は「しんろう(辛労)くろう(苦労)わす(忘)れんぞ、こよい(今宵)はごてい(御亭)とね(寝)てかた(語)らはん」である。ともに、労作的な語を含む恋歌である。鼠たちが働きながら口ずさむ歌謡として、この場面にふさわしいものと言えよう。

同じく婚礼準備の場面の挿絵には、臼を挽《ひ》く鼠、米を搗《つ》く鼠、子守をする鼠それぞれの画中詞に歌謡らしき書き入れが確認できる。まず、臼を挽く鼠の画中詞には「□ざる、さんじよの、のでしげる」とある。これは真鍋氏が指摘するように、「ござる、三条の、野で繁る」であろう。江戸時代の御船歌には「ござれ、さんじやうの野で、ソリヤ野でしげる、エンあんまりしげれば、くるゝもしれぬ」（『御船唄留《おふなうたどめ》』上・さその春）などと見える。「しげる」は男女の情交の意であり、この歌は開放的でおおらかな恋歌と解釈できる。このような歌が、臼挽きの労作歌として書き入れられていることは、当時の歌謡の享受の場の実態を垣間見せてくれるものであろう。臼挽きの場面ではもう一匹の鼠も歌謡を歌っている。それは「こよい（今宵）一よ（夜）のおてまくら（手枕）、さんさきのどく（気の毒）や、〳〵」である。この歌謡にもっとも近似するものとしては、『延享五年小哥しやうが集』の「今宵一夜のお手まくらぞや明日は出船の波枕」があるが、やはり真鍋氏によって指摘されている。

米を搗く鼠たちも歌っている。まず、「にちやうめ（二丁目）さんちやうめ（三丁目）は、やみ（闇）でもとお（通）る、はな（花）のしちやうめ（四丁目）は、ほしつきよ（星月夜）、〳〵」が見える。これは「二丁目、三丁目、四丁目」と順に数えあげてゆくパターンの歌で、一種の数え歌と言ってよい。また、別の鼠たちは「あめ（雨）はふ（降）るとも、身はぬ（濡）れやしよまい、君のなさけ（情）を、かさ（笠）にき（着）て」と口ずさむ。これは恋歌であるが、「にちやうめさんちやうめは……」と同様に、近世小唄調（三・四／四・三／三・四／五）を採る。この類歌は『延享五年小哥しやうが集』『山家鳥虫歌』『尾張藩御船歌』などに見出すことができる近世を代表する民謡であった。ここで取り扱う別本絵巻が江戸時代の成立であることを、雄弁に物語る画中詞歌謡である。鼠の米搗歌はさらにもう一首「おも（思）ふとの□（殿御）、ね（寝）るとき（時）、さとうもち、くらよふ」がある。

子守をする鼠の歌う子守歌は、「かうじうりにまいつた、ねいろやい、ねんねこやい、〳〵」である。「かうじうり」は「麹売《こうじ》り」である。

次に、東京国立博物館所蔵絵巻の画中詞歌謡を概観しておきたい。この絵巻と同系統の絵巻に、サントリー美術館所蔵絵巻、ニューヨーク・スペンサーコレクション所蔵絵巻がある。この系統の三絵巻は画中詞もほぼ共通している。ここでは東京国立博物館蔵本によって紹介しておく。まず、第二図に当たる場面、権頭が清水観音に申し妻をして帰参するところには、清水寺境内が描かれる。その画中詞に「あら〳〵おもしろの、ぢしゆの桜や、よねんもなし」と見える。これは「面白の地主の桜」、すなわち境内の地主神社の桜を歌った歌謡に他ならない。『閑吟集』一九番歌・放下の謡い物に「おもしろの花の都や、筆に書くとも及ばじ、東には祇園、清水、落ちくる滝の音羽の嵐に、地主の桜は散り散り……」という歌が採られている。また、『閑吟集』には二七番歌の狭義小歌にも「地主の桜は散るか散らぬか、見たか水汲、散るやら散らぬやら、嵐こそ知れ」とある。[15] 画中詞の歌謡も『閑吟集』所収歌謡二首と同様に、洛中洛外図屏風を思わせるような、華やかな室町人の花見の景を彷彿とさせる。

次の第三図は、櫃《ひつ》を天秤棒で担う三人の従者を描くが、その場面に付された画中詞は「このになひ、こひのをもにか、あらをもや」とある。これは物語中では、権頭の柳屋三郎左衛門の娘への激しい恋慕の情を歌ったものであるとともに、従者の持つ荷の重さを歌う。この表現の基盤には世阿弥作の謡曲「恋の重荷」が置かれるが、さらにはその謡曲の一節で、『閑吟集』七〇番歌・大和節にも採録された歌と密接なかかわりを持っている。それは「しめぢが原立ちや、よしなき恋を菅筵《すがむしろ》、臥《ふ》してみれども居られればこそ、苦しや独り寝の、我が手枕の肩替えて、持てども持たれず、そも恋は、何の重荷ぞ」という歌である。[16] この歌は狂言「文荷《ふみにない》」でも歌われるものであるが、東京国立博物館本系統の『鼠の草子』には、他にも「文荷」の小歌を画中詞に用いた例が見られる。これについては後述する。

次に、第四図は鼠の権頭と人間の姫との婚礼準備の場面である（図9参照）。そこには「あすはとの丶よねつき」「ぬきあげ、ぬきをろし、どつち〱と、つかふよ」という米搗《こめつき》歌、「ねいろ〱、ね丶つこないて、ねうにとられるな」という子守歌が見える。このうち後者の子守歌の方は、天理図書館蔵の別本絵巻の中にも、小異の詞章で書き入れられている。

さらにこの場面の歌謡研究史上のハイライトは、粉挽《こなひ》きをする鼠たちの歌う小歌に他ならない。それは、「こひ

図９　東京国立博物館本『鼠の草子』第四図

（恋）しゆかしとや（遣）る文を、せた（瀬田）のながはし（長橋）でお（落）とした、あらなさけ（情）な（無）の文のつか（使）ひや」「をれ（俺）もこひ（恋）しといふふみ（文）を、どこでやらにてを（落）とした」というものである。この歌の類歌をめぐっては既に多くの指摘がある。[17] ここでは代表的類歌として、『閑吟集』二九三番歌の狭義小歌「久我《こが》のどことやらで落いたとなう、あら何ともなの文の使ひや」のみを挙げておく。なお、狂言「文荷」では、地名を「加茂の川原」「志賀の浦」等と差し替えてこの歌が歌われ、次に述べる桜井健太郎氏蔵本『鼠の草子』では、『閑吟集』と同じく「こが（久我）のわたり」と書き入れられている。多くの類歌を見出すことのできるこの歌は、室町小歌の中でも、もっとも愛唱された一首と言えよう。

ここで従来、間接的にしか言及されて来なかった桜井健太郎氏蔵本の画中詞歌謡について、指摘しておきたい。まず、前述した「文荷」の小歌であるが、それは「こひ（恋）しゆかしとや（遣）る文を、こが（久我）のわたりでお（落）といた」「あらこゝろな（心無）のつか（使）いや、きみ（君）のうきな（浮名）はかわ（川）にこそあれ」と書き入れられる。これを『閑吟集』所収小歌と比較すると、末尾の「きみ（君）のうきな（浮名）はかわ（川）にこそあれ」の部分が追加されていることが知られる。久我《こが》という都の南にあたる水辺の地に落ちた恋文は、川の上を浮いたまま流れて行く。すなわち、恋の浮名は文字通り川に浮いているのである。桜井氏蔵本の画中詞によって、この小歌がより魅力ある姿として蘇っていると言えよう。

桜井氏蔵本にはこの他、次のような画中詞歌謡を指摘することができる。

○ふ（吹）くかぜ（風）もこゝろ（心）あれ、たまづさ（玉章）を、きみ（君）がたもと（袂）にふ（吹）きこ（込）め、うた（歌）はうた（歌）へどひもじさよ［器を持つ男の鼠で名は□□かき］

○いやまことと（真）わす（忘）れたりや、あす（明日）はいわまのおれんか［米を搗く女の鼠で名はかるかや］

○われ（我）なかれいわまのれんか、おも（思）ふ人がこ（来）ばこそ［米を搗く女の鼠で名はなでしこ］

○おも（思）ひき（切）るて（手）をし（知）らでたゞ（唯）、こゝろ（心）づ（尽）くしの□ま［米を搗く女の鼠で名はおみなへし］

○このほど（程）はこゝろ（心）が身にそ（添）わで、そら（空）がみ（見）らるゝ、つ（搗）くきね（杵）は、身をばやつさで、こひ（恋）にやつすものかな、ふね（舟）にはの（乗）らねども、きみ（君）にこ（焦〈漕〉）がるゝ、わ（我）が身かな［米を搗く女の鼠で名はききやう］

○ねんねいころ〳〵、うば（乳母）がこ（来）ないで、にやう（猫）にと（捕）らるゝな［子守をする女の鼠で名はちよ］

このうち、第一首目の「ふくかぜも……」は前掲の「こひしゆかしとやる文を……」の後続の詞章とも思われる小歌である。また、最後の「ねんねいころ〳〵……」は、『鼠の草子』諸本に見える子守歌であるが、天理別本とは大異があり、東京国立博物館蔵本系統に近い。

おわりに

この他、徳田和夫氏紹介の『実隆公記《さねたかこうき》』文明七年（一四七五）七月二十八日から三十日、及び八月一日それぞれの紙背に記された画中詞（絵詞）草案も注目される。(18) その中の第三段部分には、「□□くるしや、〳〵、□やの水がおそくなり候、まづはなさしめ」とある。これは当時、広く愛唱されていた室町小歌の一節である。すなわち、『閑吟集』三二番歌・狭義小歌に「お茶の水が遅くなり候、先づ放さいなう、また来うかと問はれたよなう、なんぼこじれたい、新発意《しんぼち》心ぢや」と見える。これはもとは、狂言「御茶の水」（別名「水汲新発意《みずくみしんぼち》」）で歌われる歌謡であった。中でも和泉流と鷺流においては、この画中詞草案とほぼ同じ詞章で歌い出されていたことが狂言台本から確認できる。いまここには和泉流の古い台本『狂言六義《りくぎ》』抜書の「水汲新発意」から引用すると、「お茶の水がおそく成候、まづはなさしめ、まづはなせ、又こうかととわれたよの、なんぼうこじやれたおしんぼちやなふ」と歌われたことが知られる。(19)

さらに、画中詞ではないが、作品中に歌謡が見える中世物語には、『破来頓等絵巻《やれことんとうえまき》』（『不留房絵詞《ふりゅうぼうえことば》』）、『隠れ里』『ふくろうのそうし』『月林草』などがある。また、真鍋氏指摘(20)の『草木太平記』『さくらゐ物語』や、『続日本歌謡集成』巻二掲出の『弁慶物語』『鶴亀物語』『異本秋月物語』『唐糸草紙』『梅津長者物語』『短冊の縁』などがある。以下、代表的なもののみを簡単に紹介しておく。

まず、『破来頓等絵巻』は徳川美術館所蔵の大型絵巻で、南北朝時代の成立と推定されている（この模写本は国立国会図書館所蔵）。絵師は飛騨守惟久と伝えられる。一方、東京国立博物館にはこの同一系統の別伝本が所蔵されており、そちらは物語の主人公の名をとって『不留房絵詞』と名付けられる。また、かつては「はらひとんとんの絵巻」とも呼ばれていたという。この絵巻の歌謡については、前掲の徳江元正「やれことうとう考」に詳しい。そこには五節間《ごせちのあいだの》郢曲《えいきょく》の流れを引くものと思われる次のような即興的拍子物の歌謡が収録されている。国立国会図書館蔵の模写本から紹介しておく。

……足わななれば、財も家もなにもかも、我なと〻めで破来《やれこ》頓等《とんとう》、衣も袈裟も破来頓等、うき身も人も破来頓等、わかきも老たるも破来頓等、上臈も下賤も破来頓等、ほむるもそしるも破来頓等、法師等ひとりぞ破来頓等、きたりし時も独ぞ破来頓等、去時も独ぞ破来頓等、はじめもひとりぞ破来頓等、終もひとりぞ破来頓等、信謗共に破来頓等、くづし合て破来頓等、無我にはと〻まらじ破来頓等、魔郷にはと〻まらじ破来頓等、かどなき珠のはむにころぶぞ知識なりけり破来頓等、左右の手をはなて破来頓等、人にな留そ破来頓等、南無阿弥陀仏になれや人破来頓等、……あらをこがましや、おのれらを夢のうちのあたとしらぬほどこそあれ、うたはざりぬべき家のほかや破来頓等

ここに見える歌謡は、徳江氏が前掲論文において既に指摘するように、「やれことうとう」という囃子詞を持つ一連の今様雑芸歌謡の流れを汲んでいると言える。(21) また、本章でもとりあげた『是《ぜ》害房絵《がいぼうえ》』所収の延年の唱歌にも「やりことんとう」の囃子詞が見え、同系列に属している。

『隠れ里』は別名『恵比須《えびす》大黒合戦《だいこくがっせん》』とも称される慶長年間頃成立の物語で、内容的には鼠を主役とした異類合《いるいかっ》戦譚《せんたん》である。その上巻の中に鼠の住居の様子の描写がある。鼠たちはその場所で、庭に立臼を二つ並べて米搗きをしている。その米搗歌は「さなへ(早苗)のは(葉)にはいなご(蝗)もつ(付)きそ、とらげ(虎毛)のねこ(猫)はこゑ(声)もいや(嫌)よ」と記される。物語本文ではこの米搗歌を「をかしくも、またおもしろかりけり」「節のおもしろさ、声めづらかににほひありて、息のはづむことぞあり」と評している。

東京大学国語研究室蔵『ふくろうのそうし』（写本）では、ふくろうが二首の「こうた（小歌）」を歌う。それらは次のような詞章である。

○よしとてもそ（添）わばこそ、た（立）つな（名）も、くる（苦）しかるべき□、おも（思）へばこよひ（今宵）を、かぎ（限）りとき（聞）けば、一よ（夜）をも、ちよ（千夜）になさばやと、ねが（願）へどあ（明）くる、しのゝめ（東雲）の、あ（飽）かぬなか（仲）の、なか〳〵に、なにしにな（馴）れそ（初）めて、いまさら、かな（悲）しかるらん

○なみかぜ（波風）も、しづか（静）を、とゞ（留）め給ふかと、なみだ（涙）をなが（流）し、いうしで（木綿幣）の、かみ（神）かけて、か（変）わらじと、ちぎ（契）りし事も、さだ（定）めなや、げにや、わか（別）れより、まさ（勝）りてを（惜）しきいのち（命）かな、きみ（君）にふたゝ（再）び、あ（逢）はんとて、おも（思）ふゆくすゑ（行く末）と

ここに見える二首の歌謡は長編で、所謂室町小歌とは異なるが、後代の箏曲を思わせる恋を主題とした優美な詞章である。これらの歌謡の性格の規定には、今後さらなる検討が必要であろう。

室町時代物語『月林草《げつりんそう》』には「ゆきおれの竹をそのまゝかきにして、よはさかさまの人のいひなしと世にしたがひて……」という一節があるが、この部分は五・七・五と七・七からなる形式から考えて、当時の誹諧連歌をそのまま用いたものと考え得る。それというのも、真如蔵本《しんにょぞうほん》『誹諧連歌』には「世はさかさまの人のいひなし／雪おれの竹をそのまゝ垣にして」という付合《つけあい》があり、宮内庁書陵部蔵『三吟百韻《さんぎんひゃくいん》』第四「聞書《ききがき》」にもほぼ同様に見える。この付合は有名で人口に膾炙したものらしく、後代の「隆達節歌謡（小歌）」の一首に「雪折れ竹をそのまゝ垣に、世は皆人の言ひなし」（四七六番歌）とあって、節付けされた歌謡としても行われたことが知られる。これも間接的ながら、中世物語草子と歌謡とのかかわりを示す例に他ならない。

一方、物語ではないが同じ室町時代の絵巻作品で、多くの画中詞を持つ作品に『七十一番職人歌合《しちじゅういちばんしょくにんうたあわせ》』がある

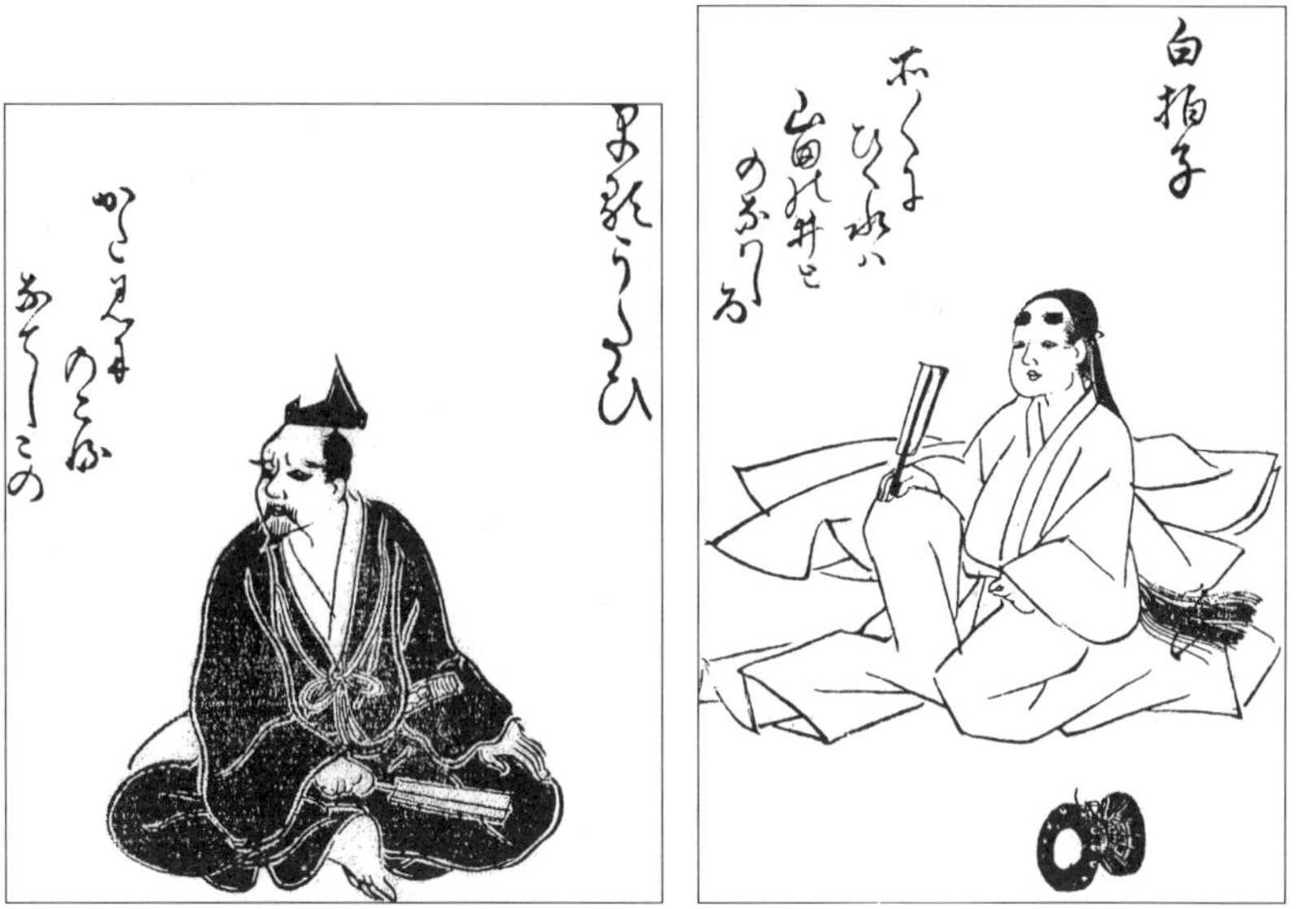

早歌うたひ　　白拍子

図10　『七十一番職人歌合』

（図10参照）。これは歌合とは言っても、性格からして狂歌合と名付けるにふさわしい。そこには職人として、琵琶法師、女盲、暮露暮露《ぼろぼろ》など多くの芸能者も採られている。それらのうち、歌謡にかかわる画中詞が書き入れられる例として、次のようなものがある。

○所〳〵にひく水は、山田のゐどのなはしろ（白拍子《しらびょうし》）

○月にはつらきをぐら山、その名はかくれざりけり（曲舞々《くせまいまい》）

○うつゝなのまよひや（放下《ほうか》）

○昨日みし人けふとへば（鉢扣《はちたたき》）

○あげまきやとんとう、ひろばかりやとんとう（猿楽）

○榊ばや、たちまふ袖のをひ風に（巫《かんなぎ》）

○かたみにのこるなでしこの（早歌《そうが》うたひ）

このうち、放下の「うつゝなのまよひや」は、出典は未詳ながら放下師が歌い歩いた歌謡であろう。

鉢扣《はちたたき》の「昨日みし人けふとへば」は、『無常和讃』に「きのふみし人はいづくとけふとへば、谷ふくあらし、みねの松かぜ」とある他、和讃系歌謡の常套的詞章で、空也僧としての鉢扣が、茶筅《ちゃせん》を売りながら歌い歩いた歌謡である。(22) 続く猿楽の「あげまきやとんとう、ひろばかりやとんとう」は、謡曲「翁」の一節「総角《あげまき》やとんどや、尋《ひろ》ばかりやとんどや」が直接の出典であろう。しかし、これは元来は催馬楽の「総角」の一節に当たる。巫《かんなぎ》の「榊ばや、たちまふ袖のをひ風に」は、『金葉和歌集』冬・二九四・康資王母《やすすけおうのはは》の「さかきばや立舞ふ袖の追風になびかぬ神はあらじとぞ思ふ」を出典とするが、早く『伊勢神楽歌《いせかぐらうた》』の歌謡として成立していたものの一節である。また、「榊ばや、たちまふ袖のをひ風に」の部分だけに関しては、早歌集の『宴曲集《えんきょくしゅう》』巻二「神祇」にも摂取されている。次に、早歌うたひの「かたみにのこるなでしこの」は、早歌の外物の一曲「露曲」の一節である。この曲は古典文学に見る「露」のもの尽くしとなっている。

以上、中世物語絵巻の中で、その時代の口語や流行歌謡資料を多く書き留めるのは、挿絵の脇に書き込まれた画中詞であった。画中詞はいわば、中世という時代を、そしてその時代の生命を瞬間冷凍したかのような存在である。本稿では画中詞に見える歌謡を対象として、その歌謡の生き生きとした流行当時の姿―享受の場や階層―を捉える試みを行った。今後、この分野への関心が高まって、さらなる資料の発掘やより深い位置付けが要求されることを期待したい。

注

（1）『秋夜長物語』にも「我等ガ、面白ト、思事ハ、焼亡、辻風、小諍論、ロンノ相撲ノ事出、白川小童、空印地、山門南都ノ御輿振、五山ノ僧ノ門徒立」（片カナ活字本）とあり、天狗たちがおもしろく思うものとして、「焼亡」「辻風」他が挙げられている。

（2）岡見正雄氏はこの二首の歌謡を「山伏の延年舞のような芸能の詞章か」としている（『新修日本絵巻物全集』第二十七巻所収『天狗草紙』〈昭和53年・角川書店〉解説）。

（3）『新修日本絵巻物全集』第二十七巻所収『是害房絵』掲載の梅津家蔵の模本。

（4）五節間郢曲については、小著『中世歌謡の文学的研究』第二部第二章第一節「五節間郢曲資料考」、第二節「五節間郢曲資料続考」を参照願いたい。

（5）この二首の歌謡については、徳江元正「やれことうとう考」（臼田甚五郎先生還暦記念論文集『口承文藝の展開』〈昭和50年・桜楓社〉／後に『室町藝能史論攷』〈昭和59年・三弥井書店〉所収）に優れた言及がある。

（6）「『藤の衣物語絵巻』にみる遊女と歌謡」（『日本歌謡研究』第四十号〈平成12年12月〉）

（7）「御伽草子絵に就いて—十二類合戦絵巻・福富草紙・道成寺縁起絵巻を通じて—」（『日本絵巻物全集』第十八巻〈昭和43年・角川書店〉解説）。なお『十二類合戦絵巻』にはチェスタービーティコレクション本も存在するが、その画中詞には、

よろづの物の中に猿こそ優れたれやな。春は花の散らざる、秋は月の曇らざる、つらき女人には会はざる。巴猿三叫、暁に行人の裳を霑す、わりなくぞ覚ゆる。わびしらにましらな鳴きそと、躬恒が詠じけるも、やさしくぞ聞こゆる。山王の侍者とも、我をぞ定め給へる。年ごとの卯月には我が日ぞ御幸なりける。大行事と申すは、すなはち我がかたちよ。神護寺の法華会、猿の孝養とかやな。五百の猿のはてこそ、辟子仏となりしか。目出度覚ゆる、やさ〳〵。

と見える。また、同本では鶏も歌舞を行うが、その歌は、

鶏人、暁唱ふる声、明王の眠りを驚かす。鶏すでに鳴きてこそ、忠臣朝日を待つと聞け。淮南王の宣旨を得し、雲井に声を判ゐ、孟嘗君が秦を去る関路に客を引くとかや。いづれの鳥のかたちにか、五つの徳を備えたる。いづれのけだ物か、人なき山里に声を立つて候や。織延鳴くと詠めりしは、竜田の山の草枕。君が行き来に迷ひしは、逢坂山の明けぼの。

と絵の左脇に書き入れられている（徳田和夫氏御示教）。
（8）「室町期物語に見える歌謡」（『文学・語学』第八十・八十一合併号〈昭和53年3月〉／後に『中世近世歌謡の研究』第二部第三章所収）
（9）徳田和夫「「弥兵衛鼠」の絵詞歌謡」（『お伽草子研究』〈昭和63年・三弥井書店〉所収）
（10）注（9）に同じ。
（11）徳田氏は『弥兵衛鼠』の画中詞には「げにやあづまの、はてしまで」とあるが、これは謡曲「千手」の上げ歌にはあって、狂言歌謡の方にはないことを根拠に、謡曲「千手」を直接の典拠とする。また、「千手」のこの部分は仮名草子の『恨の介』や『露殿物語』にも引かれていることも指摘している。
（12）「隆達節歌謡」の引用は小編『「隆達節歌謡」全歌集　本文と総索引』（平成10年・笠間書院）により、歌番号も同書に従う。本書においては以下同様である。
（13）この作品の画中詞の歌謡に注目した先行研究に真鍋昌弘「『鼠の草子』に見える小歌」（『国文　研究と教育』第三号〈昭和54年3月〉／後に『中世近世歌謡の研究』〈昭和57年・桜楓社〉所収）があり、また徳田和夫「物語絵巻の創作―画中詞・語り物・狂言と歌謡―」（『お伽草子研究』〈昭和63年・三弥井書店〉所収）がその補遺の役割を果たしている。
（14）この歌は『鴉鷺記《あろき》』の他、謡曲「葵上」「小林」にも巫女の口寄せ歌として見える。
（15）謡曲「田村」の地謡下げ歌の一節にも「やら〳〵、面白の地主の桜や候やな、桜の木の間に漏る月の」とある。これは既に徳田氏前掲論文に指摘がある。
（16）『閑吟集』六九番歌も「待つ宵は、更け行く鐘を悲しび、逢ふ夜は、別れの鳥を恨む、恋ほどの重荷あらじ、あらくるしや」という同じ主題の狭義小歌が収録されている。これは画中詞の「あらをもや」という口吻に、より近いとも言える。
（17）拙稿「小歌の異伝と『閑吟集』―地名を持つ小歌を中心にして―」（『国文学研究』第九十八集〈平成元年6月〉／後に『中世歌謡の文学的研究』〈平成8年・笠間書院〉第三部第二章第五節所収）に、先行研究も踏まえつつ、この小歌について考察した。参照願いたい。

（18）「室町期物語の一絵詞資料―お伽草子性・座頭の語り・狂言と室町小歌―」（『国文学研究資料館紀要』第五号〈昭和54年4月〉）、後に改稿して『お伽草子研究』に収録。

（19）「小歌の異伝と『閑吟集』―地名を持つ小歌を中心にして―」（『国文学研究』第九十八集〈平成元年6月〉／後に『中世歌謡の文学的研究』〈平成8年・笠間書院〉第三部第二章第五節所収）において詳述した。

（20）真鍋昌弘「室町期物語に見える歌謡」（『文学・語学』第八十・八十一合併号〈昭和53年3月〉／後に『中世近世歌謡の研究』第二部第三章所収）

（21）この囃子詞のうち、「とうとう」は催馬楽「総角」などにも見られるもので、笛譜に用いられる擬音の口唱歌に由来するものと推測される。

（22）鉢扣の歌謡については、拙稿「物売り歌謡研究序説―〝売り声の歌〟と〝物売りの歌〟―」（『藝能史研究』第百四十一号〈平成10年4月〉）のなかで述べた。参照願いたい。

Ⅲ　『おどりの図』――風流踊絵と歌謡

はじめに

早く室町時代から行われ始めた風流踊は、江戸時代初期の寛永年間（一六二四～四四）には三代将軍徳川家光の愛好に支えられて、新たな、そして大きな飛躍を遂げる。それは諸大名による家光への上覧風流踊が催されたことによるものであり、その際の貴重な踊歌資料が数点残されるに至った。[1]また、それに続く時代には近世風俗画として、風流踊の水脈を受け継いだ踊歌の絵画資料（以下、〝風流踊絵〟と称す）も残された。今日までに紹介されたものに、国立国会図書館蔵『おどりの図』、奈良県立美術館蔵『踊り絵巻』、センチュリー文化財団蔵『踊尽草紙』が存在している。本書では歌謡文学にみる絵画資料を歴史的かつ体系的に整理しようと試みているので、既に優れた先行研究のある[2]それらの風流踊絵についても、改めて位置付けを行いたい。そして、それらが歌謡文学史上に現われた絵画資料のなかでも、きわめて特徴的な資料群であるということを述べていきたいと思う。

一　国立国会図書館蔵『おどりの図』

国立国会図書館所蔵の風流踊の絵画資料『おどりの図』については、佐々木聖佳氏の二編の論考に詳しい。[3]

住吉踊・お伊勢踊・懸《かけ》踊・小切子《こきりこ》踊・小町踊・唐子《からこ》踊・泡斎《ほうさい》踊・指物《さしもの》踊の八種類の風流踊歌の彩色絵画を画賛《がさん》形式の詞書《ことばがき》（以下、単に〝詞書〟と呼ぶ）とともに描く絵巻一巻である。詞書自体は踊歌の歌詞そのものではないが、巧みに歌詞を組み入れたものになっている。大きさは縦二三・三糎×長さ二五三・〇糎である。かつて出展された「音楽文化資料展覧会」の目録（昭和25年10月）によれば、成立年代は元禄年間（一六八八〜一七〇四）頃と推定されている。

次に、踊ごとに詞書を紹介し、若干の説明を付すこととする。詞書は私に漢字を当てるとともに、難読と思われる箇所にはルビを付した。また、新たに清濁（半濁音も含む）、句読点を施した。掛詞が用いられている箇所は〈　〉の中に漢字で示した。

［住吉踊］住吉の岸の姫松、めでたさよ、と歌ひおさ〈納・治〉まりし代に、大伴家持、皇《すべらぎ》の御代栄へんと、東《あづま》なる陸奥《みちのく》山に黄金《こがね》花咲く。此御代より、よすか、よかるべき。これの御裏に井戸掘れば、水は湧かいで、金が湧く、と歌ひて団扇《うちは》にて、拍子《ほうし》取り、舞ふ面白さ。（図11参照）

［お伊勢踊］中頃に囃し渡りし伊勢踊、染め分けしその振袖を、しなやかに、足に腰、扇取り添へ、その品々を、踊るなりふり。

［懸踊］君にあふぎ〈逢ふ・扇〉の骨折りて、ぬめり坊主のひよこひよこと、差し出《いだ》したる緋唐傘《ひからかさ》、空にはふらふら、匂ひ袋を懸け踊り、打つ太鼓、てんてれつくつくと、並びたる若衆の立ち姿。打つて囃す鼓のちちちちちつ、たんたんと、見まく欲し。

［小切子踊］若衆、鼓、新発意《しんぼち》、太鼓に打ち囃されて、小切子の二つの竹の節々《よよ》ごとに、出でて慰さむ折からは、鳴るも鳴らぬも、簓《ささら》のさらさら、憂き世を渉《わた》る花々。

図11 『おどりの図』住吉踊

図12 『おどりの図』唐子踊

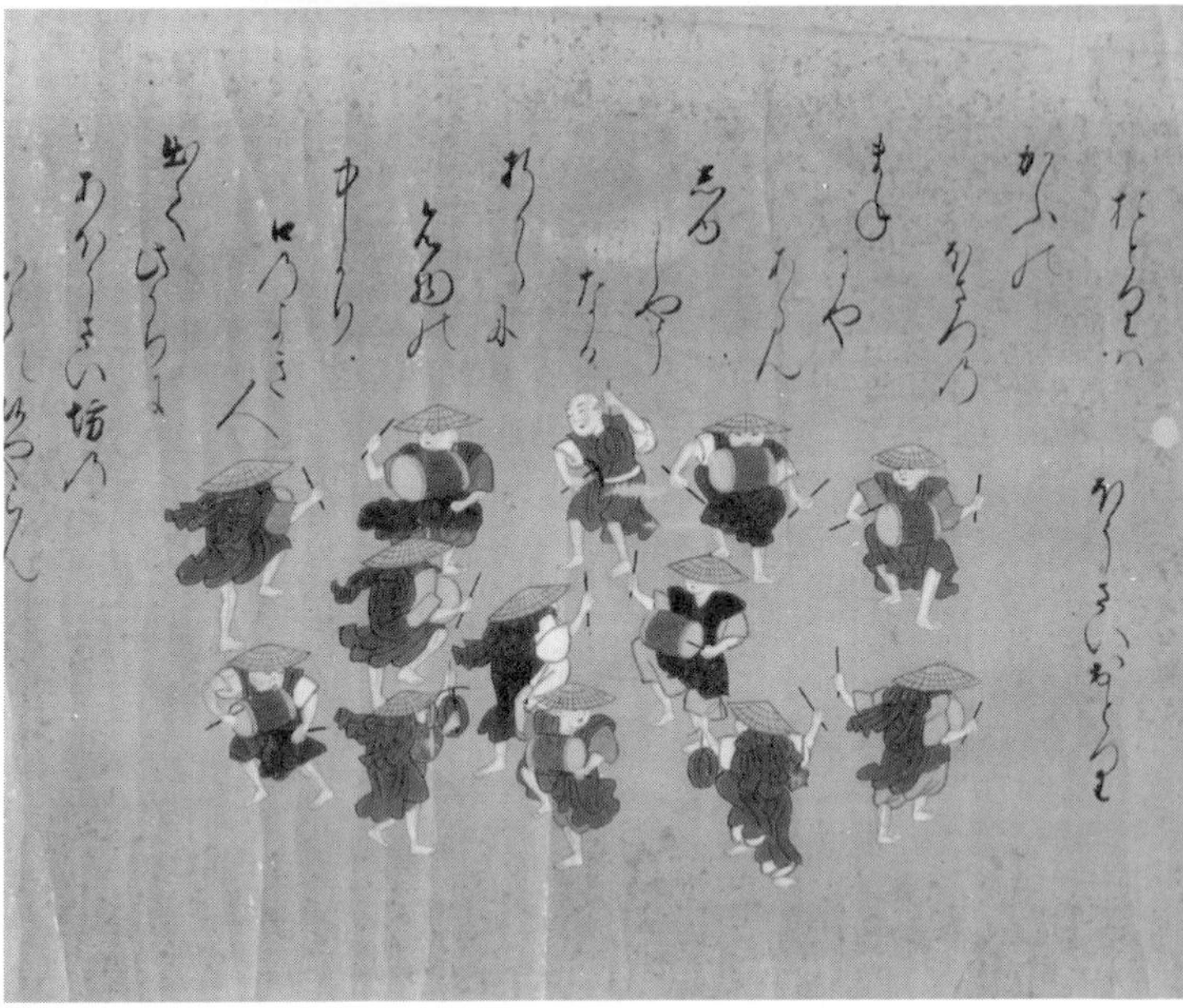

図13 『おどりの図』泡斎踊

図14 『おどりの図』指物踊

［小町踊］題しらず、色見えでうつ〈移・打つ〉はめでた、子共たち。人の女《むすめ》の花にぞありけり。

［唐子踊］太鼓、羯鼓《かっこ》、てんてん、からこ〈擬音語・唐子〉と打ちおさ〈納・治〉まりし、御世《おほん》の恵み、久方の雲井遥かに吹き上ぐる笛の音、殊に面白く、踊りし姿、見事さよ。心もさこそと勇むらん。（図12参照）

［泡斎踊］念仏踊は歌舞の菩薩の真似にやあらん。殊勝なる折からに、見物の中より、口のよき人、出で此うちに、あ泡斎《ほうさい》坊の入られ候やらん。太鼓とんから、鉦《かね》はちゃんからからと、うち笑いし、おかしさ。（図13参照）

［指物踊］大男のあら術《じゅつ》なやと、顔うち顰《しか》め、力のある程、つくし〈尽くし・筑紫〉なる、指物踊思ひ心地なんしけり。（図14参照）

これらの詞書を一見すれば、「面白し」「お（を）かし」がキーワードのように、用いられていることが確認できよう。このことは後述する奈良県立美術館蔵『踊り絵巻』所収の木曽踊・若衆踊を合わせれば、さらに色濃く現われてくる。実にこれら風流踊の指向する境地こそが「面白し」や「お（を）かし」であったことが知られるのである。

『おどりの図』所収の個々の踊について、以下に簡略な解説を加えておきたい。

まず、住吉踊の詞書中に見える「住吉の岸の姫松、めでたさよ」はこの踊の歌謡の一節としてきわめて一般的なものである。また、「大伴家持」は、続く詞書の和歌「皇の御代栄へんと東なる陸奥山に黄金花咲く」の作者であるところからの引用である。当該歌は『万葉集』巻十八・四一二一番歌（新編国歌大観番号）で、「陸奥《みちのく》の国に金《くがね》を出だす詔書を賀《ほ》く歌一首」という題詞を持つ著名な長歌の反歌三首のうちの末尾の一首である。この長歌は『続日本紀』所収歌謡で、昭和の軍歌としてもよく知られた「海行かば水漬《みづ》く屍《かばね》、山行かば草生《む》す屍、大君の辺《へ》にこそ死なめ、かへり見はせじ」の一節を含む。

住吉踊の絵は詞書中に「団扇にて、拍子取《ほうし》り、舞ふ」とあるように、金地の団扇を右手に持って踊る十二人の踊衆の姿が描かれる。これらの踊衆は真紅・茶色・香色（黄土色）の垂れ布を付けた黒笠をかぶっている。十二人で形作られる踊の輪の中央には、薄香色《うすこういろ》の垂れ布及び真紅・茶色・青色の布や袋で飾った風流の長傘を持つ僧形の人物と、御幣《ごへい》をふりかざし音頭（拍子）をとる神官風の男が描かれる。住吉踊はその起源を神功皇后時代の阿部氏が奏上した吉志《きし》舞とする伝承があるように、成立の古さが窺われる。それが、後の江戸時代に入ると願人坊主《がんにんぼうず》の門付芸《かどづけげい》に変容したようである。この点については、関口静雄氏の論考[4]に詳しい。

お伊勢踊の詞書中に見える「中頃に囃し渡りし伊勢踊」とは、慶長十九年（一六一四）から翌元和元年（一六一五）にかけてこの踊が日本全国に爆発的な広がりを見せたことをいう。慶長十九年八月九日の託宣に伊勢大神が野上山に飛び移られたとあり、続く八月二十八日の託宣には還宮の際、雷鳴難風が起こるとあった。これらを機に神意に叶うことを期待した人々は各地で踊を催したという。踊はまたたく間に上方から江戸、さらには陸奥にまで広がったのである。元禄年間頃の成立と考えられる『おどりの図』では、約八十年ほど前のこのできごとを「中頃」という時間軸で捉えたのであろう。

お伊勢踊の絵には、右片袖を脱ぎ下げた十人の踊衆の男たちが扇をかざして踊り（うち一人は他の人物の陰となって右手の扇が見えない。残る九人のうち八人までが右手に扇を持ち、一人のみ左手に持つ）、その輪のなかでは二人の若衆がやはり右手に扇を持って踊る。これは詞章中に「扇取り添へ」とあることに合致している。画面にはさらに笛・鼓・太鼓の囃方四人も描かれる。このうち太鼓はそれを持つ者と打つ者がおり、打つ方は金烏帽子をかぶった姿として見えている。

懸踊《かけおどり》は詞書中に「ぬめり坊主の(5)」「差し出したる緋唐傘」とあるように、真紅の着物に黒の法衣を着、青い頭巾をかぶった坊主が、緋唐傘を左肩に担ぐ。また、その右手には畳まれた扇が握られ、前方に向かって突き出されている。音頭をとっている場面であろう。「あふぎの骨」とあるのはこの扇のことを指すものと思われる。「空にはふらふら、匂ひ袋を懸け踊り」とあるのは、真紅の長い風流傘に懸けられた様々な色と形の袋を言ったものである。懸踊という名称の意味するところは本来は掛踊であって、歌垣《うたがき》のような掛け合いの歌に由来しているが、ここでは巧みにことばを掛けたものと言える。画面では烏帽子姿の男がその風流傘を持っている。詞書にもある「太鼓」「鼓」は三人の囃方《はやしかた》が、また他に笛を一人が担当している。このうち太鼓を持つ者は唐人服に身を包む。またその背後の黄色い衣装の女性は唐団扇を右手に翳している。この踊の趣向のなかに唐風の風流があったものと思われる。踊衆は真紅の鉢巻をした十二人で、白・薄縹《はなだ》・青色の振袖の順に交互に四組、円状に並んでいる。踊衆たちは片膝を突いてしゃがんでいる。

小切子《こきりこ》踊は小切子と呼ばれる短い二本の竹の棒を用いる踊で、早く室町時代には放下師《ほうかし》と呼ばれる芸能者がこれを用いて遊行していた。画面には両手に小切子を持ち、打ち囃して踊っている総勢九人の踊衆と、六人の囃方を描く。囃方の中に二人、真紅の着物に黒の法衣という、懸踊の「ぬめり坊主」と共通する装束の人物がいるが、この二人が手にしているものは小切子に似るものの、太鼓の撥《ばち》と思われる。すなわち、この二人が詞書中の「新《しん》発意《ぼち》」であろう。この他の囃方には、太鼓を持つ者、小鼓を肩に担ぐ者(詞書中の「若衆」か)、笛を吹く者、編木《びんざさら》を持つ者が描かれる。また詞書に「簓《ささら》のさらさら」とあるが、ここに描かれるのは「さらさら」という擬音がふさわしい擦《す》り簓《ざさら》ではなく、編木である。

小町踊の詞書に「題しらず」として「色見えでうつ……人の女の花にぞありけり」とあるのは、『百人一首』にも採られて人口に膾炙した小野小町の和歌「色見えでうつろふ物は世中の人の心の花にぞ有りける」を踏まえる。出典は『古今和歌集』恋五・七九七である。また、「子共たち」「女」とあるのは踊衆が若い娘で構成されていることを示すものである。画面からは踊衆である十一人の娘たちが、真紅の鉢巻をしめ、真紅または青の襷《たすき》をかけ、太鼓を叩きながら、向かって右方向に進む様子が見て取れる。踊衆以外には赤い日傘を差しかける女が四人、団扇で拍子をとる女が一人、最後尾に何も持たずにつき従う女が一人描かれている。佐々木氏の指摘(6)があるように、柳亭種彦《りゅうていたねひこ》の考証随筆『還魂紙料《かんこんしりょう》《すきかえし》』所引の絵と近似している。

唐子《からこ》踊の詞書には「太鼓、羯鼓《かっこ》」「笛」とあるように、画面の囃しの楽器には太鼓・羯鼓・笛があり、その他にも巴模様の大太鼓・三絃の琵琶が用いられている。主役は中国風の服装に身を包んだ総勢十四人の人物である。内訳は楽器を担当する者が六人、唐団扇を持った五人を含む七人が踊衆であろう。残る一人は画面中央にあって、先端に鳥の翼を付けた朱色の旗を立てている。

泡斎《ほうさい》踊は詞書にあるように、念仏踊の一種である。法衣を着た十三人の僧形の人物が描かれているが、うち一人を除いて笠をかぶっている。笠をかぶらない一人（詞書にある「あ泡斎《ほうさい》坊」か）と、笠をかぶる二人の合計三人は鉦を捧げ持つ。残る十人は胸から太鼓を提げて囃しつつ踊る。

指物《さしもの》踊は詞書に「大男のあら術なや」とあるように、背に三本ずつの旗指物を立て、胸に大太鼓を提げた五人の剛勇そうな男を描く。この五人のうち四人までは白い鉢巻を巻いている。五人のまわりには黒笠をかぶった八人の男がおり、うち七人は羯鼓を、残る一人は鉦を叩いている。詞書に「つくしなる、指物踊」とあるところからすれば、もとは筑紫国から起こった踊と推定される。

以上、八種それぞれの踊について、詞書と図様を紹介し、簡略な解説を施した。

二　奈良県立美術館蔵『踊り絵巻』

奈良県立美術館所蔵の『踊り絵巻』を最初に紹介したのは、『おどりの図』と同様に佐々木聖佳氏であった。佐々木氏は前掲「国立国会図書館蔵『おどりの図』―江戸初期盆踊の絵画資料―」の中で、国立国会図書館蔵『おどりの図』とともに、奈良県立美術館蔵『踊り絵巻』の存在にも言及した。そして、『おどりの図』には見られない木曽踊・若衆踊・唐人踊の三種を写真入りで取りあげた。『踊り絵巻』に関しては今日に至るまで、この佐々木氏の紹介が唯一のものである。

『踊り絵巻』は木曽踊・住吉踊・お伊勢踊・唐子踊・小町踊・若衆踊・唐人踊・懸踊・小切子踊の九種類の風流踊を、国会図書館蔵『おどりの図』と同様に、詞書と彩色入りの絵画で描く絵巻である。『おどりの図』と対照すると、そちらにある泡斎踊・指物踊を欠くものの、前述のように別に木曽踊・若衆踊・唐人踊の三種を収録し、都合一種多い九種を描くことが知られる。大きさは縦二四・九糎×長さ二五二・七糎である。風俗画家であった吉川観方氏の旧蔵絵巻で、氏の筆と思われる鉛筆書きの箱書きには「野々《のの》口立圃《ぐちりゅうほ》筆　踊尽《おどりづく》し図巻」とある。立圃は京都で雛屋を営んだ絵師で、俳人としても著名であった。文禄四年（一五九五）の生まれで、寛文九年（一六六九）の没であるから、箱書き通りとすれば、国会図書館蔵絵巻の成立とされる元禄年間頃より早い時期の成立ということになる。

次に詞書を紹介しておきたい。但し、住吉踊・お伊勢踊・唐子踊・小町踊・懸踊・小切子踊の六種については、すべて『おどりの図』と小異に過ぎないので、省略に従うこととし、木曽踊・若衆踊・唐人踊の三種のみを掲出する。表記等の凡例についても、前述した『おどりの図』と同様とするが、欠字は□で示した。

［木曽踊］きそん十七寅薬師《とらやくし》、参る薬師も寅で候。笛、太鼓、鼓に足手揃へて、茶筅や□□□浮きに浮いて面白や。
［若衆踊］心も消え消えと、雪□振袖ちらちらと、影まで清き月の夜に、花の顔《かほばせ》面白い。それも憂き□を忘れ□。
［唐人踊］異国人《ひと》の髭《ひげ》、長々しき小歌には、ちんぷんかんと跳ねつ踊りつ、余念なや。

木曽踊の詞書中の「きそん十七寅薬師、参る薬師も寅」は、木曽踊の一般的な歌詞の一節で、この後に「薬師」と続く。この歌謡に関しては以前詳しく紹介した。(7) 江戸時代初期以来の流行歌謡で、踊歌にとどまらず多種の歌謡に摂取された。

木曽踊の絵には扇を振りかざして踊る総勢十五人が描かれる。詞書には「笛、太鼓、鼓」とあるものの、それらの楽器は見えない。

若衆踊の詞書に「雪□振袖ちらちらと」とある欠字は「の」で、「雪の振袖ちらちらと」となる。これも「きそん十七」と同様に、多くの歌謡に摂取された歌詞である。『糸竹初心集《しちくしょしんしゅう》』所収「柴がき」や、『吉原はやり小哥そうまくり』所収「かはりぬめり踊」等に散見される。また、「それも憂き□を忘れ□」の欠字を補えば「それも憂き世を忘れ草」であろう。

若衆踊の絵には着物に陣羽織を重ね着し、赤い鉢巻を巻いた総勢十二人の若衆が、手足を勢いよく挙げながら踊っている光景が描かれている。

唐人踊はその詞書に「ちんぷんかん」と書き入れるが、これは唐人歌の一節である。『御船唄留《おふなうたどめ》』巻上所収「唐人うた」に「さあちやあわへらんやしやんで……（中略）……きつらんてわんやしやんで、ちんぷんかんちんらあへ……（後略）……」とあり、これと同じと思われる歌が、『御船唄稽古本』天（第一巻）所収「唐人歌」には「さあちやあわんゑらんやしやんで……（中略）……きつるむてわんやしやんでちんぷんかんちんらあんゑ……（後略）

……」と見える。ここに掲出した歌詞はそれぞれ全体の約十分の一ほどである。唐人歌は『万葉歌集』『松の葉』『松の落葉』『姫小松』『浮れ草』『小歌志彙集《おかしいしゅう》』などの他の歌謡集にも多く採集されているが、いずれも歌詞が長い。すなわち、詞書に「異国人の髭、長々しき小歌」とあるのは、唐人歌の特徴である長い歌詞を評したものである。唐人歌については、かつて半井卜養《なからいぼくよう》の画賛を起点として論じた(8)が、いずれさらに検討を進めたいと考えている。

唐人踊の絵には、唐団扇を持って踊る十二人の踊衆が描かれる。唐風の装束に身を包み、頭には唐人笠もしくは毛皮の帽子をかぶっている。楽器は柄太鼓《えだいこ》と編木《びんささら》の二種のみが用いられている。

以上、『おどりの図』と重複しない三種の踊について、詞書及び図様を紹介した。

三　センチュリー文化財団蔵『踊尽草紙』

センチュリー文化財団の所蔵にかかる風流踊の絵画資料『踊尽草紙《おどりづくしそうし》』は、まず最初にその一部が古筆学研究所編『過眼墨宝撰集《かがんぼくほうせんしゅう》』第二巻（昭和63年・旺文社）のなかで紹介された。そして、その全貌は前掲関口「センチュリー文化財団蔵「踊尽草紙」をめぐりて」（『水茎』第八号〈平成2年3月〉）によって明らかにされた。

唐子踊・小町踊・住吉踊・小切子踊・若衆踊・唐人踊・懸踊・指物踊という八種類の風流踊を、前述した二種の絵巻と同様に、詞書とともに彩色入りで描く。但し、懸踊のみは錯誤が認められ、懸踊の詞書に、お伊勢踊の絵を描く。大きさは縦二四・二糎×長さ二七九・六糎である。『過眼墨宝撰集』第二巻の解説によれば、成立年代はおよそ元禄年間（一六八八～一七〇四）頃と推定されている。

この絵巻に収録される八種類（詞書のみが見える懸踊、絵のみが描かれるお伊勢踊を分けて考えれば九種類）は、すべて前述した『おどりの図』『踊り絵巻』のいずれかに含まれる。詞書や絵に小異があるものの、特記するほどの差異は認められないので、詞書の掲出は省略に従いたい。

四　風流踊絵の成立

ここで取りあげた風流踊絵のような、風流踊を類聚的に並べて描く作品の成立の要因はいったいどこにあったのであろうか。

風流踊はその華やかさのために、絵画の題材としては格好のものであった。複数の洛中洛外図屏風の中に、風流踊が描き入れられていることを確認できる。しかし、それはあくまでも一点景としてであった。風流踊そのものが絵画の題材の中心に初めて据えられたのは『豊国祭礼図屏風《ほうこくさいれいずびょうぶ》』や近世初期風俗画の中でであろう。いずれにしても、風流踊への絵師たちの関心は次第に高まりつつ、江戸時代初期に突入していったと見てよい。それが、単に寓目した風流踊をそのまま描くという次元から、各種のそれを類聚的に並べて描こうとするところまでの大きな飛躍は、十七世紀後半に至って沸き上がったのである。

そもそも類聚的な関心は古く『枕草子』以来のものであり、『梁塵秘抄』をはじめとする今様雑芸《いまようぞうげい》歌謡や、中世の流行歌謡である早歌にも数多く見られる。すなわち、既に近世以前に歌謡を含めた日本文学の表現方法のひとつとして確乎とした地位を占めていたと考えてよい。一方、絵画における類聚的な関心は、地獄絵などに遥かなる濫觴《らんしょう》を求めることができるとしても、直接的な系譜は歌仙絵や職人尽絵に求めるのが妥当であろう。ここで思い出されるのが室町時代後期成立の『七十一番職人歌合』である。本書で既に述べた『七十一番職人歌合』の職人絵と画中詞は、そのまま風流踊の絵画と詞書に重ね合わせることができる。題材としての風流踊と、手法としての類聚が出会ったことによって、『おどりの図』以下の風流踊絵が成立したと考えたい。この意味で風流踊絵は歌謡にかかわる絵画資料としてきわめて特徴的であると言え、絵の語る歌謡の代表的存在と称してもよいであろう。

おわりに

以上、風流踊絵三本について述べてきた。これらの絵巻三本は同一系統に属すものである。転写の経緯については不明ながら、もと十一種類もしくはそれ以上の踊の詞書と絵を収録する親本《おやほん》があり、そこからこれら三本が抄出されたものと想定することも十分に可能である（後述する『思文閣墨蹟資料目録』掲載の絵巻を考え合わせれば、親本には十三種類以上が描かれていたと推定される）。この三本の関係を表出すれば次のようになる。なお、算用数字はその絵巻の掲出順を示し、特別なことわりがないものは詞書と絵の両方が収録されていることを意味している。

	住吉踊	お伊勢踊	懸踊	小切子踊	小町踊	唐子踊	泡斎踊	指物踊	木曽踊	若衆踊	唐人踊
おどりの図	1	2	3	4	5	6	7	8			
踊り絵巻	2	3	8	9	5	4			1	6	7
踊尽草紙	3	7（絵）	7（詞書）	4	2	1		8		5	6

これらの他にも同類のものとして、『思文閣墨蹟資料目録』第百六十六号（昭和61年5月）掲載の絵巻一巻がある。それは十三種類の風流踊を詞書と絵で収録するという[9]。現在の所在は不明であるが、同目録写真を見る限り、既述した絵巻三本と同一系統のものと推定できる。また、『踊る姿、舞う形』展図録（サントリー美術館）掲載の「風

流踊り図屏風　六曲一隻」もある。それらについても今後さらなる検討が必要であろう。

注

（1）寛永十二年（一六三五）正月二十八日に仙台藩主伊達政宗が将軍家光の上覧に供した『伊達家治家記録躍歌』、同年七月二十二日に尾張大納言徳川義直が家光の上覧に供した『寛永十二年跳記』、寛永十四年（一六三七）九月三日（推定）に安藤対馬守が家光の上覧に供した『遊歴雑記』四編巻之中所収「御家躍」、同月日に紀伊大納言徳川頼宣が家光の上覧に供した『昔咄』所収「紀の国踊」がある。一方、家光自身が出した風流踊に『昔咄』所収「上様踊」があった。詳細については「寛永期歌謡の諸相と周辺文芸」（『伝承文学研究』第四十二号〈平成6年5月〉／後に『近世歌謡の諸相と環境』〈平成11年・笠間書院〉第一章第二節）において述べた。

（2）佐々木聖佳「国立国会図書館蔵『おどりの図』―江戸初期盆踊の絵画資料―」（『藝能史研究』第百六号〈平成1年7月〉）、同「『おどりの図』所載歌謡考」（『日本歌謡研究』第三十号〈平成2年12月〉）、関口静雄「センチュリー文化財団蔵「踊尽草紙」をめぐりて」（『水茎』第八号〈平成2年3月〉）

（3）注（2）掲出の佐々木論文二編。

（4）注（2）掲出の関口論文。

（5）「ぬめり坊主」の「ぬめり」は、『吉原はやり小哥そうまくり』所収「かはりぬめり踊」の「ぬめり」の語義と重なる。また、このことはその踊に「ぬめり坊主」が加わっていたことを示す可能性も考えられ注意される。

（6）「国立国会図書館蔵『おどりの図』―江戸初期盆踊の絵画資料―」（『藝能史研究』第百六号〈平成1年7月〉）五一頁。

（7）「〔資料〕柳亭種彦『きそん十七寅薬師考』」（『梁塵　研究と資料』第十三号〈平成7年12月〉／後に『近世歌謡の諸相と環境』〈平成11年・笠間書院〉第一章第五節）

（8）「近世歌謡資料一考察―絵画資料の紹介、並びに位置付けを中心に―」（『学大国文』第三十七号〈平成6年1月〉）

／後に『近世歌謡の諸相と環境』〈平成11年・笠間書院〉第一章第一節）。なお、本書の「Ⅶ「隆達画像」―江戸期絵画と歌謡」のなかにも改稿して紹介した。参照願いたい。

（9）同目録掲載の写真によれば、小町踊・唐子踊・奴《やつこ》踊・若衆踊・泡斎踊・指物踊の六種類が確認できる。このうち奴踊は風流踊絵の他の三絵巻には見えないものであり注目される。詞書は「いらぬやつこのち□《(き)》□《(る)》さ□《(ま)》見るへき人もなし、年よりわかきも打ましり、ぬり笠あたまにかほかくしうき世」と判読できるようであるが、後考を待ちたい。

Ⅳ 「名所花紅葉図」――近世初期風俗画と歌謡

はじめに

戦国の世の集大成とも呼べる安土桃山時代から江戸時代初期は、中世から近世への橋渡し的役割を担った期間でもあった。この時期は美術史においても、町衆の居住地を描いた洛中洛外図屏風に代表される中世後期の作品から、近世の元禄絵画に至る間に位置し、風俗画と呼ばれる町の生活風景が好んで画題とされた。それらの絵画は近世初期風俗画と呼ばれるが、そのなかには当時の人々の愛唱した歌謡が画賛《がさん》として書き入れられている例があり注目される。ここではそれらの例を取りあげて、歌謡史の上に位置付けをはかりたい。

一 「名所花紅葉図」（「吉野桜図」）画賛

昭和五十年（一九七五）正月に東京日本橋三越本店において開催された反町弘文荘《そりまちこうぶんそう》主宰の古書逸品展示大即売会に興味深い近世初期風俗画が出品された（図15参照）。同目録一三二頁には「初期肉筆小歌浮世絵　寛永頃写　濃彩　のだの藤　一幅」とあって、続けて「上表具、箱入。紅葉の高尾山を背景に、下男と少女を従えた男女が相対して居る。上に「のだのふぢ、たかおのもみぢ、さまのたちすがた。みても〳〵見あかぬは、よしのゝ、さくら

図15 「名所花紅葉図」

に」と小歌を題。絵はや、小型ながら、初期風俗画らしい上品な庶民性」との説明が付される。本書ではこの絵を仮に「名所花紅葉《めいしよはなもみじ》図《ず》」と呼ぶこととする。[1]ここに掲出された画賛の歌謡は実は散らし書きの読み誤りで、正しくは「見ても見ても見飽かぬは、吉野の桜に野田の藤、高尾（雄）の紅葉、様の立ち姿」（漢字及び読点を当てた本文）という一首である。これは近世前期の遊里を中心とした流行歌で、延宝四年（一六七六）成立の『淋敷座《さびしきざ》之慰《のなぐさみ》』に収録される「吉原紋尽《よしわらもんづく》しのたたき」（別名「吉原太夫紋尽しのたたき」）の一節に該当する。やや長編の歌謡ではあるが、次に「吉原紋尽しのたたき」の全詞章を掲出し、「名所花紅葉図」画賛が摂取利用している箇所に傍線を施すこととする。

シテ猶も十かへる今此春の、ながき日の本南贍《なんせん》部州、お江戸浅草のあなたの方へ、足早に歩み行て、思ふ人に大門口のこゝらに立て、今の名取りぢよん〳〵上﨟《じやうらふ》衆の衣裳の紋を見たれば、治る御代のためしとて、ワキ弓は袋に矢車丹州《たんしう》様の出さんさした、シテ浅黄《あさぎ》小袖に紅裏《もみうら》、ワキ地紙に木瓜《もつかう》さんしゅ様、シテ濃くも薄くも染川まんじゆを縫いに縫われた、ワキ亀甲《きつかふ》・木瓜《もつかう》付たるは、シテいつも姿の若山、ワキ見ても〳〵見飽かぬは、吉野の桜のせこふし、高尾の紅葉様の立姿、シテ今よきに浮かれきて、ワキとの字にとの字を重ねつゝ、シテ幾夜思ひを駿河なる、ワキ藤枝に立し、シテ夕霧も、ワキ残る外山の薄紅葉、シテなびけや〳〵笹の小笹の、ワキ霧しつぽり〳〵濡れてなりともな、シテ一夜二夜かさんや様、ワキつらやつらや、シテあ、さてつらや思ひきり菊五ツ紋、ワキ裾に立波高嶋の、シテおさきに揺られ〳〵流るゝ、ワキ身は捨小舟、岸に離れて便りなや、シテ便りないとて身をこがす、定家の君の御紋には、桔梗・刈萱、ワキ女郎花、シテ萩や薄の乱れあい、穂に出て人に白糸の、ワキ瀧野様は伊達者で、シテ春も初音の空色に、ワキ霞を分て、シテ鶯の、ワキ梅の小枝に戯ぶれて、シテほうほけ経の一声に、ワキ台《うてな》も爰《ここ》に玉の井、シテ玉の簾《すだれ》にほの見し君も、ワキなびけ柏木手飼の虎の、引綱もゑいさらさ、二人引かば靡《なび》きやれ若いが二度ない物を、そなた思へば瓢箪の川流れ、浮に浮いて来た物、よしと仰るはおゝ夫もことに合点じや、兎角浮世はずてんどう、ちんからころりの鐘の声、たんだよかよへ与太郎衆、伽羅《きやら》もて御座れさらばや。

この歌謡は江戸前期の評判高い吉原太夫が衣裳等に用いた紋を題材としたものである。シテとワキが掛け合いで歌ったことがわかるが、画賛に採られた詞章はそのうち、ワキの歌う箇所に当たる。一曲（首）の中でももっとも流麗な部分で、古来名高い名所歌枕とその地で有名な植物とを取り合わせている。それぞれ、その歌枕を源氏名とする吉原太夫の名寄せであり、また各々の衣紋《えもん》の意匠にも相当する。この種の太夫にかかわる類聚的詞章は当時広く愛好されたようで、『松の葉』巻三「浮れ女」等が類例として指摘できる。そして、画賛末尾の「様の立姿」には恋の雰囲気も漂わせる。狂言小舞謡「七つになる子」の「……吉野泊瀬の花よりも、紅葉よりも、恋ひしき人は見たいものぢや。……」とも軌を一にし、自然と人事の響き合う世界をテーマとしていると言える。なお、『淋敷座之慰』の引用本文「のせこふし」は画賛の「のだのふぢ（野田の藤）」が正しい。野田の藤は紫藤の名所である摂津国野田の藤を歌ったもので、『摂津名所図会』巻之三に「小哥節《こうた》にも、吉野の桜、野田の藤、と唄へり」とあるように近世歌謡に散見する。

「名所花紅葉図」は前掲目録には「紅葉の高尾山を背景に」とあるが、厳密には最上段が紅葉の高尾（雄）山で、その下に桜の吉野山を配し、さらに画面全体の下半分に当たる部分の右に野田の藤を描く。そして下半分の中央から左にかけて、目録の説明に言う「下男と少女を従えた男女が相対して居る」場面が描き出されている。画賛に用いた歌謡詞章の全世界を、太夫の紋を離れたところで、字句通り忠実に描いた風俗画である。ところで、当然のことながらこの画賛の背景には「吉原紋尽しのたたき」の流行が考えられるから、この絵の成立は目録に記された「寛永頃」よりはやや降り、寛文・延宝年間（一六六一〜八一）頃と思われる。版本『卜養《ぼくよう》狂歌集』一三七番歌には「せきれいの岩にとまりたる所を絵にかきて、うたよめとあり。その比世《ころ》によしはらたゝきとゆふぢよの名をたて入て、小うたつくりうたひければ、その心をよめる」という詞書を持つ、「当世のよしはらたゝきぢよろたゝきこのとりむぼも岩たゝきかな」なる狂歌が収録されている。これはまた、『卜養狂歌巻物』一八五番歌にも「名をば遊女のこうたにつくりて、たゝきとなづけもてはやりて謡ければ」という詞書で、「当世のよしはらたゝきじよろたゝきこのとりんぼは岩たゝきかな」と見える。[2] この風俗画の成立を寛文・延宝頃のものとする理由は、書き込まれた画賛が卜養在世時代の流行歌と考えられるからに他ならない。

二　「かぶろ図」画賛

昭和四十九年（一九七四）正月に東京日本橋三越本店において開催された反町弘文荘主宰の古書逸品展示大即売会、及び昭和五十一年の同会に、かぶろを描く古雅な趣のある近世初期風俗画が出品された（図16参照）。この絵は時を隔てた平成九年十一月の古典籍下見展観大入札会にも出品された。同会目録には「一一三八　肉筆浮世絵幅　寛永頃「風もふかぬに」小歌入　二〇・五×一七・五㎝　一幅」とある。本書ではこの絵を仮に「かぶろ図」と呼ぶこととする。この「かぶろ図」に書き入れられた画賛は「風もふかぬに、つまどのなるは、かぶろ出てみよ、さまじやげげな」、すなわち漢字を当て、清濁を区別すれば「風も吹かぬに、妻戸の鳴るは、禿《かぶろ》出てみよ、様じやげな」という歌謡となる。歌の形式は三・四／四・三／三・四／五の近世小唄調で、これだけでも独立した一首の歌謡と考えることもできる。しかし一方、この歌の出典を求めて江戸期の歌謡集を繙くと、『淋敷座之慰《さびしきざのなぐさみ》』所収「忍び口説木遣《くどききやり》」の一節にきわめて近似した詞章を見出すことが可能となる。木遣歌《きやりうた》は元来重い材木などを運ぶ際の労作歌であったが、後には芸能化して盆踊口説《くどき》ともかかわるようになり、座敷歌としての性格を強めることとなった。『日本歌謡辞典』所収「木遣り」の項によれば、音頭取りが慰安の意味を込めて独唱した長編の「手休め」が発展して、『淋敷座之慰』所収の「口説木遣」が成立したものという。すなわち、既に労作歌を離れて、遊里を中心とした花街で流行していた歌謡と考えられる。次に「忍び口説木遣」を引用し、画賛とほぼ重なる部分に傍線を施すこととする。

図16　「かぶろ図」

やれかんかれ／＼是見て引いた、風も吹かぬに妻戸の鳴るは、禿出て見よ殿ではないか、殿じや御座りませぬ桁《けた》を走る鼠じや、ちんちんからりのちんからりと打つは、鍛冶の槌の音、打つたる狸の腹鼓、たまさかに来て寝て打お、行てなふ殿御カブロブシ夜明の鐘が、つくつつてん／＼ちやん／＼すほ、、ひやりつろ／＼りつろう／＼／＼ろと、つひやひやりつろるりちやうろ鐘が。

画賛と傍線部の両者を比較してみると、冒頭から第三句「禿出て見よ」まではまったく異同がない。しかし、第四句目が画賛では「様じやげな」とあるのに対して、「忍び口説木遣」では「殿ではないか」とある。意味は近似しているものの、後者の歌形は四・三で、さらに後続する詞章となっている点に大きな相違がある。ところで、木遣歌は御船歌《おふなうた》の成立段階から大きな影響を与えたが、この歌謡も御船歌の中に多くの類似する詞章を見出すことが可能である。すなわち、御船歌の中に次のような類歌を指摘できる。

○梢の嵐か松吹風かや、さあとおとづれつまどに音するはヵヵ禿出て見よ、サンさまじやござらぬ……（『御船唄《おふなうた》留《どめ》』巻上「ちよき」部分）

○梢の嵐か松吹く風かや。さあとおとづれ妻戸に音するはヵ、禿出て見よ、サンさまじやござらぬ……（『幕府舟唄（二）』所収「ちよき」部分）

○風もふかぬにつまどのなるわの、かむろ出てみよさまじやげノンヤ様でござらぬ北風よ……（『御船唄稽古本』所収「同せひ出シぶし」部分）

○風もふかぬにつまどのかきかねきり〱やはつとひらいたが、かむろでゝみよ様じやけ……（『御船唄稽古本』所収「同せひ出シぶし」部分）

○風も吹ぬに妻戸の鳴るは、禿出て見よ様じやげな、様でござらぬ、桁走る鼠じや（『尾張藩御船歌』川方「よし川」部分）

○風も吹かぬにェ妻戸の鳴るは、禿出て見よ忍びの妻か、もしも妻ならさまなら、猶もかはいらしやの、さりとては（『尾張藩御船歌』海方「兼好ぶし」第二歌）

○風も吹かぬに妻戸が鳴るはな、誰そや〱禿出て見よ様じやござらでけたをば走るねづみ……（『長府藩御船歌』所収「風も吹ぬに」部分）

○風も吹かぬに妻戸が鳴るはエ、禿出て見よ様じやげな、イヤ様でござらぬ、桁走る鼠だ（『徳島藩御船歌』所収
「よし川」部分）

以上の御船歌の他、『鄙廼《ひなの》一曲《ひとふし》』越后《えちご》・立臼唄《たちうすうた》にも「風も吹ぬに妻戸の鳴るは、わしを殿かと思はせる」という類歌が見える。さらに、近松門左衛門『世継曽我』第五・風流の舞に「かぶろ、出て見よア、風が吹く……」という類似表現を確認することもできる。このように「かぶろ図」画賛の歌謡は近世初期から中期に至る一大流行歌謡と言えるが、『淋敷座之慰』所収の「口説木遣」に類似する表現が見られるところから、およそ寛文から延宝年間頃に成立したものと考えてよいであろう。すなわち、「かぶろ図」もその時期に描かれたものと言えよう。

三　「宇治川図」画賛

次に紹介する「宇治川図」（もと無題、本書で仮に称す）も、昭和四十九年正月の古書逸品展示大即売会に出品された近世初期風俗画である（図17参照）。その画賛は「うちのさらしに、しまにすさきに、たつなみをつけて、はまちとりの、ともよふところに、しまさきより、ろのおとか」、すなわち「宇治の晒《さらし》に、島に洲崎に、立つ波を付けて、浜千鳥の、友呼ぶところに、島崎より、櫓《ろ》の音が」と書き入れられている。この画賛は著名な鷺流の狂言小舞謡《こまいうたい》「宇治の瀑《さらし》（晒）」の詞章の一節に相当する。小舞謡「宇治の瀑（晒）」は鷺保教本《さぎやすのりぼん》によれば、「宇治ノ瀑《さらし》ニ島ニ洲崎ニ立波ヲ付テ、浜千鳥ノ友呼ブ声ハ、チリチリヤチリチリ、チイリチリヤチリチリチリト友呼ブ所ニ、島陰ヨリモ艫《ろ》ノ音ガ、カラリコロリカラリコロリト、漕出イテ釣スル所ニ、釣ツタ所ガ、ハア、面白イトノ」という長編の歌謡である。すなわち、この画賛は小舞謡の冒頭から途中までを、少し省略した詞章で収録していることになる。おそらく狂言小舞謡を出自として、当時巷間に流行していた歌謡であろう。また、『松の葉』巻三・騒ぎ

図17 「宇治川図」

歌のうち「舟歌」に「……ちり〳〵やちり〳〵〳〵とも、渚に友呼ぶはんまちん〳〵千鳥が寄せ来る〳〵、こん〳〵〳〵小波に揺られて揉まれて、たんどりちんどり、しどろもんどり跳ねられた……」とあり、一首中の擬声（音）語が当時の人々に愛好され、騒ぎ歌としても行われたことを示している。この画賛の歌謡それ自体では流行時期を特定することは困難であるが、「宇治川図」の風俗画としての成立時期から考えれば、おそらく寛文・延宝年間頃の歌謡であろう。そしてその一部が摂取されて、騒ぎ歌に再構成され、『松の葉』成立の元禄年間（一六八八〜一七〇四）頃まで流行したものと考えられる。なお、この歌謡を用いた狂歌に『豊蔵坊信海狂歌集《ほうぞうぼうしんかいきょうかしゅう》』（延宝元年〈一六七三〉成立）三九八番歌の「きておいてもいなふとおしやる鵆足《ちどりあし》嶋にすざきに立名残おし」がある。この狂歌の前半には『業平《なりひら》おどり十六番』『万葉歌集』『松の落葉』『姫小松』等所収の「烏《からす》が鳴けばも往《い》なうとおしやる、月夜の烏いつも鳴く」が、後半には「宇治川図」画賛の歌謡が巧みに摂取されている。

四　「野菊図」画賛

「宇治川図」と同様に昭和四十九年正月の古書逸品展示大即売会に出品された近世初期風俗画に「野菊図」がある（図18参照）。その画賛は「のきくしらきく、いはまのつゝし、さまをみるめは、いとすゝき」、すなわち「野菊白菊、岩間の躑躅《つつじ》、様を見る目は、糸薄《いとすすき》」と書き入れられている。この歌謡は三・四／四・三／三・四／五の近世小唄調の歌形を採る。「野菊図」も本書紹介の他の風俗画と同様に寛文・延宝年間頃に描かれたものと推定できるから、画賛も同時期の流行歌謡と考えてよいが、具体的な出典は未詳である。「野菊」「白菊」「躑躅」「糸薄」と植物名を列挙しつつ、「様を見る目」を挿入して巧みな恋歌とする。「糸薄」は古く「隆達節歌謡（小歌）」に「な乱れそよの糸薄、いとど心の乱るるに」（三二六番歌）、「引かば靡けとよ糸薄、枯れ野になれば要らぬ憂き身を」（三六〇番歌）とあり、恋歌においては乱れて靡きやすい女心を象徴する植物であった。

五　「羈旅図」画賛

図18　「野菊図」

次に紹介する「羈旅図《きりよず》」も昭和四十九年正月の古書逸品展示大即売会に出品された近世初期風俗画である。この絵は二年後の同会にも、前掲の「かぶろ図」とともに再度出品された。画賛には「たひてういものは、山みちに、かさにこのはか、はら〳〵と、たにゝしかのこゑ、なくはかり」、すなわち「旅で憂いものは、山路に、笠に木の葉が、はらはらと、谷に鹿の声、鳴くばかり」とする。七（八）・五を一句とし、それを三回繰り返す三句形式の歌形を採る。これは今様形式を一句欠いた形となり、おそらく長編歌謡の一部に相当する詞章であろう。この歌謡の出典は未詳であるが、風俗画としての成立年代から考えて、やはり寛文・延宝年間頃の流行歌謡の一節とみてよい。旅の孤独を、枯れ落ちた木の葉が旅人の笠に「はらはらと」降り掛かる情景と、谷間に響く鹿の鳴き声に集約する。すぐれて印象的な歌謡であり、一人旅の中で聴覚のみ研ぎ澄まされる旅人の孤独がここに活写されている。

おわりに

以上、五点の近世初期風俗画を紹介してきた。これらはもと寛文・延宝年間頃成立のツレの絵画と思われ、大きさもすべて縦横二〇糎前後の小品と推測される。いずれも画賛に歌謡を書き入れるが、それらは当時の流行歌として齟齬がない。この時期の風俗画の画賛に歌謡を用いる例は珍しいが、今後のさらなる調査によって類例が発見されることになれば、歌謡史の新たな地平が切り拓かれるものと期待できよう。

注

（1）　かつて「近世歌謡の絵画資料」（『歌謡―文学との交響―』〈平成12年・臨川書店〉）の中で「吉野桜図」としたが、本書では画面全体の内容を勘案して、名称を「名所花紅葉図」と変更する。

（2）　庄司勝富『異本洞房語園《いほんどうぼうごえん》』所収「とりんぼうの事」の項、柳亭種彦『足薪翁記《そくしんおうき》』所収「とりんばう」の項は卜養のこの狂歌を寛文年間の作として引用する。

Ⅴ 「若衆図」――近世美人画と歌謡

はじめに

江戸時代に多く描かれた絵画の一ジャンルに美人画がある。ここに紹介する三点は厳密には美人画そのものではなく、その周辺に位置する絵画であるが、描かれた人物の美しさを絵画化した作品として、広義の美人画として紹介する。それらの絵画の画賛として歌謡が書き入れられた理由としては、そこに描かれた人物が芸能にかかわる技芸を職業としたためである。本章では管見に入ったその三点を紹介するとともに、歌謡史上への位置付けをはかりたい。

一 「若衆図」画賛

ここに「若衆図」として紹介する絵画は、既に公刊されている画集である『日本美術全集』(昭和54年・学習研究社)第二十二巻『江戸庶民の絵画』に写真が掲載され、次のような解説が付された作品である。

15 若衆図 十七世紀後半 紙本著色 掛幅 七一・二×三一・六cm

清楚な石畳模様を地紋とした着衣、ほっそりとした腰に差す細身の太刀、逆S字型にカーブする優雅なポーズ、いずれをとっても、ういういしい少年の美貌をあらわすにふさわしく、繊細な洗練の美化が行き届いている。いわゆる「寛文美人」の典型的な作例である。図上には装飾的な書法で「かりはの鹿はあすをもしらぬ　たハむれあそへ夢の憂よに」という歌賛が記される。この歌は『吉原小唄総まくり』（寛文年中刊）の「吉原ぬめり節」に収録されており（浅野晃氏の御教示による）、当時の流行歌であった。狩場の内に追い込まれた鹿のように明日をも知れないこの身、ええままよ戯れ遊ぼうというその自棄的な口ぶりには、すでに寛永期（一六二四〜四四）の、野放図でたくましい「かぶき者」たちの積極的な人世観は失われている。こうした遊楽人それ自体の変質が、画中人物の容姿に直接反映していることは、この章に掲げた作例を順を追って鑑賞されれば、たやすく了解されることだろう。

以上の解説にもあるように、この「若衆図」には『吉原はやり小哥そうまくり』に収録される歌謡が画賛として入っている。解説ではその歌謡を「吉原ぬめり節」とするが、実際には『吉原はやり小哥そうまくり』に「かはりぬめり哥」の名で見えており、上方で流行した「ぬめり」の替え歌として江戸吉原界隈においても享受された歌謡である。なお、この類歌は同時代の『淋敷座之慰《さびしきざのなぐさみ》』にも「春駒くどき木やり」として、「やれおひかけ囃さぬか……（中略）……狩場の鹿と申するはあすをも知らぬ身を持ちてたはむれ遊べ夢の浮世に……」と収録される。すなわち、当時流行の木遣歌としても用いられた歌謡詞章であることがわかる。詞章の内容についても、解説では「すでに寛永期（一六二四〜四四）の、野放図でたくましい「かぶき者」たちの積極的な人世観は失われている」とするが、そのように単絡的に断定することはできないはずである。それは歌謡史の流れの中にこの歌を置いてみれば明瞭である。すなわち、既に室町小歌において同様の表現、内容による歌謡の例を多く見出すことが可能となるからである。次にその代表例を列挙しておく。

○何せうぞ、くすんで、一期《いちご》は夢よ、ただ狂へ（『閑吟集』五五番歌・狭義小歌）
○ひよめけよの、ひよめけよの、くすんでも、瓢箪から馬を出す身かの、出す身かの（『宗安小歌集《そうあんこうたしゅう》』一一二番歌）
○とても消ゆべき露の玉の緒、逢はば惜しからじ（『宗安小歌集』一八九番歌）
○明日をも知らぬ露の身を、せめて言葉をうらやかに（「隆達節歌謡《りゅうたつぶしかよう》（小歌）」四番歌）
○うき世は夢よ、消えては要らぬ、解かいなう、解けて解かいの（「隆達節歌謡（小歌）」五六番歌）
○ただ遊べ、帰らぬ道は誰も同じ、柳は緑、花は紅（「隆達節歌謡（小歌）」二四〇番歌）
○月よ花よと暮らせただ、ほどはないものうき世は（「隆達節歌謡（小歌）」二七五番歌）
○とても消ゆべき露の玉の緒、逢はば惜しからじ（「隆達節歌謡（草歌〈秋〉）」一九二番歌）
○とても消ゆべき露の身を、夢の間なりと、夢の間なりとも（「隆達節歌謡（小歌）」二九三番歌）
○とにかくに人の命ははかなきに、契りを急げ、夢の間なるに（「隆達節歌謡（小歌）」二九六番歌）
○泣いても笑うても行くものを、月よ花よと遊べただ（「隆達節歌謡（小歌）」三〇三番歌）
○花よ月よと暮らせただ、ほどはないものうき世は（「隆達節歌謡（小歌）」三五二番歌）
○夢のうき世の露の命のわざくれ、なり次第よの、身はなり次第よの（「隆達節歌謡（小歌）」四八五番歌）

以上のように、この種の歌謡は早く『閑吟集』に見え、安土桃山期の「隆達節歌謡」に至って、大量の類歌を生んだことがわかる。また、江戸時代初期の歌謡を摂取したと思われる「いま様の一ふしかや、夢の浮世にたゞくるへ」（『慶長見聞集《けいちょうけんもんしゅう》』巻之五）(1)、「夢の憂世をぬめろやれ、遊べやくるゐみな人」（『恨の介』〈古活字十二行本〉上）、「たゞあそべ、夢の世に」（『甲陽軍鑑《こうようぐんかん》』品第五十三）等の例もあり、寛永期に至るまでの長い歴史を辿ることが可能である。そしてこの流れは寛永期にも継承されることとなった。寛永期にはいまだ「隆達節歌謡」の残存が見られる他、整版本《せいはんぼん》の仮名草子類にも室町小歌の摂取例を認めることができる。もっともこの時期には弄斎節《ろうさいぶし》、片撥《かたばち》、細り、などの三味線伴奏の新興歌謡の勃興も見られる。しかし、それらの歌謡でさえも弄斎節に「よしやなげかじ、叶はぬとても、定めなきこそ浮世なれ」「よしや今宵はくもらば曇れ、とても泪で見る月を」「夢の世に見たや聞きたや山ほとゝぎす、姿ならずは声なりと」等とあるように、室町小歌の抒情を引きずっているのである。すなわち、内容的には室町小歌の伝統を継承するとともに、「かはりぬめり哥」にも直接に接続していると言える。この流れはさらに、後の『万葉歌集』所収「とうじん歌唱哥」の「あゝわざくれ大事かさ、ゆめのうき世にらくをもめされ、しんでまたきてぬめる身か、たわぶれころせ、あそべさ、たわぶれあそべ」、『万歳躍《ばんぜいおどり》』所収の「あぢき百ない、やれ世の中に、何とくすんだりと、釈迦や、孔子と、世に呼ばる身かの、夢の浮世にらくをもめされ、死んで又来て、世にぬめる身かは」、『落葉集』巻一所収の「明日の命も知らざる此の身、兎角浮世をぬめりて遊べ、長い刀をきりゝしやんと差いて、思ふ友だちうち連れて、夢の世の中ひたと遊ばん」と脈々と連なっているのである。したがって、寛文年間頃の絵画に書き入れられたこの「かはりぬめり哥」の画賛《がさん》によって、寛永期とは異なる新たな別の「人世観」を見るのは早計に過ぎよう。むしろ、室町小歌以来の伝統的歌謡の抒情を引き継いでいると言うべきであろう。ここでは、若衆歌舞伎の役者を描いたと見られる絵画の画賛に、「かはりぬめり哥」が書き入れられたことに歌謡史上の流れを確認しておきたい。

二　「太夫弾琴図」画賛

京都の花街（歌舞音曲の遊宴の町）であった島原の揚屋（いまの料亭）の饗宴の文化をいまに伝える機関に、角屋《すみや》保存会《ほぞんかい》がある。同会には何点かの絵画資料が所蔵されているが、その中に太夫が箏《そう》を弾く図「太夫弾琴図《たゆうだんきんず》」と太夫が三味線を弾く「三味線をひく太夫図」の二幅がある。ここに描かれた二種の楽器は江戸期を代表する当代きっての楽器であり、その歌謡がともに組歌として構成されたことで知られる。ここではまず、前者の「太夫弾琴図」の画賛として書き入れられた歌謡について検討する。

「太夫弾琴図」（図19参照）は縦三七・七糎×横二六・八糎の紙本著色《しほんちやくしよく》の一幅である。画賛は散らし書きで「まくら擲し床のうへ、ととてもとはれぬ、おもねの夢にも、人はつれなく、見へしあかつきことの、うきこひこ、ろ」、すなわち「枕擲《なげ》し床《とこ》の上、ととても訪はれぬ、おもねの夢にも、人はつれなく、見へし暁ごとの、憂き恋心」とある。これは出典未詳ながら歌謡であることは疑いがない。恋人の訪れてくれない孤独感・焦燥感を、寝床の枕を投げることによって表現する歌謡は、早く室町小歌に次のような例が散見する。

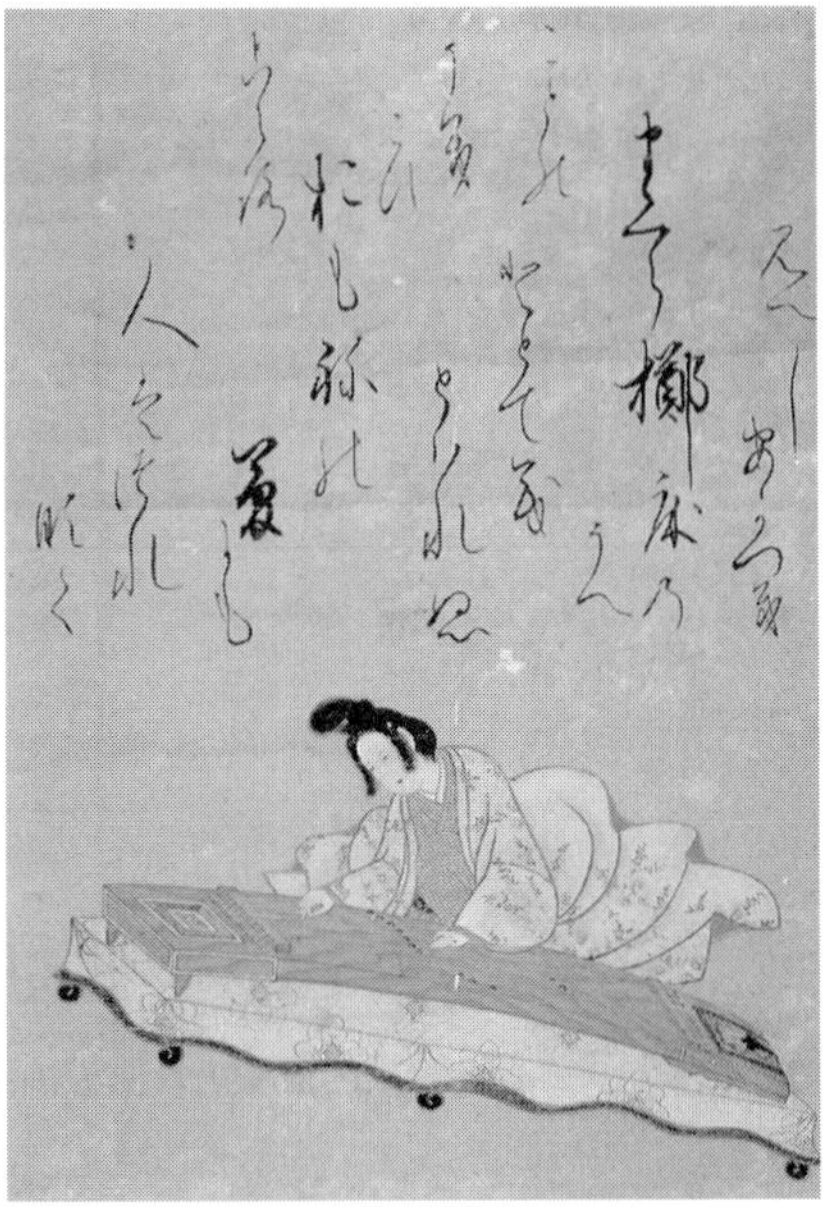

図19　「太夫弾琴図」

○一夜来ねばとて、咎《とが》もなき枕を、縦な投げに、横な投げに、なよな枕よ、なよ枕（『閑吟集』一七八番歌・狭義小歌）

○一夜来ねばとて、咎もなき枕を、縦な投げに、横な投げに、なよな枕、憂なや枕（『宗安小歌集』一〇八番歌）

○悋気《りんき》心か枕な投げそ、投げそ枕に咎はよもあらじ（「隆達節歌謡（小歌）」五〇六番歌）

また、近世の流行歌謡にも「君が来ぬにて、枕な投げそ、投げそ枕に、科《とが》もなや」（『吉原はやり小哥そ

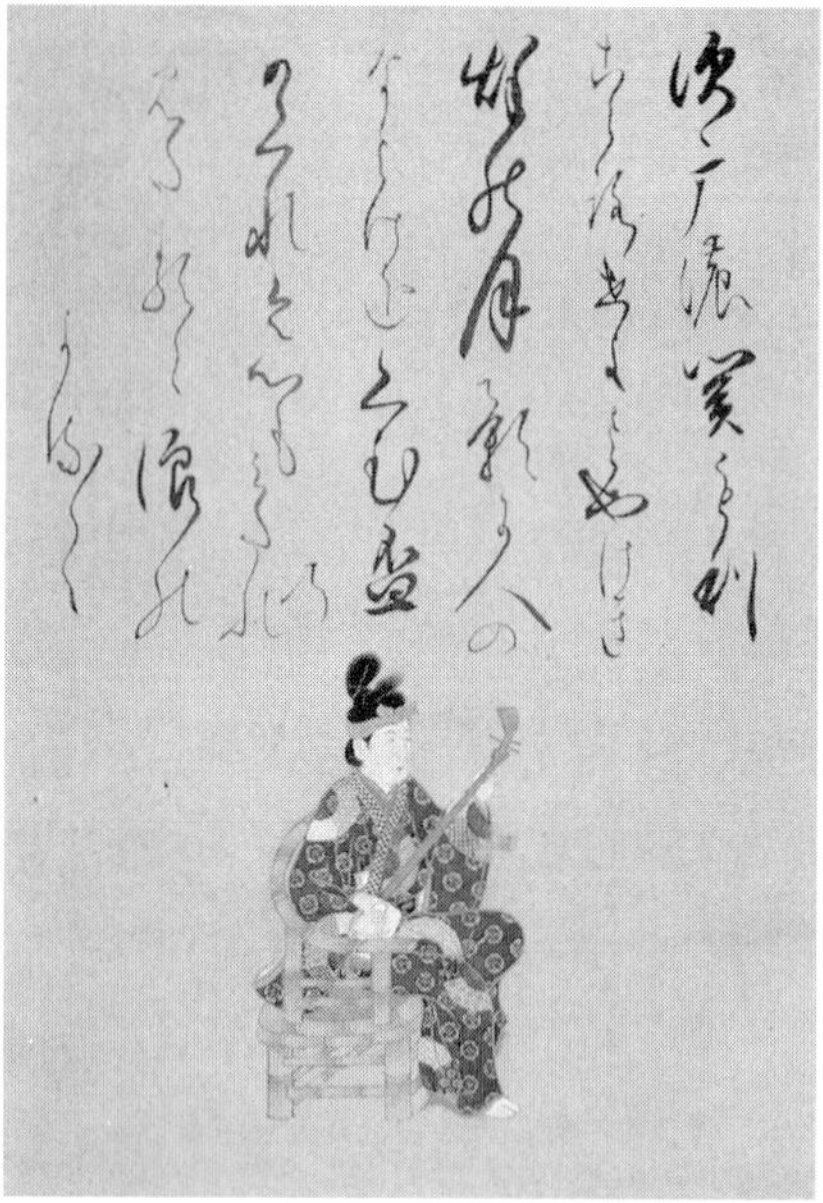

図20　「三味線をひく太夫図」

うまくり』所収「かはりぬめり哥」)、「……人はあだなや枕を恨む、投げそ枕に科もなや」(『大幣《おおぬさ》』所収「手まくら」)、「……人はあらじな待つ宵に、枕な投げそ、なげそ枕に咎もなや」(『松の葉』巻二所収「手枕」)等がある。これらの歌謡はここに紹介した画賛歌謡と軌を一にしている。近世流行歌謡は室町小歌の抒情や表現を基盤に置くものが多いが、これら枕投げの歌謡も、洗練度を増しているとはいえ、室町小歌の流れを確実に汲んだ例なのである。

「太夫弾琴図」の成立時期については、角屋保存会発行の『角屋名品図録』(平成4年・角屋文芸社)が、「寛永年間末頃(一六四〇年頃)」としている。これに従えば、この画賛歌謡も寛永末年頃の花街での流行歌謡の書き留めと考えてよいであろう。

三　「三味線をひく太夫図」画賛

角屋保存会には楽器を演奏する太夫図がもう一点所蔵されている。それは「三味線をひく太夫図」と称される一幅で(図20参照)、縦四二・八糎×横二七・二糎の大きさの紙本著色の絵画である。画賛には「須磨の関もりこゝろせよ、さやけき秋の月影に、人のなさけをくむ盃の、めくれは心もみたれみたるゝ、浪のよる〳〵」、すなわち「須磨の関守心せよ、さやけき秋の月影に、人の情を汲む盃の、巡れば心も乱れ乱るる、浪のよるよる」とある。

これも出典未詳ではあるが、七音・五音を基調とした歌謡である。「月」の名所「須磨」（「澄む」の音の縁から）を舞台に、『閑吟集』以来の室町小歌に見られる常套句「浪（波）のよるよる」[2]で結んでいる。室町小歌に基盤を置いた近世初期流行歌である。この絵画の成立時期についても『角屋名品図録』は「寛永期半ばを下ることはない」とする。すなわち、前掲「太夫弾琴図」よりやや早いか、ほぼ同時期の成立と考えてよいことを示唆している。ここではこの見解に従い、画賛の歌謡も寛永年間頃の花街での流行歌謡と考えておきたい。

おわりに

以上、江戸期の美人画に属する絵画から「若衆図」「太夫弾琴図」「三味線をひく太夫図」三点の画賛として書き入れられた歌謡について検討してきた。いずれも室町小歌の抒情を承け継ぐ近世歌謡である点に特徴があるが、その要因として室町小歌の恋歌的性格があったことを忘れてはならないであろう。室町小歌の大半を占めるテーマは恋である。この意味において、恋の場と密接にかかわる人物を描くこれらの美人画の画賛に、室町小歌の抒情を継承する歌謡が選ばれたことはきわめて妥当であり、また絵画の背景にある世界像を補強する役割さえ果たしたと言ってよかろう。

なお、近世の美人画にかかわる資料に平金《ひょうきん》『ぬれほとけ』及び葛飾北斎画『潮来《いたこ》絶句《ぜっく》』があるが、これらは版本の挿絵としての性格を有しているので、本書では既に「I　『平家納経』—表紙絵・下絵・挿絵と歌謡」の章において紹介した。

注

（1）『慶長見聞集』の抄出本である『そぞろ物語』にもこの歌謡は収録される。

（2）「隆達節歌謡（小歌）」一二八番歌に「唐崎の松かや我は独り寝て、波の夜々（寄る寄）るものおもへとは」とある他、早く『閑吟集』二九六番歌・狭義小歌にも「詮ない恋を志賀の浦波、寄る寄る（夜々）人に寄り候」と見える。また、単に「波のよる」とする表現を持つ室町小歌は多例を数える。

Ⅵ　白隠と仙厓——禅画と歌謡

はじめに

江戸時代の絵画史上忘れてはならないジャンルに禅画がある。禅画には禅の故事を描いて、禅の世界へ入る人にとって入門的な役割を果たした禅機画《ぜんきが》と庶民教化のために描いた戯画《ぎが》があるが、ここで取りあげる対象は両者にわたる。禅画の大家としては臨済宗中興の祖とも尊称される白隠慧鶴《はくいんえかく》と、その後に登場した同じく臨済宗僧の仙厓義梵《せんがいぎぼん》が双璧である。この二人の禅画には画賛として当時の歌謡が書き入れられた例が多く見られる。これについては既に詳しく述べたが、(1)本書ではそれらのうちの代表的なものを選んで、再度歌謡との関係について述べていきたい。

一　白隠の禅画画賛

江戸時代中期に駿河国原の宿に一人の名僧が登場した。「駿河には過ぎたるものがふたつあり、富士の高嶺（お山）に原の白隠」と短歌形式の歌で口遊《くちずさ》まれた白隠慧鶴《はくいんえかく》（貞享二年〈一六八五〉～明和五年〈一七六八〉）がその人である。その白隠は当代の民謡や俗謡に深くかかわり、自ら歌謡を用いた教化を行った。具体的に言えば、白隠は

図21　「鮭と鳥図」

修行の傍ら多くの著作を残し、同時に自らの教理を和讃《わさん》形式（七（八）・五・七（八）・五……）や近世小唄調形式（三・四／四・三／三・四／五）の教訓的な歌謡（以下、〝教化歌謡〟と呼ぶ）に作りなし[2]、一般庶民にわかり易く説いた。

また、白隠は書とともに多くの軽妙洒脱な絵画も残したが、その画賛のほとんどすべてに〝世語《せご》〟と称される和語を書き入れた。今日、白隠の禅画の遺品を披見すれば、その画賛としての世語に、しばしば歌謡の翻案や断片と思われる例を見出すことができる。以下にそれらの具体的な例を掲げ、白隠における先行歌謡及び同時代歌謡の意味を再検討してみたい。

1　「鮭と鳥図」

白隠の禅画に「鮭と鳥図」と通称される個人蔵の一幅が存在する（図21参照）。この絵画の題材は瀬を泳ぐ二匹の鮭と、樹下に留まる一羽の鳥で、画賛は「鮭は瀬に住む、鳥は木にとまります、人は情けの下たにすむ」（読点及び濁点は筆者、以下同様）とあり、さらに右に「とりかに付てもさ」と記す。[3] これは江戸期において人口に膾炙した歌謡であった。すなわち、近世歌謡の代表的集成に多くの類歌が見える歌なのである。例えば、『落葉集《おちばしゅう》』（元禄十七年〈一七〇四〉刊）巻四・古来中興当流踊歌百番・こんぎやら踊に「二上リ鮎は瀬にすむ鳥や木にとまる、どうしてなう、はてなう、人は情のこんぎやら〈〜、きやらこんぎやらこ〈〜、下にすむ、……」、『延享五年小哥しやうが集』（延享五年〈一七四八〉成立）五四三番歌に「鮎は瀬に住む鳥木にとまる、人は情の下（タ）に住む」、『山家鳥虫歌』（明和九年〈一七七二〉刊）越中国の歌に「鮎は瀬につく鳥は木にとまる、人は情の下に住む」、『和河《わか》わらんべうた』（寛政元年〈一七八九〉成立）四七番歌に「鮎は瀬にすむ、鳥は木にとまる、人はなさけの、下にすむ」、『淡路《あわじ》農歌《のうか》』（文政八年〈一八二五〉成立）八九番歌に「鮎は瀬にすむ鳥や木にとまる、人は情の影に住む」、『巷謡篇《こうようへん》』（天保六年〈一八三五〉自序）上・安芸郡土左をどり歌「みづくみ」に「鮎は瀬にすむ鳥は木にすむ、人はなさけのかげに住む。みづくみをどりをひとをどろ」等、多くの類歌の例を指摘することができる。白隠は貞享二年（一六八五）の誕生で、明和五年（一七六八）入寂であるから、これら歌謡集のうち比較的早いものの成立時点には生存していたことになる。当時流行していたこの歌謡を、「鮎」を「鮭」に替えるなど一部の翻案を行って画賛としたのである。この歌の眼目は末尾の「人は情の下に住む」にあることは言を俟たない。したがって、白隠の主張もその点に存するはずである。これは『施行歌《せぎょううた》』において他者への施行を勧める姿勢と軌を一にしたものと言えよう。冒頭の主語を、生まれた河川を求めて戻る習性を持つ「鮭」に差し替えることによって、白隠は「人」が「情け」を求めてその「下たにすむ」ことを強調したものであろう。

図22　「お福団子図」

2　「お福団子図」

次に個人蔵「お福団子図」を取りあげる（図22参照）。向かって右にお福が坐り、中央の囲炉裏で五串の団子を焼いている構図を採る。左端には画賛「団子《だんご》串《くし》にさいて待《まつ》夜はこいで、びんぼ男やのどすばり」が書き入れられている。これは『延享五年小哥しやうが集』四七六番歌に「団子串にさゐて待（つ）夜は来ひで、貧乏男や喉《のど》すばり」と見える歌謡である。なお、「お福」は「おたふく（お多福）」とも呼ばれ、布袋《ほてい》とともに白隠がしばしば禅画の題材に用いた寓意像であった。この二種の寓意像は当時の庶民に愛好されていたもので、ともに後述するおもちゃ絵のちんわん節にも歌い込まれている。白隠禅画にお福が描かれた例はこの「お福団子図」の他に、「お福お灸《きゅう》図」「おたふく女郎図」「布袋お福を吹く図」「葵御前道行図《あおいごぜんみちゆきず》」等があり、絵画「おたふく女郎粉引図」とその画賛を発展させた『おたふく女郎粉引歌』も存在する。

3　「皿回し布袋図（甲）」「棒回し布袋図」

『白隠の禅画　大衆禅の美』（昭和60年・日貿出版社）掲載の個人蔵絵画に「皿回し布袋図」が存在する（図23参照）。この画には同構図で同題で呼ばれる画賛の異なる別の禅画が存在するので、「皿回し布袋図（甲）」と仮称しておく。その画賛には「鎌倉の御所のお宮で、七つ小女郎がしやくをとる、酒よりも肴《さか》なよりも、七つ小女郎が目についた」と書き入れられている。また、この「皿回し布袋図（甲）」ときわめて近似した構図の白隠禅画に、平林寺蔵「皿回し布袋図」と『白隠禅師遺墨集』掲載の永青文庫蔵「棒回し布袋図」の二点がある。前者には「鎌倉の御所のおまひで、七つな小女郎がしやくをとる」という画賛が記される。また後者の画賛は「鎌倉の御所のおまいで」と見える。これは伊豆地方で古くから歌われていた民謡である。『日本民謡全集続篇』所収伊豆国麦搗《むぎつき》唄に「鎌倉の御所の座敷へ、十三小女郎が酌に出て、酒よりも肴《さかな》よりも、十三小女郎が眼につく」、『俚謡集《りようしゆう》』所収静岡県田方郡の鹿島踊歌に「鎌倉の御所の御宮で十五小女郎が酌をとる。酒よりも肴よりも十五小女郎が目について、目につかば、つれて御座れよ。お江戸品川のはてまでも」、『俚謡集拾遺』所収静岡県伊豆地方の麦搗唄に「鎌倉の

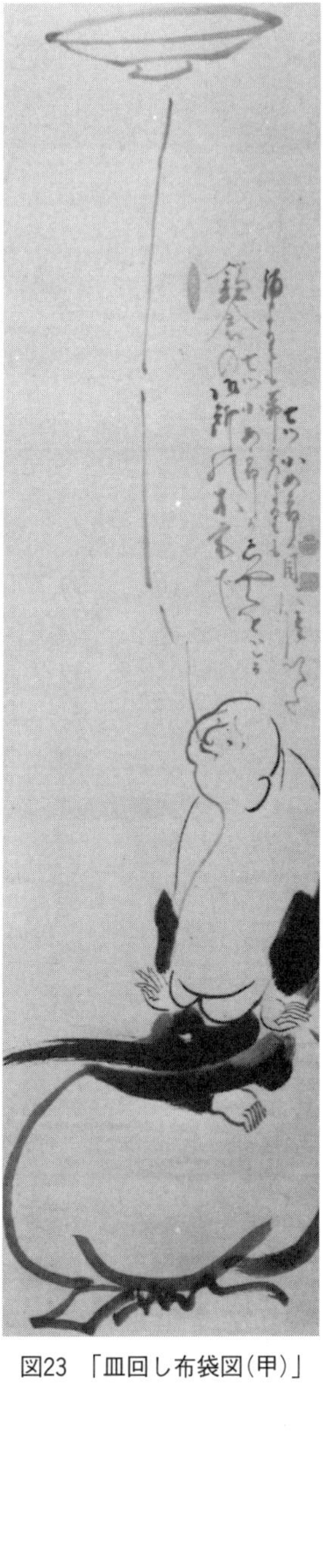

図23 「皿回し布袋図(甲)」

御所の座敷へ、十三小女郎が酌に出て、酒よりも肴よりも、十三小女郎が目につく」等とある。白隠は伊豆国との国境に近い駿河国原（現在、沼津市原）の出身で、自ら開山となった龍澤寺は伊豆国に位置した（現在、三島市沢地）。白隠がこの歌謡を身近に聞き知っていたことは想像に難くない。さらにこの歌謡の流行史を遡れば、江戸期の流行歌謡集にまで到達する。すなわち、早く貞享四年（一六八七）刊行と考えられる『大幣《おおぬさ》』獅子踊前歌に「鎌倉の、御所のお庭で、十七小女郎が酌をとる、ゑいそりや、十七小女郎がしやくをとる」「酒よりも、肴よりも、十七小女郎が目についた、ゑいそりや、十七小女郎が目についた」と、二首連続の形で見える。また宝永元年（一七〇四）刊の『落葉集《おちばしゅう》』巻三・中興当流《ちゅうこうとうりゅう》丹前出端《たんぜんでわ》・成相《なりあい》の冒頭にも「鎌倉の御所のお庭で十七小女郎が酌をとる、えいそりや十七小女郎が酌をとる、いたり姿でうい事言うた、……」とあり、さらに大田《おおた》南畝《なんぽ》『麓廼塵《ふもとのちり》』所収「ほそり」にも「鎌倉の御所のお庭で、十三の小女郎が酌をとる。目につかば、連れて御坐れよ、江戸品川の浜までも」等と見える。これら類似する歌謡詞章によって江戸期のかなり早い時期からの流行を指摘できよう。白隠はこの馴染みの歌謡を画賛に用いているが、「小女郎」の年齢を「七つ」とする伝承は、「十七」の省略形と思われるものの、他に例がなくきわめて興味深い。なお、白隠の「皿回し布袋図」には別の画賛を書き入れた例二種（「皿回し布袋図（乙）」、「皿回し布袋図（丙）」）も存在する。うち、「かたすそは梅の折枝、中は北野のそりはし」という画賛を持つ「皿回し布袋図（乙）」については後述する。もう一方の「皿回し布袋図（丙）」の画賛は「皿の中なる水こぼさねば、いつも我が身は豆蔵じや」とある。これも近世小唄調の形式を採る歌謡であるが、本書では省略に従う。

4　「布袋重い杵図」「重い杵図」

山内長三『白隠　書と画の心』（昭和53年・グラフィック社）他に掲載された白隠の禅画に、永青文庫蔵の「布袋重い杵図」と称されるものがある（図24参照）。画の構図は画面向かって右に、杵を右肩に担いだ左向きの布袋が描かれ、左側に賛が見える。また、永青文庫には構図は共通するものの、布袋とは異なる「寿」字の着物を着た人物が杵を肩に担ぐ別の絵画「重い杵図」（個人蔵の一点にも梅鉢紋の着物を着た人物の同構図の「重い杵図」あり）も存在し、これにも左側に同じ賛が見える（図25参照）。両者の賛は「おもひきねとは死ねとの事か」である。「おもひきね」は言うまでもなく「重い（ひ）杵」の意であるが、これは画題の杵を用いた地口（もじり）に他ならない。すなわち、当時の人口に膾炙していた「思ひ切れとは死ねとの事か、死なにや思ひの根は切れぬ」（『延享五年小哥しやうが集』四九〇番歌）という流行民謡の前半部分の歌詞を利用した賛であることが知られるのである。白隠画賛にみられる言語遊戯は多岐にわたるが、地口の他の例としては諺の「老いては子に従ふ」をもとにした「老いては帆に従ふ」という画賛を持つ「帆図」（永青文庫蔵）や「やっこらさ」の地口「びゃっこらさ」を含む画賛を持つ「白狐図《びやっこ》」（永青文庫蔵）がある。

5　「廓巨孝養図」「傀儡師図」「釜鍬図」「鼠相撲図」

白隠の出身家系である沼津市長沢家蔵の禅画に「廓巨孝養図《かつきよこうよう》」がある。その画賛は長文で、「昔し廓巨と云ひし人、老ひたる母を養ひしに……」に始まり、末尾を「親は浮世の福田と、仏の教へぞ有難き、そこで松坂越へたゑ、松坂こへてよんやさ」と結んでいる（図26参照）。この画賛は他にも、個人蔵「傀儡師図《くぐつ》」にほぼ異同なく見え（図27参照）、「釜鍬図《かまくわ》」（所蔵者不明）、及び永青文庫蔵「鼠相撲図《ねずみすもう》」等に簡略化されて見えている。これらはい

図24 「布袋重い杵図」

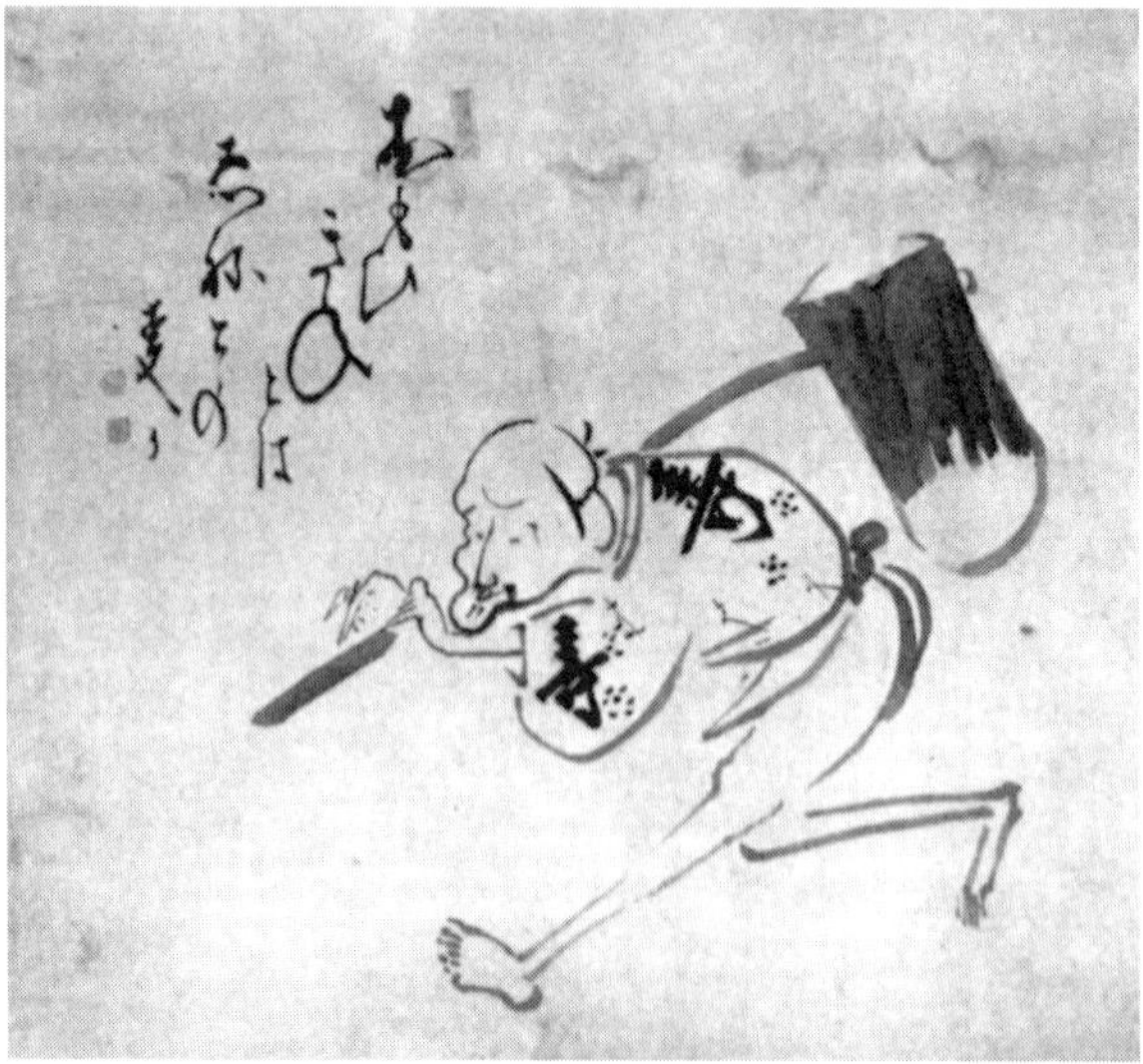

図25 「重い杵図」

図26　「廓巨孝養図」

ずれも末尾を「そこで松坂越へたゑ、松坂こへてよんやさ」で結ぶが、この「松坂越え（へ）て」は近世に流行した祝儀歌である。早くは『寛永十二年跳《おどり》記』の「伊勢をどりの歌」に「これはどこをどり、松坂越えて伊勢をどり」と見え、初期の延宝年間（一六七三〜八一）頃までは伊勢踊歌の一首としても用いられた江戸時代初中期の一大流行歌であった。戸田茂睡《とだもすい》『紫の一本《むらさきのひともと》』（天和二年〈一六八二〉奥書）にも江戸の伊勢踊歌として「松坂こへてやつこの此このはつあらよいやさ、爰《ここ》に一つのくどきがござる」と歌ったことが記されているのである。白隠は庶民教化の一環として親への孝行を尊重したので、その代表的逸話である廓巨の話の結末をめでたい祝儀歌の「松坂越え（へ）て」で締め括ったものと考えられる。

図27　「傀儡師図」

図28　「円相図」

6　「円相図」

永青文庫蔵の白隠禅画に「円相図《えんそうず》」がある（図28参照）。禅の悟りを表現した「円相図」は、多くの禅僧による作例を見出すことが可能であるが、この一幅には「遠州浜松よひ茶の出所、むすめやりたや、いよ、茶をつみに」という画賛が書き入れられている。その冒頭部には、「円相」の「円」と「遠州」の「遠」が同音で掛けられていることがわかるが、これも当時の流行民謡ときわめて関連が深いと言える。すなわち、『御船哥大全《おふなうたたいぜん》』所収「有馬ぶし」に「遠州浜松よい茶の出所、娘やろもの茶を摘（み）に」という類歌が見える。また、単に「遠州浜松……」で歌い起こす歌謡に『山家鳥虫歌』遠江国風の歌「遠州浜松広いやうで狭い、横に車が二挺立たぬ」（大田《おおた》南畝《なんぽ》『万紫《ばんし》千紅《せんこう》』『浮れ草』下にも類歌が見える）がある。一方、「むすめやりたや」の表現を持つ民謡にも、『山家鳥虫歌』丹後国の歌「丹波田所良い米所、娘遣りたや婿《むこ》欲しや」、『麓廼塵』宇治茶摘歌「宇治は茶どころ茶は縁どころ娘やりたや聟《むこ》ほしや」、『延享五年小哥しやうが集』三三番歌「丹波田所よい畑所、娘遣りたや聟ほしや」、『浮《うか》れ草』茶摘唄「宇治の茶所茶は縁所、娘やりたや聟ほしや」など多くの例を見出すことができる。白隠の画賛はこの両者が結び付いて成立した遠江国の民謡が、東の隣国で白隠の住む駿河国にも伝えられ、それを用いたものであろう。一方、これが西の隣国三河を経て尾張国にも入り、前掲の尾張藩御船歌集『御船哥大全』にも採られたものと考えられる。なお、清水市個人蔵「指天布袋図《してんほていず》」にも「遠州浜松よひ茶の出所」という画賛が見えるという。

7　「観音図」

富岡美術館蔵の白隠禅画に「観音図」と称される一幅がある（図29参照）。そこには「笠がよく似たすげがさが」という画賛が書き入れられている。これは清十郎節と呼ばれた白隠当時の流行歌謡の後半部分の歌詞である。晩

図29 「観音図」

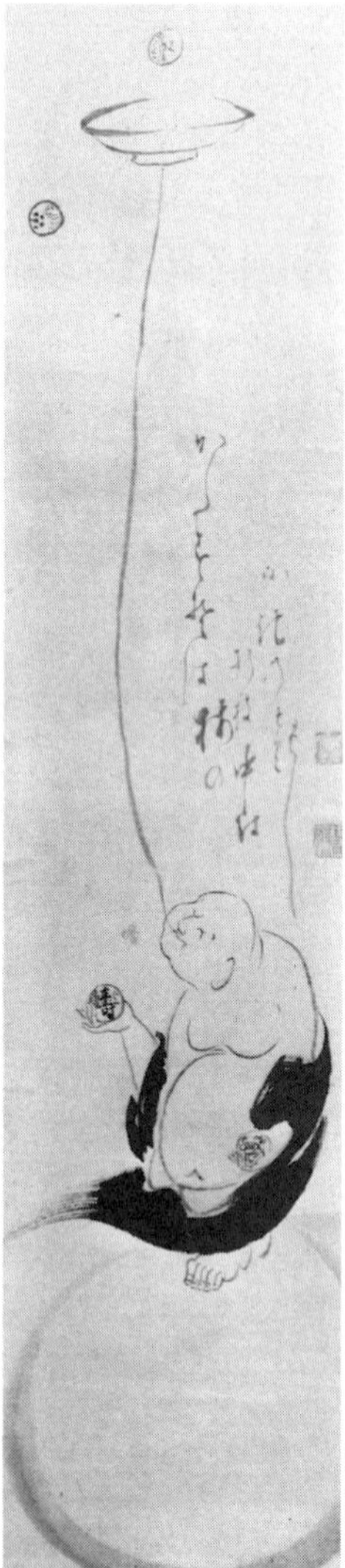

図30 「皿回し布袋図(乙)」

年の白隠は『御洒落御前物語《おしゃらくごぜん》』という和讃《わさん》形式の歌謡物語を創作しているが、その末尾に主人公播磨国灘屋の娘が十六歳の若さで死ぬ場面がある。臨終の際の辞世の歌が「向う通るは清十郎ぢやないか、笠がよく似た菅笠が」である。これがまさしく清十郎節なのである。近世歌謡集には『はやり歌古今集』(元禄十二年〈一六九九〉刊)『明暦万治小歌集』『延享五年小哥しやうが集』等に収録されている。早く『松平大和守日記』寛文四年(一六六四)四月十一日条にもその名が見えるので、寛文二年のお夏清十郎事件の後すぐに江戸でも流行していたことが知られる。白隠は当時の人ならば誰でも知っていたこの流行歌を『御洒落御前物語』や「観音図」画賛に用いて、庶民教化の目的を果たそうとしたのである。なお、クルト・ブラッシュ「禅画に見る円相の画」(『禅画と日本文化』〈昭和50年・木耳社〉所収)の編者注によれば、白隠禅画のうち「茶臼図」にも清十郎節が画賛として書き入れられた例が存在するという。白隠にとってこの歌謡がいかに身近なものであったかを窺うことができるであろう。

8　「皿回し布袋図(乙)」「猿曳の翁図」

白隠禅画のうち「皿回し布袋図」と通称される禅画が複数種あることについては前述した。『白隠の禅画　大衆禅の美』には前掲「鎌倉の……」の画賛を持つもの以外にも、所蔵者不明の「皿回し布袋図」がもう一幅掲載されている(図30参照)。その絵を「皿回し布袋図(乙)」と呼び、ここで取りあげることとする。こちらの絵では布袋が皿を回すだけでなく、四個の手玉も操っているが、その手玉には梅花の絵と「寿」の字が書き入れられている。画賛は「かたすそは梅の折枝、中は北野のそりはし」と記される。この画賛は北野天満宮にかかわるものと考えられる。すなわち、前半の「かたすそは梅の折枝」は「渡唐(宋)天神図」を連想させる表現である。ここでは梅花模様の手玉を指しているのであろう。また、後半の「中は北野のそりはし」は北野天満宮の景観を言ったものであろう。ところで、この画賛と密接な関係を有している白隠禅画に永青文庫蔵「猿曳《さるひき》の翁図」がある（図31参照）。画賛は「こゝ通りやる熊野道者のかたに掛たるかたびら、かたすそは梅のおり枝、中は北野のそり橋」と書き入れられている。両者を比較してみると「皿回し布袋図（乙）」画賛の方が、こちらの「猿曳の翁図」画賛の後半と合致し、包含されている関係にあることがわかる。実はこの「猿曳の翁図」画賛は江戸期の手毬歌によっていることが考えられる。すなわち、行智『童謡古謡』（『童謡集』とも呼ばれる）所収「鞠歌」に「むこ通うりやる小田原通りやる……（中略）……おかた（模様）はなんとつけまァしよ、肩裾に梅の折枝、中はこうしやの反橋……」、朝岡露竹斎《あさおかろちくさい》『手まりうた』に「むかへ通るは熊野同者《ママ》が肩に懸たるかたびら、肩とすそには梅の折枝、中は五条のそり橋……」、『越志風俗部《えつしふぞくぶ》　歌曲』所収「手球歌」に「こヲことをやる、あすことをやる、をだハら名主の中娘……（中略）……肩裾そハ、梅の折枝、中ハ純子の反りはし……」等とある詞章を踏まえたものであろう。

9　「布袋携童図」

白隠の布袋を描いた一図に永青文庫蔵の「布袋携童図《ほていけいどうず》」と呼ばれるものがある（図32参照）。この図には「七つに成る子がいたひけな事云ふた、人も傘をさすならばわれらもかさをさそふよ」という画賛が書き入れられている。この画賛の前半部分は狂言歌謡の一種である小舞謡《こまいうたい》を用いていることは明瞭である。小舞謡は狂言曲中の酒宴の場面等で余興として謡われる歌謡であるが、この画賛はかなり早くから狂言諸流で謡われていた「七つに成る子」の一節に該当する。しかし、詞章の書き留めとしては享保年間成立の鷺保教《さぎやすのり》本『小舞』所収「七つに成る子」がもっとも早いものとなる。同書には「七ツニ成ル子ガ、荘気《いたいけ》ナ事云（ウ）タ、殿ガホシト諷《うたふ》タ……」と見える。一方、この歌は三味線歌謡の組歌にも用いられたようで、「三味線組歌補遺」所収「七つ子」にほぼ同一の歌

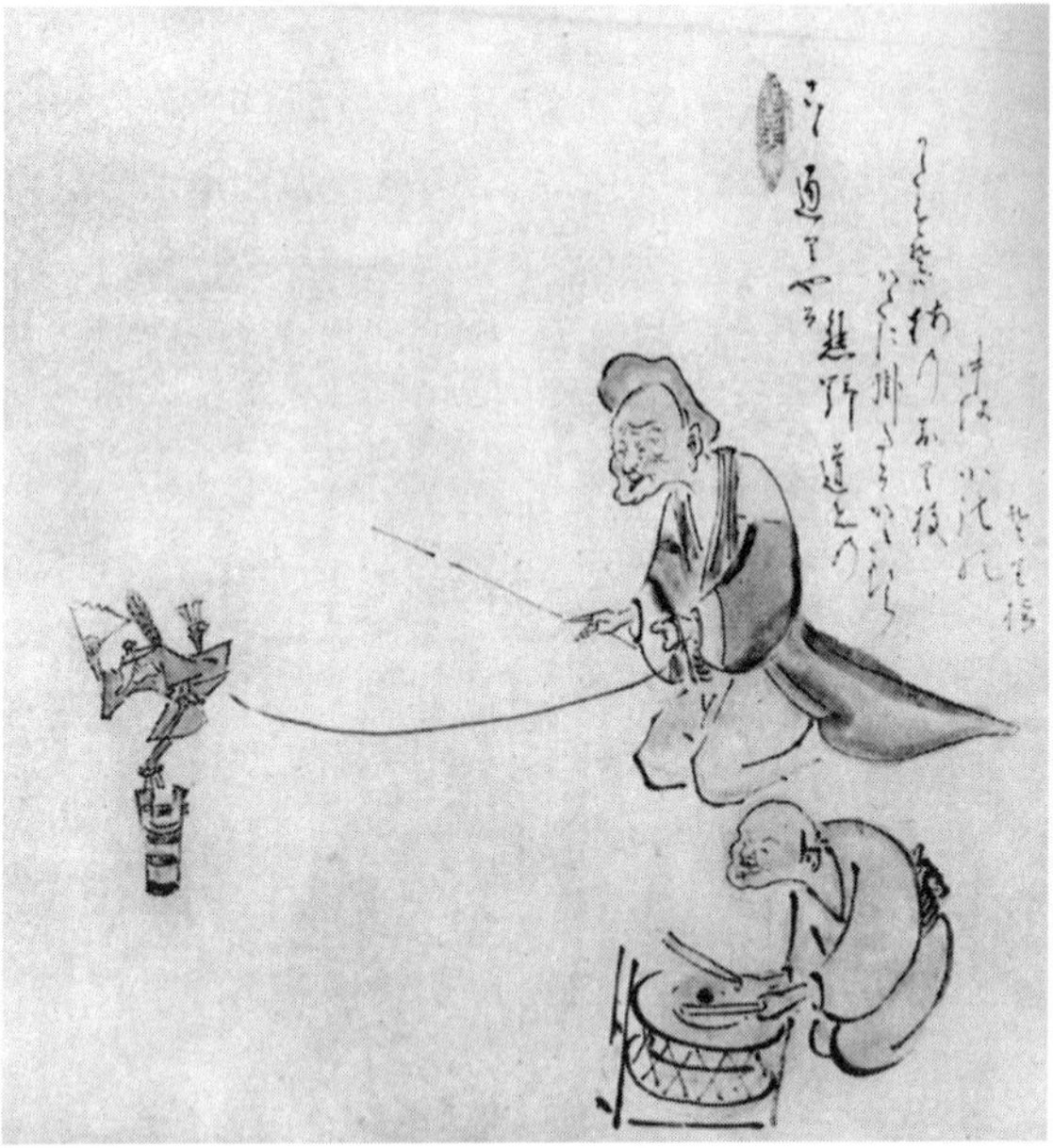

図31 「猿曳の翁図」

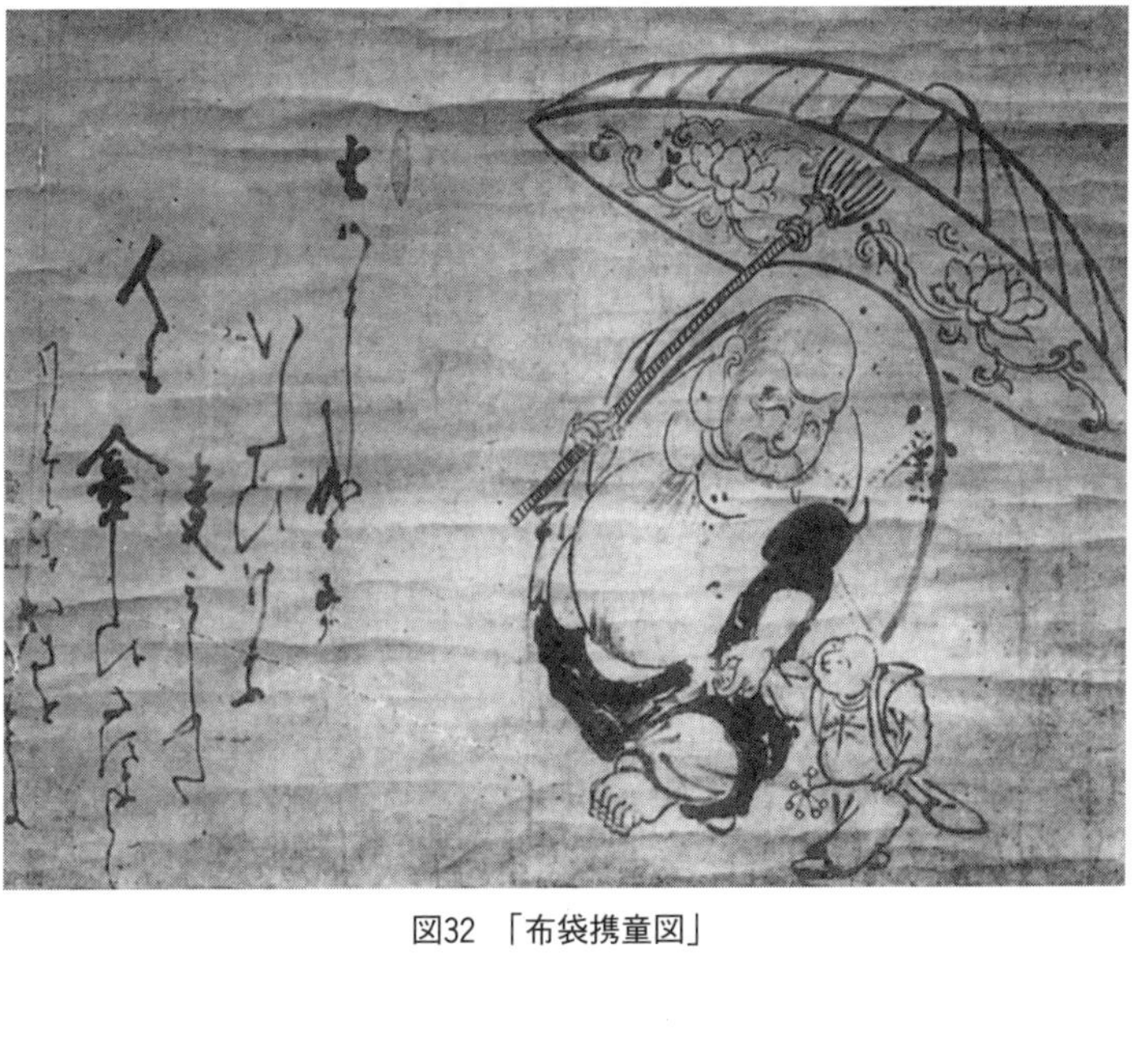

図32 「布袋携童図」

謡詞章が見えている。白隠の活躍した江戸中期にあってもこの歌謡は人口に膾炙していたのである。白隠は当時人々に愛好されていた七歳の童女を謡ったこの歌謡を想起し、童を率き連れた布袋の絵に画賛として選んだものであろう。

10 「隻手布袋図」

白隠が布袋を絵画の題材としてしばしば用いたことは既に記した。その中の一図に「隻手布袋《せきしゅほてい》図」と称されるものがある。同じ構図の絵は何点か存在するようで、三島市龍澤寺蔵一幅、飯田市個人蔵一幅、京都個人蔵一幅、ギッター・イエレンコレクション一幅などの存在が知られる。この図には「ふきといふも草の名」という画賛が書き入れられている。これは古くから箏曲において用いられた歌謡の前半部分に該当する。すなわち、室町時代の寺院雅楽の書き留めである醍醐寺蔵『秦箏語調《しんそうごちょう》』の第一首目に「越殿楽謡物《えてんらくうたいもの》」として「ふきというもくさのな、めうがというもくさのな、ふきぢさいとくありて、めうがあらせたまへや」と見えるのを嚆矢として、筑紫箏《つくしそう》の歌集にも採られ、後に八橋検校《やつはしけんぎょう》の組歌の中に編入されることとなった。八橋流組歌を掲載する[4]『琴曲抄《きんきょくしょう》』に「ふきといふも草の名、めうがといふも草のな、ふきじざいとくありて、めうがあらせたまへや」と見える他、『琴のしやうが』『箏曲大意抄』『撫箏雅譜大成抄《ぶそうがふたいせいしょう》』等に同じ詞章が収録されている。この歌の眼目は「蕗（菜蕗）」に「富貴」を、また「茗荷」に「冥加」を掛けた言語遊戯仕立てにあるが、これを用いた白隠画賛の意図は布袋によって「富貴」をイメージさせるところに存したであろう。なお、白隠の法嗣の一人であった霊源慧桃《れいげんえとう》に「ふきといふも草の名」の賛をそのまま踏襲した「半身達磨図」の作例があり、また春叢紹珠《しゅんそうしょうじゅ》に「ふきといふも草の名、めうがといふも草の名」の賛を用いた「布袋図」（ギッター・イエレンコレクション）がある。

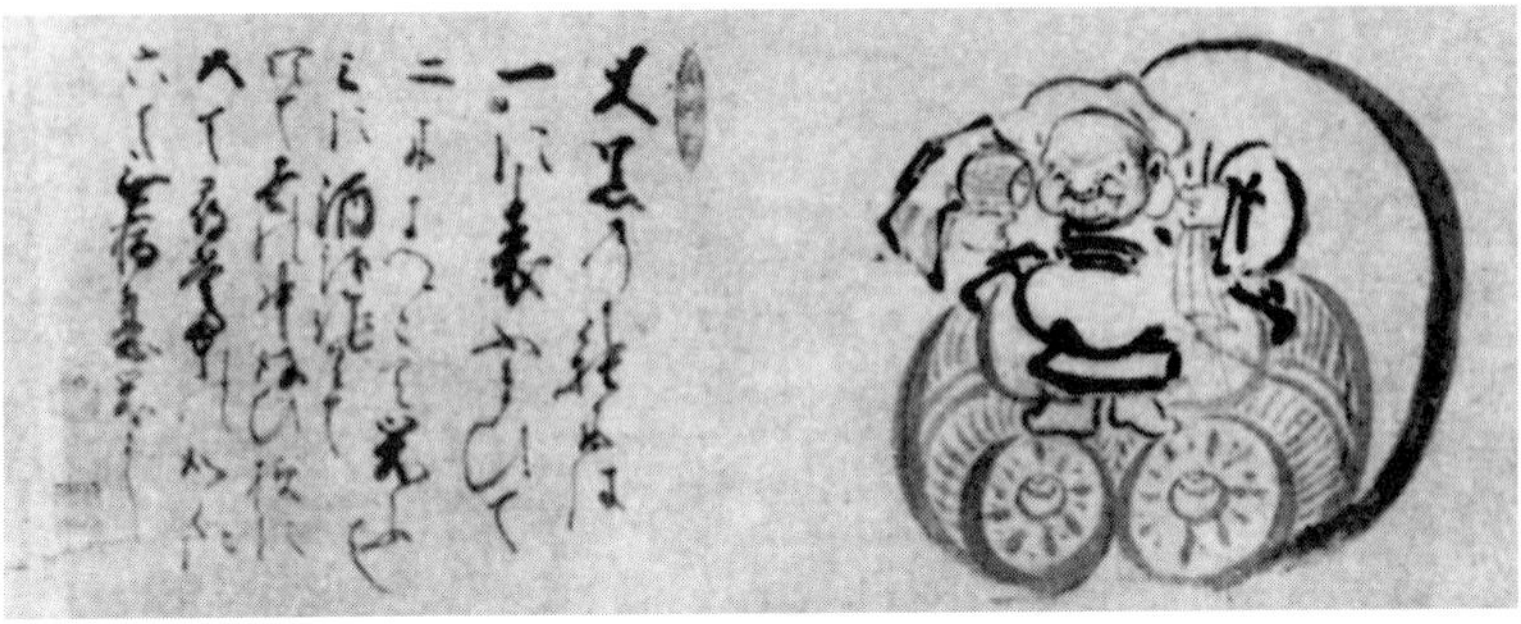

図33　「大黒天図」

11　「指月布袋図」

現在は廃館となったＢＳＮ新潟美術館が昭和五十六年三月二十一日から四月十九日にかけて行った展観の図録『白隠作品とその心』の二二番として掲載された白隠禅画に「指月布袋図《しげつほていず》」一幅がある。画賛は「芳野《よしの》の山をこへゆけば雪にはあらで花のふぶきよの」と記されている。これは早く『糸竹初心集《しちくしよしんしゆう》』（寛文四年〈一六六四〉刊）所収「一節切《ひとよぎり》證歌《しようか》」に「よしのゝをやまをゝ、ゆきかと見いれば、ゆきではああらでんゝ、やこれの、はなあのふゞきよのんゝ、やあこれの」と見え、以後『吉原はやり小哥そうまくり』『大幣《おおぬさ》』『紙鳶《いかのぼり》』『姫小松』『声《せい》曲類纂《きよくるいさん》』等にも収録される著名な歌謡に近似する。すなわち、この歌はもと尺八の練習曲として広く行われた江戸時代初期以来の名歌であり、白隠は人々のよく知るそれを画賛に用いたことになる。

12　「大黒天図」

白隠ゆかりの沼津市松蔭寺蔵の禅画に「大黒天図」と称される一幅がある（図33参照）。画賛は「大黒の能には、一に表《たわら》ふまひて、二におつとり笑ふ也、三に酒を作りて、四で世の中好ひ様に、五で尋常の如くに、六は無病息災なり」と見える。これは明治時代以降、数え歌形式の手毬歌として用いられた歌謡である。『日本歌謡類聚』（明治31年・博文館）愛知県名古屋地方の手毬歌として「大黒様という人は、一に俵を踏んまえて、二ににっこり笑らって、三に盃手に受けて、四つ世の中よい様に、五ついつもの如くに、六つ無病息災に……」と見える。歌詞はこの後さらに続いて「十二万歳万々歳御目出度いや御大黒」で歌いおさめる。しかし、この歌は古くは室町時代物語の『梅津長者物語』（西尾市立図書館岩瀬文庫蔵）地の巻や奈良絵本『大黒舞』巻上（蓬左文庫蔵）に見えており、本来は大黒舞の門付芸人によって管理されていた歌謡であった。『梅津長者物語』には大黒が「それがしが能には、一にたわらをあしにふみ、二ににこと打わらひ、三に酒をつくらせ、四よの中まもりて、五いつものきげんにて、六無ひやうそくさいに……」と歌う場面が見え、『大黒舞』巻上でも「まつ大こくかのうには、一に、たはらふまへて、二に、につことわろふて、三に、さけつくりて、四つ、世の中よいやうに、五つ、いつものごとくに、六つ、むひやうそくさいに……」と歌う。時代を降らせると、寛永年間から延宝年間頃の流行歌を収録するという『淋敷座《さびしきざ》之慰《のなぐさみ》』所収「昔大黒舞」に「御座つた〳〵福の神を先に立て、大黒殿の御座つた、大黒殿の能には、一に俵ふまへて、二ににつこと笑ふて、三に酒を造つて、四ツ世の中よふして、五ツいつもの如くに、六ツ無病息災に……」と見える。白隠が大黒舞で歌われていた歌謡を「大黒天図」の画賛に用いたことは、この例から明らかであるが、白隠にとって芸能者や願人坊主によって担われた門付芸《かどつけげい》の歌謡は画賛に最適であったらしい。おそらくは庶民教化の目的を遂行するために、庶民にとって身近な題材を求めたことによるものであろう。以下、同様の例を指摘していくこととする。

13「布袋春駒図」

磐田市中泉寺蔵の白隠禅画に「布袋春駒《はるこま》図」がある。これは刊本の『白隠和尚自画賛集』（東京都立中央図書館東京誌料文庫蔵）にも収録される画題である（図34参照）。その画賛「春の初めの春駒なんど、夢に見てさい好ひとや申す」は「はる」「はじめ」「はるこま」と「は」の頭韻を活用した歌謡である。この歌については亀山卓郎「俚謡・俚諺を賛した白隠の画」（『禅文化』第百二十九号〈昭和63年7月〉）が群馬県利根村に毎年春訪れる門付芸〝春駒〟の歌のうちの第一首目であったことを指摘している。しかしその他にも、新潟県佐渡郡佐和田町に「目出度目出度や、春の初めの春駒なんぞ、夢に見てさへよいと申す。藤代荒川、佐倉いのまき、野牧小牧は諸国の名馬、連銭葦毛に月毛に栗毛を、引きつれ廻れば蹄の音が、チンカラカラリンと淀の川瀬の水も濁らぬ団扇太鼓が品よくまはる……」なる歌を伴う春駒行事が近年まで伝承されていた。また、早く『嬉遊笑覧《きゆうしようらん》』巻五「春駒」の項に「春駒は『故事要言《こじようげん》』に、年の始に馬を作りて頭に戴き歌ひ舞もの。これを春駒と名付けて都鄙ともにあり。……是も万歳の一種にや。諺に春駒は夢に見るもよしといへり。『堀河百首題狂歌』よみ人しらず「あづまより夜更てのぼる駒迎夢にみたゝに物はよく候」」とあって、江戸期以来日本各地に行われた伝承であることが文献上からも確認できる。ここでは単なる一地方の行事ではなかったことを確認しておきたい。『嬉遊笑覧』によれば、白隠「布袋春駒図」画賛の核心部分が諺と認定されていたことが知られ注目される。

図34　「布袋春駒図」

14　「布袋すたすた坊主図」

白隠禅画に「布袋すたすた坊主図」と称される

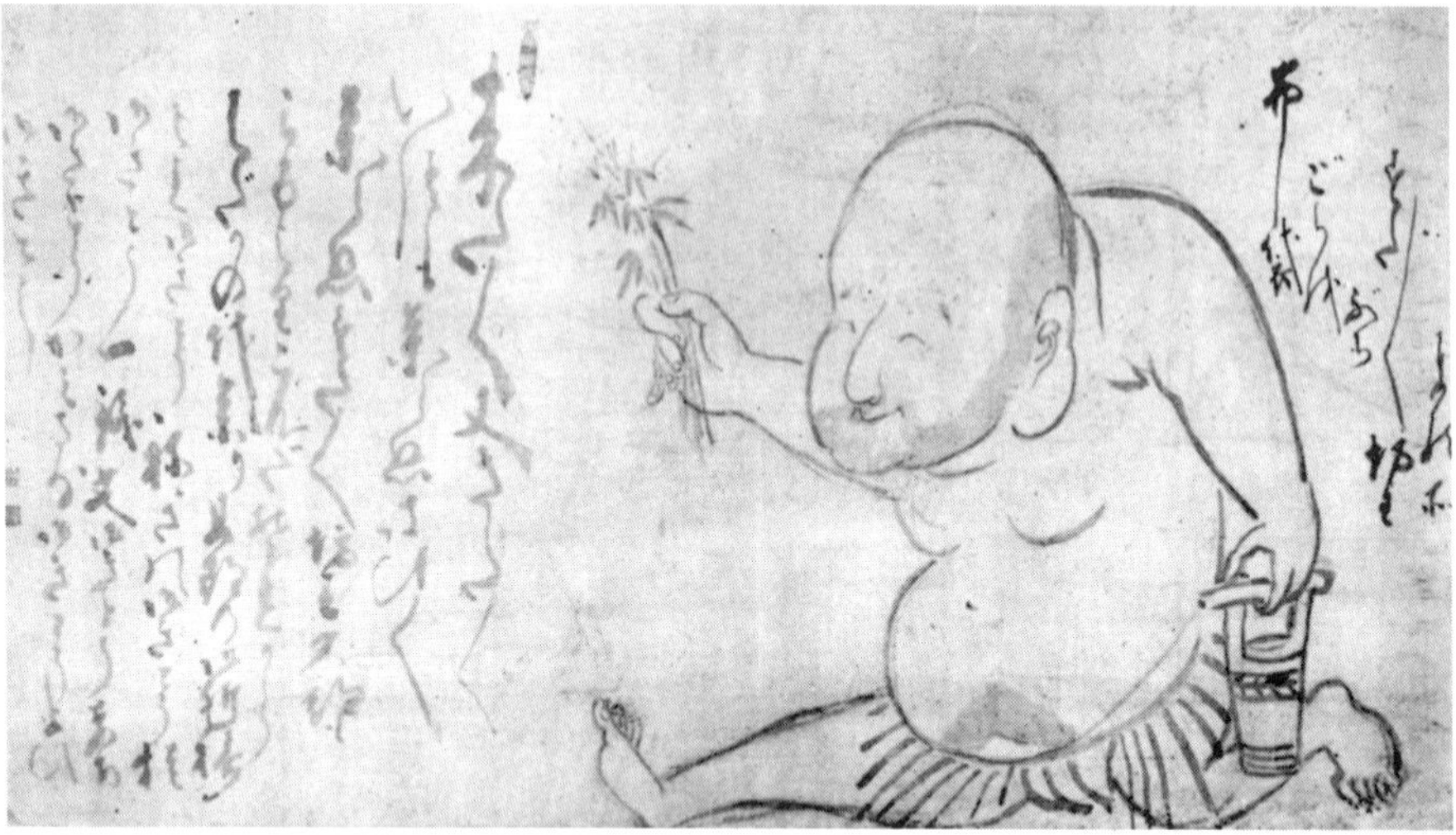

図35 「布袋すたすた坊主図」

ものがある。この禅画は富岡美術館や松蔭寺等に所蔵されているが、うち富岡美術館蔵一幅には「布袋どらをぶち、すた〳〵坊主なる所」「来た〳〵又きた〳〵、いつも参らぬ、さひ〳〵参らぬ、すた〳〵坊主、夕部《ゆふべ》も三百はりこんだ、それからはだかの代参り、旦那の御祈禱、それ御きとう、ね、さの御きとう猶御きとう、一銭文御きとう、なあ御きとう、かみさま御きとう、よひ御きとう」という画賛が見える（図35参照）。

ここに描かれた〝すたすた坊主〟は江戸期に活躍した願人坊主《がんにんぼうず》の一種で、『続飛鳥川』『只今御笑草《ただいまのおわらいぐさ》』『柳亭記《りゅうていき》』『嬉遊笑覧』『守貞謾稿《もりさだまんこう》』等の近世随筆や風俗絵本『盲文画話《もんもうがわ》』にその芸能が紹介されている。このうち『続飛鳥川』にはすたすた坊主の謡った「すた〳〵やう〳〵、すつたあたまに大鉢巻、ゆんべも三百はりこんで、それゆへはだかの代まいり、独角力《ひとりずもう》、すもふ取ならかうとるものだ、ゑいなんのこつた」という歌謡が紹介されている。「ゆんべも三百はりこんで、それゆへはだかの代まいり」の部分は、先掲の画賛に近似している。また、『只今御笑草』にも「すた〳〵や〳〵すた〳〵坊主の来る時は、世の中よいと申ます、とこまかせてよひとこなり、お見世も繁盛でよひとこ也、旦那もおまめでよひとこ也、とこまかせでよいとこ也」なる歌が記載されている。これは「布袋春駒図」の画賛「春の初めの春駒なんど、夢に見てさい好ひとや申す」と相通じるところのある祝言性の強い詞章である。なお、白隠には『大道ちょぼくれ』という作品があるが、その冒頭「きた〳〵、やれきた、それきた、又も御座らぬ、再々御座らぬ、帰命頂礼皆さん聞きねへ……」はこの画賛と重なる。これによって『大道ちょぼくれ』が、すたすた坊主の口上をもとに創作されたことが明らかとなる。

15「布袋わいわい天王図」

白隠に「布袋天王祭図」と俗称される禅画がある。この図は江戸期の願人坊主の一種〝わいわい天王〟を題材にしたもので、本来「布袋わいわい天王図」と称すべき性格のものであるので、本書ではそれを用いる。画賛には「お天王のまつりじや、はやせ子ども、わひ〳〵とはやせ」と見える。『四季交加《しきのゆきかい》』（寛政十年〈一七九八〉刊）に収録される絵画資料によれば、わいわい天王は黒の定紋付の羽織に袴をはいて粗末な両刀を差し、天狗の面をかぶり、「わいわい天王さわぐがおすき」云々と囃したという。また、子供が追いかけて来ると紅摺りの牛頭天王《ごずてんのう》の紙の張り札をまき散らし、あとから家ごとに銭を貰って歩いたという。白隠はこの門付芸の歌謡を画賛としたことになる。

二　仙厓の禅画画賛

江戸時代後期の禅僧仙厓義梵《せんがいぎぼん》（寛延三年〈一七五〇〉〜天保八年〈一八三七〉）は白隠慧鶴と並ぶ禅画の大家である。彼の禅画遺品は現代の我々の心を捕らえて離さない魅力を持っている。その多くは今日出光美術館に所蔵されて

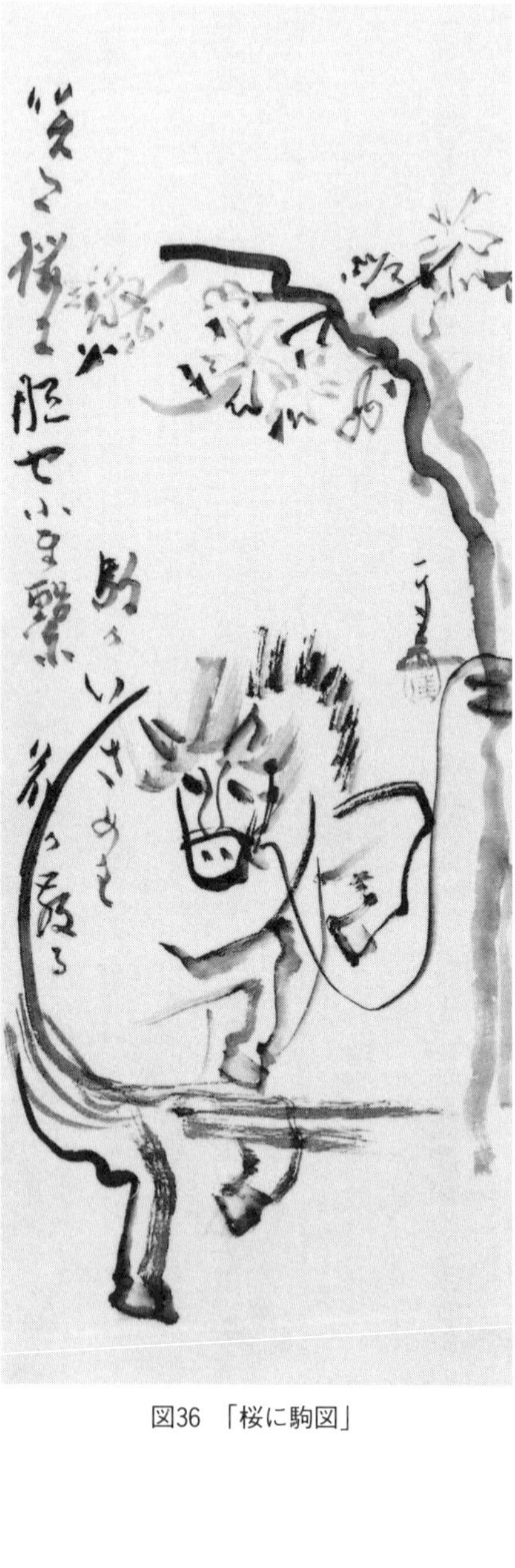

図36　「桜に駒図」

おり、折々の展観や図録によって目に触れることが可能である。ところで、仙厓の禅画も白隠のそれと同様に、ほとんどすべてに画賛が書き入れられている。それらの中には当時の巷間に流布し、人口に膾炙していた歌謡や諺とかかわるものが多く見られ貴重である。ここでは白隠に続けて仙厓の画賛における歌謡の例を指摘していきたい。

1　「桜に駒図」「芸子図」

出光美術館蔵の仙厓の絵画に「桜に駒図」と銘打たれるものが存在する（図36参照）。画賛は「咲た桜になぜこま繋、駒がいさめば花が散る」と記されている。これは近世を代表する歌謡としてあまねく知られる名歌である。

すなわち、『延宝三年書写踊歌』所収「あやおどり」、『落葉集』巻二「三つの車」、同巻七「咲いた桜」（『松の落葉』巻五にも）、『延享五年小哥しやうが集』二三一番歌、『春遊興《しゅんゆうきょう》』（明和四年〈一七六七〉刊）八番歌、『山家鳥虫歌』（明和九年〈一七七二〉刊）伊賀・一二三番歌、『浮れ草』下巻「大べら坊」等々に見えるきわめて人口に膾炙した歌謡と言える。仙厓はこの絵の他に「馬図」（出光美術館蔵）なる一幅も残しているが、そちらの画賛には「心馬走悪放逸禁制し難」とあるので、「桜に駒図」画賛の馬（駒）も「心」の寓意と考えてよいであろう。

『日本画大成』第三十九巻『俳画禅画』（昭和9年・東方書院）の第一七一図には仙厓筆の「芸子図」が収録されている。画賛は「咲いた桜になぜこ馬《ま》つなぐ駒がいさめば花が散る」「すいた芸古（ママ）になぜ手を掛けるかさが移れば花が散る」と見える。前者は「桜に駒図」にも書き入れられた流行歌謡で、後者は仙厓が〝しゃれ〟を駆使して戯れたその替え歌であろう。なお、『新板かけ合　なぞづくし』（刊年及び板元未詳）という外題の三段なぞの本にも「夜鷹買ひとかけて、四月の花見ととく、心ははなも落ちたらう」とあり、ともに梅毒によって鼻が落ちることを題材にしている。

2　「鈴鹿峠図（甲）」「鈴鹿峠図（乙）」

出光美術館蔵の仙厓の絵画に「鈴鹿峠図」二点があるがこれを便宜的に「鈴鹿峠図（甲）」「鈴鹿峠図（乙）」とする。「鈴鹿峠図（甲）」は画賛を「坂はてり鈴鹿は曇る程もなく、あひの土山時雨来にけり」とし、「鈴鹿峠図（乙）」は「坂は照る〱、鈴鹿は曇なし」とする。両者はともに〝小室節《こむろぶし》〟と呼ばれる近世初期屈指の流行歌をもとにしたものである。小室節はもと信濃国佐久郡浅間山麓の小諸宿地方の民謡で、近松門左衛門『丹波与作待夜の小室節』に「坂は照る〱、鈴鹿は曇る、土山、あひの、あひの土山、雨が降る、降る雨よりも、親子の涙、中に、時雨る、、雨やどり」、『落葉集』巻四・古来中興当流踊歌百番「馬士《まご》踊」に「関のお地蔵は親よりましぢや、……坂は照る〳〵鈴鹿は曇る、さきはいと言うてははいどうし、間の土山雨が降る」等と見える。

3 「芸者図」

出光美術館蔵の仙厓の絵画に「芸者図」がある（図37参照）。その画賛は「板子出島のマこもの中にヨ鳥いとし、あやめさくとはめづらしやアア〳〵」と記される。この原歌は二代目瀬《せ》川如皐《がわじょこう》『只今御笑草』に「其比《そのころ》（宝暦の末、明和の初の比）の前後に潮来節はやり出る」として見える「いたこ出島のまこもの中に、あやの《（ママ）》咲とはしほらしや」である。一方、『浮れ草』巻下・国々田舎唄の部・潮来節、及び赤松宗旦《あかまつそうたん》『利根川図志』（安政二年〈一八五五〉自序）巻六・潮来曲の唄には「いたこ出島の真菰の中に、あやめ咲とは露知らず、しよんがへ」と見える。いずれも仙厓の画賛とは末尾に小異があるものの、深い関連があることは間違いない。さらに、類歌としては『山家鳥虫歌』常陸に「潮来出島のよれ真菰《まこも》、殿に刈らせてわれさゝぐ、サツサヲセ〳〵」と見え、江戸期を通じて歌い続けられたことが考えられる。なお、この歌謡から多くの替え歌が生み出され、本書「I『平家納経』―表紙絵・下絵・挿絵と歌謡」で紹介した『潮来絶句』をはじめ、『潮来風《いたこぶり》』『潮来考《いたここう》』『笑本板古猫《えほんいたこのねこ》』のような書が出版されたことは重要である。また、近代になってからも引き続き愛唱されたようで、絵はがきの画賛となった例もある。詳細は本書「X　竹久夢二―絵はがきと歌謡」を参照いただきたい。

4 「兎餅搗き図」

福岡市美術館の『仙厓』展図録（昭和61年10月）には一二五番として個人蔵の「兎餅搗《うさぎもちつ》き図」が掲載されている

図37 「芸者図」

図38 「兎餅搗き図」

（図38参照）。画賛は「めでた〳〵の若松さまは、卯さぎの歳のもちをつく春」と記される。冒頭の「めでた〳〵の若松さまは」は、以下を「枝も栄える葉も茂る」として広く人口に膾炙した江戸期を代表する祝儀歌で、『山家鳥虫歌』巻頭歌に採られた他、諸民謡集にも収録されている。そして今日に至るまで歌い継がれる名歌でもある。仙厓は生命あってまた新しく迎えることができた卯歳の新年のめでたさを描き、その画賛には当時の巷間に流行していた祝儀歌の一部を用いたものであろう。揮毫時期はおそらく仙厓晩年の卯歳である文政二年（一八一九）、もしくは天保二年（一八三一）であろう。

5 「雷神図」

仙厓の絵画に「雷神図」と称される一幅がある。その画賛には「なるかならぬは目元でしれる、今朝の目元はなる目もと」とある。これは近世小唄調（三・四／四・三／三・四／五）の著名な俗謡である。歌謡集のなかには『淋敷座之慰』所収「のつちり河豚汁節《ふくとじるぶし》」末尾に「……なるもならぬも目許で知れる、今の眼許はマアなる目許、てうしこい」がある。歌詞中の「なる」は元来、実が熟して付く意であるが、それが転じて男女の恋が成就する意として用いられた。『松の葉』巻一・裏組「なよし」、『吉原はやり小哥そうまくり』所収「一節切」、『鄙廼《ひなの》一曲《ひとふし》』科埜《しなの》の国舂唄《つきうた》・曳臼唄《ひきうすうた》などに類例がある。仙厓は雷の「鳴る」を、色恋が「なる」に取り成したことになろう。

6 「指月布袋図」

出光美術館蔵の仙厓の禅画に「指月布袋図《しげつほていず》」なるものが存在する。これは仙厓の作品としてきわめて著名なもので、その画賛には「を月様幾つ十三七つ」とある。これは江戸時代を代表するわらべうたとして知られている。

すなわち、早く太田全斎《ぜんさい》（方）『諺苑《げんえん》』に「ヲ月様イクツ十三七マタ年ハ弱《ワカ》イナ、アノ子ヲ産デコノ子ヲ産デオマンニ抱セヨ……」、行智『童謡古謡《どうようこよう》』に「お引月さ引ま引いくつ引。十三七つ。まだ年や引わ引かいな引。あの子を産んで、この子を産んで。だ引れに抱かしよ。お万に抱かしよ。……」等と採集された歌である。この絵の構図は布袋が児童を従えた、いわゆる携童図《けいどうず》であるので仙厓はこの人口に膾炙した童謡を賛に採用したものであろう。

7　「牛若弁慶五条橋図」

出光美術館蔵の仙厓の絵画に「牛若弁慶五条橋図」二点がある。その画賛には「蝶々とまれ、なたねの花こふてくわしよ」と見える。これも江戸時代に歌われた童謡と思われる。もっともこの類歌「蝶々とまれ、菜の葉にとまれ、菜の葉が飽いたら桜（木・手）にとまれ」の方がさらに著名であり、より広範に流布したことは言うまでもない。この絵においては、弁慶を相手にした牛若の身のこなしがあたかも蝶のようであったという比喩的な意味を付与した画賛が書き入れられていることになろう。

三　その他の禅僧の禅画画賛

白隠、仙厓の他にも禅画を描き、そこに歌謡画賛を好んで書き入れた僧がいた。ここでは遂翁元盧《すいおうげんろ》、東嶺円慈《とうれいえんじ》、象匏文雅《ぞうほうぶんが》、山岡鉄舟《やまおかてつしゅう》の各一図を取りあげて紹介しておく。

1　遂翁元盧「定上座接雪巌欽図」

遂翁元盧《すいおうげんろ》（享保二年〈一七一七〉～寛政元年〈一七八九〉）は白隠の後継として活躍した禅僧である。その遂翁に永青文庫蔵の禅画「定上座接雪巌欽図《ていじようざせつせつがんきんず》」がある（図39参照）。縦三一・〇糎×横四六・五糎の紙本墨書《しほんぼくしょ》。この禅画自体はいわゆる禅機画として一般的なものであるが、星定元志《せいじようげんじ》によって書き入れられたこの絵の画賛は他の類作と異なり、注目すべき内容を具えている。それは「茲《ここ》に京橋大文字やのかぼちやとて、其名を市兵衛と申ます、せいがひくうても、ほんに猿眼《まなこ》……」と記される。これとほぼ同じ画賛は永青文庫蔵の白隠禅画の一点「大文字屋かぼちゃ図」にも見える。そちらには「大文字屋のかぼちやとて、其名は市兵衛と申します、せいはひきくてほんに猿まなこ、よひわひなふ」とある。

この画賛をめぐっては既に芳澤勝弘「白隠禅師仮名法語・余談（四）―「大文字屋かぼちゃ」のこと―」（『禅文化』第百六十六号〈平成9年10月〉）に優れた考察がある。芳澤氏は多くの文献資料をもとに、〝大文字屋かぼちゃ〟と渾名された市兵衛について考証する。それによれば大文字屋は江戸新吉原京町の妓楼で、市兵衛はその初代の主人村田市兵衛のことであるという。かぼちゃとは福助人形のモデルとなったとも言われる市兵衛の容姿から付けられた渾名である。この市兵衛の容姿が歌謡に仕立てられて巷間に流行したらしい。狂歌作者であった手柄岡持《てがらのおかもち》の『後《のち》は昔《むかし》物語』（享和三年〈一八〇三〉成立）には「大文字屋かぼちやといふ唄は、流行甚しかりし、宝暦二申年と覚ゆ」と記される。したがって、この歌謡は白隠生存中の宝暦年間頃（宝暦二年〈一七五二〉に白隠は六十八歳であった）の江戸の一大流行歌であったことが知られるのである。なお、この歌詞は『近世商売尽《きんせいしょうばいづくし》 狂歌合《きょうかあわせ》』（嘉永六年〈一八五三〉成立）の巻頭に当たる一番左にも、市兵衛の絵の画賛として見える。そこには「ここに京町大もんじやのかぼちやとて、その名は市兵衛と申ます、せいがひくゝてほんに猿まなこ、よいわゐな、〳〵」とあるが、他の文献を重ね合わせてみると、これがもっとも一般的な歌詞であったらしい。

この市兵衛を歌った歌謡には替え歌も行われたという。それは『人松島《ひとまつしま》』（天明二年〈一七八二〉成立）所収「大

図39　「定上座接雪巌欽図」

図40　文字絵「大文字屋」

文字屋市兵衛」の項に「……近き頃まで、大あたまの張抜《はりぬき》たる手遊ありし、是を大かぼちやと言し。今は廃れてなし。其唱歌は画面の上に書けり。此外に替り文句多くあり。其内に、十二挑灯《ちようちん》花紫の紐つけてかざりし玉屋の女郎しゅが恋の巣ごもり紋ナ鶴の丸、ヨイワイナ〳〵〳〵」とあるのによって知られる。すなわち、「十二挑灯……」で始まる替え歌が歌われたのである。大文字屋かぼちゃを歌った元歌の眼目は、白隠画賛末尾の「よひわひなふ」にあり、替え歌もそれを眼目としたことがわかる。

最後に芳澤論文に取りあげられなかった『新文字ゑつくし』（明和三年〈一七六六〉刊）のみを引用するに止める（図40参照）。それは「大もんじやのかぼちやよいわいなぶし」を文字絵に仕立てたもので、人物の科白《せりふ》に当たる画中詞に「ぜいはひきくて、さるおきやくがこよいもそうしまいじや」「江戸丁大さる京丁までも、かくれないぞへ」と見える。これは大文字屋かぼちゃの流行歌謡の歌詞を踏まえた科白となっているのである。

この歌謡は杉本章子『爆弾可楽《ばくだんからく》』といった現代作家の作品にも取りあげられている。また、現在では廃刊となった『江戸っ子』の第六号（昭和50年11月）以下四回にわたって、大文字屋の後継であった波木井皓三氏の「吉原私記」が連載された。

2　東嶺円慈「唐臼図」

白隠には六祖慧能《えのう》の故事に基づいた「唐臼図《からうすず》」がある。ところで、白隠の法弟である東嶺円慈《とうれいえんじ》（享保六年〈一七二一〉～寛政四年〈一七九二〉）にも同じ題材の禅画がある。少林寺蔵の一幅で、縦三六・五糎×横五八・〇糎である。そして、これは画賛も白隠のものをそのまま継承した「大津ならや《（奈良屋）》に来たりやこそ、ふみもなら《（習）》たよからうす《（唐臼）》を」である。この画賛は近世小唄調の歌形からも当時の歌謡、もしくはその替え歌と目される。なお、白隠には

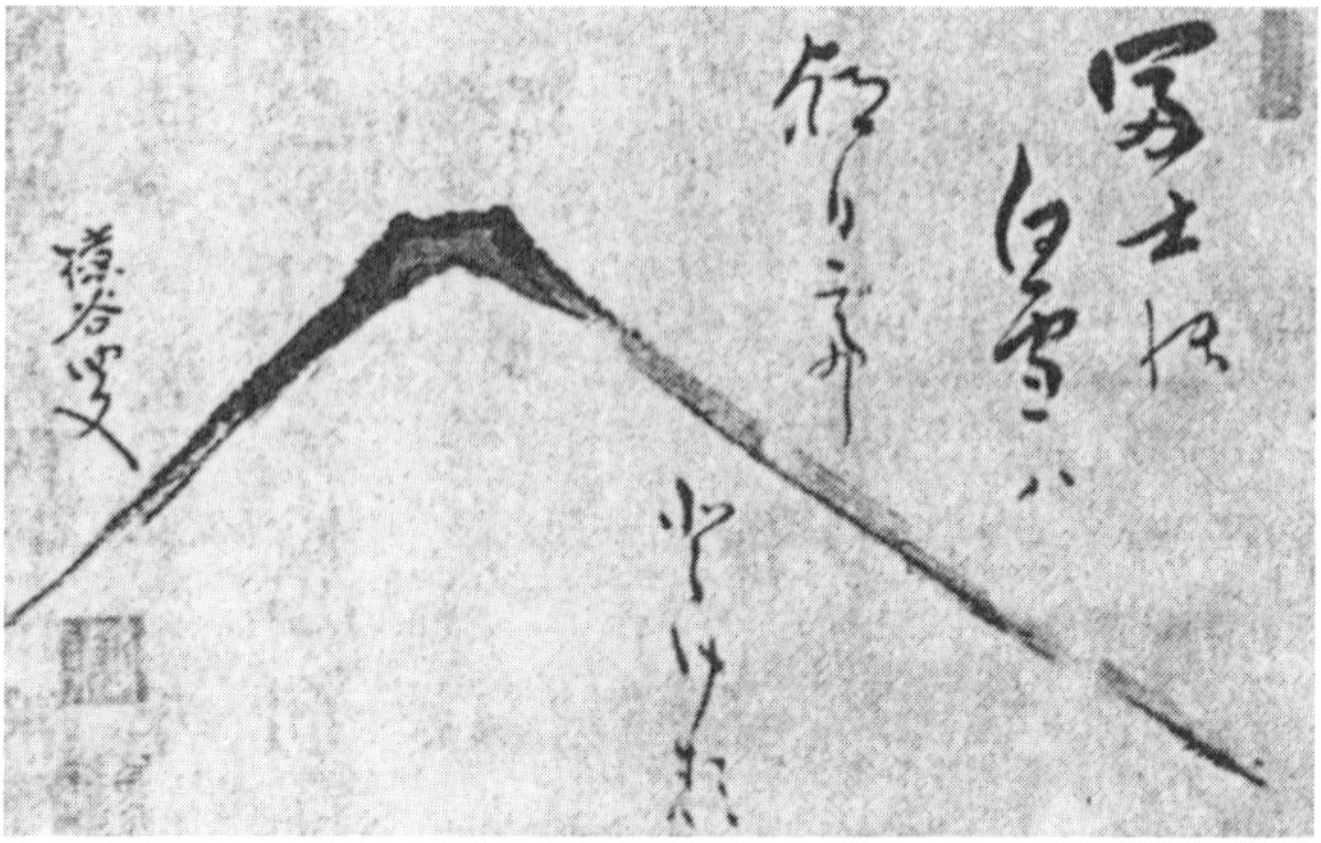

図41　「富士の白雪図」

永青文庫蔵「小車の翁図」にも「大津ならや（奈良屋）……」を冒頭に据えた画賛が存在する。

3　象匏文雅「富士の白雪図」

象匏文雅《ぞうほうぶんが》（安永八年〈一七七九〉～天保十一年〈一八四〇〉）には個人蔵の禅画「富士の白雪図」がある（図41参照）。大きさは縦三五糎×横五二糎で、画賛には「富士の白雪は朝日でとける」とある。この歌はやはり日本近世を代表する著名な歌謡で、その始発は江戸中期以前と言われる。貞享三年（一六八六）上演の歌舞伎狂言「椀久浮世《わんきゆううきよ》十界《じつかい》」における大友民部の出端《では》名のりせりふの詞に「……二人が仲はいつかさて、解けて流れて三島へ落ちて、三島女郎衆の化粧水もこぼれぬ」と見えるが、この「解けて流れて三島へ落ちて、三島女郎衆の化粧水」の部分の前に、「富士の白雪は朝日でとける」を付けた形が本来の歌詞であったと推測される。これが『春遊興《しゆんゆうきよう》』になると「富士の白雪朝日で解けて、解けて流れて三島に落ちて、三島女郎衆の化粧水」と見える。一方、『山家鳥虫歌』安房には「山な白雪朝日にとける、とけて流れて三嶋へ落ちて、三島女郎衆の化粧水」という類歌が見える。ここからすれば、その発生はともかく、単に

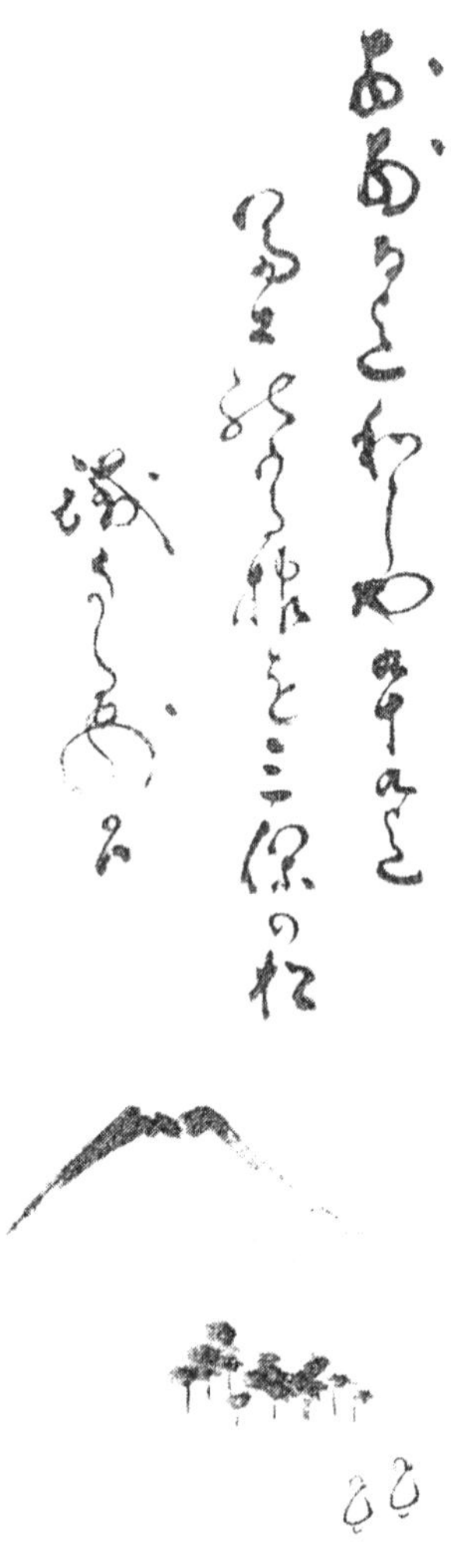

図42　「富士山図」

伊豆国三島の地方歌謡ではなく、日本全国に流行した歌謡であったものと認められる。その後、この歌は途中に挿入される囃子詞「ノーエ」から、〝農兵節《のうへいぶし》〟と命名されて今日に至っているのである。

4　山岡鉄舟「富士山図」

個人蔵の一幅に山岡鉄舟《やまおかてっしゅう》（天保七年〈一八三六〉～明治二十一年〈一八八八〉）の「富士山図」がある（図42参照）。画賛は「お前百迄、わしや九十九迄、富士の高根を三保の松」と記される。このうち「富士の高根を三保の松」には、駿河国の名勝「三保」が掛詞「見」として用いられていることは言うまでもない。すなわち、富士山の崇高な姿を末長く見続けたいという意となるが、そこには富士の悠久性と人間の長寿とが重ね合わせられていることは明らかである。

ところで、前半の「お前百迄、わしや九十九迄」は今日でも人口に膾炙した歌謡の一節である。古く宝永七年

（一七一〇）に名古屋で刊行された『絵入おどり今様くどき』所収「順のこぶし」に「うすひきぶし」として「こなた百迄、おりや九十九まで、共に白髪の生ゆる迄」とある他、『延享五年小哥しやうが集』四三番歌に「そなた百迄おりや九十九迄、共に白髪の生ゆる迄」、『山家鳥虫歌』和泉に「こなた百までわしや九十九まで、髪に白髪の生ゆるまで」等と見える著名な歌である。今日でも祝儀歌・婚礼歌・餅搗歌・盆踊歌などとして歌い継がれている。鉄舟は古来有名なこの歌謡を用いて、富士山を称賛したのであろう。

おわりに

以上、禅画画賛に見る歌謡という観点から白隠、仙厓、遂翁、東嶺、象匏、鉄舟の例について具体的に検討してきた。禅宗の庶民教化の一環に、流行歌謡を中心とした当時の人々に耳慣れた歌謡の歌詞が画賛として用いられたことは注目に値しよう。それによって流行歌謡は教化歌謡の役割を新たに担うこととなった。これらの例は単に絵画と歌謡とのかかわりの上から重要であるという面にとどまらず、庶民という享受者を擁した歌謡の研究には不可欠の視点として忘れてはならないであろう。

注

（1）『近世歌謡の諸相と環境』（平成11年・笠間書院）第三章第九節、第十節参照。

（2）白隠の和讃形式の教化歌謡に『施行歌《せぎょううた》』『寝惚《ねぼけ》の眼覚《めざま》し』『御代《みよ》の腹鼓《はらつづみ》』『座禅和讃』などがあり、近世小唄調形式の教化歌謡には『おたふく女郎粉引歌』『主心《しゅしん》お婆々粉引歌』などがある。

（3）これについては芳澤勝弘「白隠禅師仮名法語・余談（七）—魚鳥図のこと—」（『禅文化』第百六十九号〈平成10年7月〉）に詳細な考察がある。

（4）『琴曲抄』については拙稿「『琴曲鈔』影印と翻刻（上）」（『梁塵　研究と資料』第十七号〈平成11年12月〉）、「『琴曲鈔』影印と翻刻（下）」（『梁塵　研究と資料』第十八号〈平成12年12月〉）を参照いただきたい。

Ⅶ 「隆達画像」——江戸期絵画と歌謡

はじめに

本書では「Ⅳ 「名所花紅葉図」―近世初期風俗画と歌謡」「Ⅴ 「若衆図」―近世美人画と歌謡」「Ⅵ 白隠と仙厓―禅画と歌謡」と三章にわたって江戸時代の絵画と歌謡について述べてきた。この章ではそれら三章の範疇に洩れたその他の江戸期絵画の画賛に見える歌謡のうち、三例について指摘していくこととする。

一 半井卜養「遊船図」画賛

平成四年（一九九二）十一月に東京古書会館で開催された「古典籍下見展観大入札会」に注目すべき一幅が出品された。同会目録の三六頁に「935 半井卜養《なからいぼくよう》狂歌幅　一幅」とあるのがそれである。また、この一品はさらに翌年四月の大阪大丸心斎橋店で開かれた「古書と筆蹟大即売会」にも出品され、その目録はこの卜養《ぼくよう》狂歌幅について、「紙本着彩　江戸前期の狂歌師俳人　堺の医の名家に生　25×37　箱入」と記し、写真も掲載している（図43参照）。以下、この絵画をその画題から「遊船図」と呼ぶこととする。

卜養は泉州堺の医者の名家半井《なからい》家の出身で、延宝六年（一六七八）十二月二十六日に享年七十二歳で没した。三

図43 「遊船図」

十歳前後からしばしば江戸へ下向して多くの文人と交遊を深めた。後には江戸住となり、幕医を勤める。誹諧や狂歌をよくした。代表作品に何種かの絵巻物形式の『卜養狂歌』や写本の『卜養狂歌集』があり、後には版本の狂歌集『卜養狂歌集』まで刊行されるに至った。ここに取りあげた「半井卜養狂歌幅」、すなわち「遊船図」は、もと絵巻物として成立した『卜養狂歌』の一伝本の断簡と考えられる。

上に掲げた「遊船図《ゆうせんず》」の画賛は「八月十五夜に、みつまたの川に舟をうかめてあそびけるに、ちかき舟には酒《さけ》のみうたひあそぶ。其《その》比《ころ》、世にはやりし唐人哥《たうしんうた》とぞ、濃《の》むせんふうらんら、露《つゆ》の情《なさけ》なやと言《いふ》ことをうたひてあそぶ折ふし、月くもりければ、うたひなば雨やのふせんふうらんら、くもるは露《つゆ》の情《なさけ》なの月」とある。末尾の「うたひなば……」の狂歌は版本『卜養狂歌集』四七番歌にも「八月十五夜の月をみつまたの波舟をうかべて、酒のみうたひあそぶ。その比、世にはやりし唐人歌とて、のむせんふらんらむ露のなさけなや、といふことをうたひあそびけるに、折節月くもりければ」という詞書を伴って、「うたひなば雨やのんせんふらんらせくもらば露のなさけ名の月」と見える一首で、前掲の画賛と版本『卜養狂歌集』との間に若干の異同があることがわかる(1)。また、絵巻物形式の『卜養狂歌』のうち、日本古典文学会所蔵本（寛文六年〈一六六六〉霜月十一日成立、卜養自詠自筆・狩野季信画）にも「遊船図」と類似する舟遊びの図があるが、詞書に異同がある上に、狂歌本文も「うたひなば雨やのんせんふらんらむくもるは露の情名の月」と見える。同じく絵巻の一伝本、湯浅四郎氏所蔵『半井卜養狂歌絵巻』（延宝元年〈一六七三〉十月上旬成立）にも別構図の船遊びの絵が見える。この画賛も詞書に小異があり、狂歌を「うたひなば雨やのむせむふらむらんくもるは露のなさけなの月」とする。卜養はこの唐人歌の冒頭部分の詞章を用いて「雨はのんせんふらぬ秋の夜」（天理図書館所蔵『古俳諧書留』所収）という句も作っている。さらに、『酔笑庵之記《すいしょうあんのき》　并《ならびに》風景《ふうけい》』は卜養が船遊びをした折の随筆であるが、そこには卜養在世当時の巷間に流行した多種の踊の名称が記載されている。その中に「のんせん踊」という名も見える。踊をも伴って、江戸時代初期に爆発的に流行した唐人歌であったらしい。同じこの唐人歌は後の宝永七年（一七一〇）刊『松の落葉』巻四の「古来中興踊歌百番」所収「大津おひわけゑ踊」に「……浮世のんせいふんらんらん、しんらんどんらん十三仏……」とある他、藤田徳太郎氏によれば『絵入おどり今様くどき』（宝永七年・名古屋駿河町下万屋清左衛門版）なる書にも「大津絵おどりふし」と題して、「……うき世のんせいふんらん〳〵、しんらんどんらんいせかわご……」とあるという。卜養在世時代の寛文・延宝年間（一六六一～八一）頃の流行歌が、始発から約五十年を隔てた宝永年間頃まで踊とともに、脈々と伝えられたものであろう。なお、『唐人踊』と題する俳諧撰集（四季類題発句集）が存在する。『日本古典文学大辞典』所収「唐人踊2」の項（田中善信氏執筆）によれば、「井上友貞編。延宝五年（一六七七）十一月跋。京都井筒屋庄兵衛刊」とある。この版元井筒屋庄兵衛は周知のように、俳書の書肆《しょし》として著名であるが、また同時に『松の葉』『落葉集』『若緑』『松竹梅』『松の落葉』等の歌謡集も刊行し、歌謡書の書肆としても当代随一の存在であった。再び『日本古典文学大辞典』によれば、「本書は立圃《りゅうほ》によって企画されたが老病のため果さず、草稿が門人の関卜圃《せきぼくほ》（昌房）に譲られた。だが彼もまた病に倒れたので、その後を友貞が受け継いで完成した。寛文五年（一六六五）成立の『小町踊』に本書編纂の予告があり、また本書の序文が立圃によって書かれていることから、立圃存生中すでにかなり編集が進んでいたことがわかる」とある。これに従えば、歌謡愛好家でもあった野々口（雛屋）立圃が、『小町踊』に続けて流行踊の名称を書名とした俳諧撰集第二弾として『唐人踊』を、寛文年間中に用意していたことが知られるわけである。また、寛文四年刊『糸竹初心集《しちくしょしんしゅう》』に見える唐人踊「あふみおどりの歌」の詞章を踏まえた句「ふらひ〳〵ふる妻いとし軒の雪」は、早く『毛吹草《けふきぐさ》』巻第一「小哥」の部に収録されている。これらは既に寛文年間以前に唐人踊が流行していた事実を物語るものであるが、まさにこれは卜養の活躍時期と重なることとなる。すなわち、「遊船図」は卜養存生中の時代色を生き生きと伝える資料ということができよう。

一方、『卜養狂歌集』八四番歌には詞書を「富士の山を、から人の眺る所を絵に書て、めづらしき歌をよめと侍ければ、其比唐人歌とて、せねんてふゝし〳〵ふはいしよ、といふ事はやり侍ければよみける」として、「から人も小歌ぶしでやながむらんせねんてふふし〳〵」という狂歌が見える。この狂歌は『卜養狂歌巻物』一九三番歌にも、「から人も小歌ぶしでやながむらんせねんてふうし〳〵」と小異で収録されている。卜養存生当時の唐人歌流行の様相と、彼のそれへの愛好ぶりが如実に窺えるであろう。

卜養が世を去って後、唐人歌はさらに大きな流行を見せる(2)。「遊船図」画賛に見られる唐人歌は、それら後代の唐人歌大流行の先駆けに当たるものできわめて貴重である。卜養らによって蒔かれた唐人歌の種は、後に大きな森となって歌謡史上を彩ることとなったと言えよう。

二　英一蝶「朝妻舟図」画賛

元禄時代を代表する絵師の英一蝶《はなぶさいっちょう》は、その画賛に歌謡史上の大家高三隆達《たかさぶりゅうたつ》の名を入れた「朝妻舟図《あさづまぶねず》」を好み、狩野朝湖《かのうちょうこ》と称していた若い時代から晩年に至るまでの間、かなり多くの点数を描き残している。ここでは「現在知られているなかで、もっとも雅びで品格高い作例(3)」とされる東京板橋区立美術館蔵の一図を掲げる（図44参照）。この「朝妻舟図」は一蝶の絵画の中でも特に著名で、時の将軍徳川綱吉寵愛のお伝の方を描いたとの風説が流れ、そのために一蝶は三宅島に流罪となったという説話まで生み出されたほどであった。その絵には次のような画賛が書き入れられている。

隆達が破れ菅笠しめ緒のかづら、ながく伝はりぬ。是から見れば近江のや。あだしあだ波よせてはかへる浪、朝妻舟の浅ましや、あゝまたの日はたれに契りをかはして、色を〳〵枕はづかし偽《いつわり》がち成我床《なるわがとこ》の山、よしそれとても世の中。

この冒頭部分には「破れ菅笠しめ緒のかづら」なる「隆達」の歌謡があって、遥かに元禄の頃まで「ながく伝」わっていたと解釈できる記述がある。これはあるいは、「かづら」が次の「ながく」を引き出す序として置かれたものとすれば、「破れ菅笠しめ緒」までを「隆達節歌謡」と考えていた可能性もある。しかし、「隆達節歌謡」には「破れ菅笠しめ緒」もしくは「破れ菅笠しめ緒のかづら」という歌詞の歌は存在しない。実はこの歌は寛文四年（一六六四）刊『糸竹初心集』所収の「すげ笠ぶし」の一節に相当する。「すげ笠ぶし」は「破れ菅笠しめ緒が切れて、さらに着もせず捨てもせず」である。一方、「隆達節歌謡（小歌）」には類歌として「身は破れ笠、来もせですげなの君や、懸けて置く」（四四二番歌）という歌があるが、いかにも室町小歌の系統に属する古雅な趣を有し

図44 「朝妻舟図」

ており、「破れ菅笠しめ緒が切れて」もしくは「破れ菅笠しめ緒のかづら」の持つ三・四／四・三の軽快な音数律との間には大きな懸隔がある。画賛には続けて「是から見れば近江のや」とあるが、これも『糸竹初心集』に「近江踊」として収録される歌謡の一節に相当する。すなわち「朝妻舟図」画賛は「隆達節歌謡」の実態がわからなくなった後に、誤って記し入れられたものである。なお、「あだしあだ波……」以下は『松の葉』第三巻・端歌《はうた》にも収録される一蝶作の著名な歌謡である。すなわち、この絵には画賛として二首の歌謡が書き入れられていることとなる。「朝妻舟図」は江戸期絵画の中でも画賛に歌謡を用いたもっとも重要かつ著名な作例と言ってよい。

「朝妻舟図」は一蝶の作例だけでも、これまでに六種を確認しているが[4]、さらに後代の絵師によって継承された例も見られる。すなわち、英一蜻《はなぶさいっせい》に模写一幅、英一珪《はなぶさいっけい》・高嵩嵺《こうすうりょう》に模写扇絵がある。このうち嵩嵺は有名な二代目高嵩谷《こうすうこく》の長男に当たるが、十方庵《じっぽうあん》(大浄)敬《けい》順《じゅん》『遊歴雑記《ゆうれきざつき》』四編巻之下によれば嵩谷にも「朝妻舟図」の模写があったようである。

　近世後期を代表する絵師酒井《さかい》抱一《ほういつ》には一蝶「朝妻舟図」をもとにして自らの画風で描いた作品が存在する。画賛には一蝶のものがそのまま用いられている。また、木下月洲《きのしたげっしゅう》が文化十四年（一八一七）に描いた「朝妻舟図」もある。ただし、この絵には一蝶の画賛はなく本居大平《もとおりおおひら》の和歌賛「こがれ来てあふみの海の浅からぬ契もうれしあさづま小舟」が書き入れられている。なお、北斎にも「見立浅妻舟図」一図があるが、画賛からは隆達に関する部分が落ちている。

「隆達節歌謡」が画賛として用いられた例は、他にも英十三氏旧蔵の直道筆浮世絵模写があるという（藤田徳太郎『近代歌謡の研究』）。絵の具体的な画題は不詳であるが、そこには「隆達節歌謡」の一伝本「文禄二年九月江川甚左衛門尉宛百首本」から三首が抄出され、画賛として書き入れられているとされる。また、英十三《はなぶさじゅうざ》氏旧蔵の田崎草雲の絵画も存在する。画賛に「柳里恭先生の文、白石老人戯墨」とあって、「おもしろの世の中や恩を忘れぬほど遊べ」「おもしろの春雨や花をちらさぬほどに降れ」「おもしろの酒もりやこゝろみだれぬほどにくめ」の三首の歌謡が記される。これは柳沢淇園《やなぎさわきえん》（柳里恭《りゅうりきょう》）の『雲萍雑誌《うんぴょうざつし》』を典拠としているが、その淵源には「隆達節歌謡（草歌〈春〉）」の「面白の春雨や、花の散らぬほど降れ」（八一番歌）がある。(5) 三首のうち第二首目がこれにほぼ一致している。

三　「隆達画像」画賛

英一蝶が「隆達節歌謡」に関心を持っていたことは、「朝妻舟図」の存在からも十分に窺えるが、隆達の画像を残していたこともそれを裏付けている。今日一蝶が描いたと伝えられる隆達画像も複数残されているが、(6) それらの中には歌謡にかかわる画賛は認められない。しかし、「朝妻舟図」と同様に後代の絵師による模写があり、その中に歌謡の画賛を持つものが存在する。

一蝶の曾孫に当たる絵師の英一珪《はなぶさいっけい》（寛延元年〈一七四八〉～天保十四年〈一八四三〉）には、前述のように「朝妻舟図」を模写した扇面画《せんめんが》の作例があるが、隆達画像についても一蝶を模写した扇面画が存在する。それは『歌舞音曲』第一号（明治40年4月）の巻頭に口絵写真として紹介された一点で、(7) 幸堂氏所蔵と明記されている（図45参照）。この画像には画賛として節付けのある「月かくす山又雪にうづもれてなにのうへにもむくゐあるもの」という短歌形式の「隆達節歌謡（小歌）」が記されており、末尾には「高三隆達之像　北窓翁筆　英一珪写（印）（印）」という落款がある。北窓翁《ほくそうおう》は一蝶の雅号であるから、一蝶が「隆達節歌謡」の一首を賛として、隆達の画像を描いていたことになろう。もちろん一蝶は隆達没後の誕生であり、その画像も想像によって描いたものであろうが、扇拍子を打つ隆達がいかにも趣味人らしく表現されており秀作と評してもよい。

肉筆絵画ではないが、この英一珪模写の隆達画像に影響を与えたと思われる資料として竹草庵《ちくそうあん》の編、長谷川貞信画『音曲竹の《おんぎょくたけの》一節《ひとふし》』（嘉永六年〈一八五三〉・大阪金随堂版）がある。同書の挿絵には近松門左衛門、角澤検校《つのさわけんぎょう》と並んだ隆達の肖像画が見える（図46左端参照）が、それが一珪模写の隆達画像と酷似している。おそらく貞信が一蝶の隆達画像もしくは一珪模写のそれを見る機会があり、参考にしたものであろう。ところで、この隆達画像の上部には「すみの江の岸辺にあさる蘆田鶴《あしたづ》のあゆみのどけき春の日の影」なる短歌形式の歌謡らしき一首が記されている。これは「隆達節歌謡」としては、今日までどの歌本にも見ることができないもので、後代に隆達の歌謡と仮託された伝承歌と見做しておきたい。

かつて隆達が住し、その墓も残る堺の顕本寺《けんぽんじ》には、今日一軸の隆達画像が所蔵されている(8)（図47参照）。これを描いた人は明治から大正にかけての時代に活躍した大槻如電《おおつきにょでん》（本名、修二）であるが、落款によってこの一軸も一蝶の隆達画像の模写であることが知られる。すなわち、落款は「英一蝶所画達師肖像、原図在浪華平賀氏云　癸丑九月　白念坊如電（印）」とあって、如電が大正二年（一九一三）九月に模写したことが記されているのである。

図45　扇面「隆達画像」

図46　『音曲竹の一節』挿絵

図47　「隆達画像」（英一蝶原画）

図48　「隆達画像」（酒井抱一原画）

画賛には「破れ菅笠しめ緒が切れてエ、着もせず、捨もせず」とある。これは前述のように、『糸竹初心集』所収の「すげ笠ぶし」の一節であり、明らかな近世流行歌謡であるが、後代の人々によって「隆達節歌謡」と誤って認識されたもっとも代表的な歌謡であった。[9] なお、この如電模写による隆達画像の大きさは縦六七・〇糎×横二七・〇糎である。

次に酒井《さかい》抱一《ほういつ》（宝暦十一年〈一七六一〉〜文政十一年〈一八二八〉）の隆達画像について述べる（図48参照）。抱一が一蝶の代表作「朝妻舟図」の題材をもとに、自らの画風で描いた作品を残していたことは既に述べた。その抱一は隆達画像も残していたが、これも画題としては一蝶の影響を受けた可能性があるものの、画風には大異がある。大阪市立博物館編『探訪　堺—その文化と半井家—』には鬼洞《きどう》文庫旧蔵の如電模写隆達画像の写真が掲載されている。落款に「原図抱一上人所描、安田松露翁蔵　大正癸丑九月　白念坊如電題」とある。これは如電が一蝶の隆達画像を模写した年代とまったく重なることになる。如電は大正二年九月に何らかの事情で、一蝶と抱一の二種の隆達画像を相次いで模写したことになる。

この画賛には「いつも見たきは花の夕ばえ、雪のあけぼの、すまや明石の月と君とナウ」という歌謡らしき書き入れがある。これはこのままの詞章では「隆達節歌謡」に見出すことはできないが、「いつも見たいは、君と盃と春の初花」（小歌・三八番歌）という歌はあるので、それをもとに改作したものであろう。

四　伝英一蝶「待乳山図」画賛

歌謡画賛を持つ江戸期絵画として重要なものとして、英一蝶の描いたと伝えられる一幅がある。それは『歌舞音曲』第十一号（明治41年2月）巻頭の口絵写真として掲載された絵画で、同雑誌には「一蝶自作歌謡画賛入」の絵として紹介されているが、本書ではその画題から仮に「待乳《まつち》山《やま》図」と呼ぶこととする。画賛は「楢松の葉の落そめて、夕かけ白き待乳やま、しくれ〳〵て啼鴫《しぎ》の、声も氷るや干かた道、衣もん坂こえて鐘の音」、すなわち「楢松の葉の落初めて、夕影白き待乳山、時雨時雨て啼く鴫の、声も氷るや干潟道、衣紋坂越えて鐘の音」とある。この歌謡の出典は未詳であるが、『松の葉』巻三・端歌「朝妻舟」第二歌及び第三歌に「浮寝辛さの待乳の山の風、夕越え暮れて笹小舟、あゝ定めなや、床の浦波友なき千鳥〳〵、絶えね思ひに、月日を送るも仇人心、よし逢ふまでの移り香」「仇し仇なる身は憂き枕、習はぬ程の床の露、あゝ幾度《いくたび》か、袖に余れる涙の色を、あゝ袂の色を、峯の紅葉《もみぢ》葉《ば》、独り焦れて枕の涙、哀れと人の問へかし」とある一蝶作の歌謡と抒情において通じあうものがあろう。

おわりに

以上、卜養と一蝶にかかわる江戸期絵画四種の歌謡画賛を紹介した。そこには唐人歌や端歌といった江戸時代の新興歌謡が書き入れられるとともに、多くの誤伝にまみれてはいるものの、前時代の大流行歌の「隆達節歌謡」への関心の強さが窺われ、きわめて興味深い。今後さらに、同類の絵画資料を発掘し、位置付けることによって近世歌謡の持つ間口の広さを垣間見ることができるであろう。

注

（1）当該箇所は柳亭種彦の考証随筆『柳亭筆記』の「涼船踊船ノ事 楼船ノ名」記事に取りあげられている。また大田南畝『半日閑話』には竹垣柳塘所蔵の「踊船の図」について興味深い記述を載せる。

（2）『近世歌謡の諸相と環境』（平成11年・笠間書院）第一章第一節参照。
（3）『日本の美術』第二百六十号（昭和63年1月）特集「英一蝶」七五頁。なお、この一図には一蝶作の「あだしあだ波……」の歌謡（端歌）に朱の節付けが施されている。
（4）大田南畝『一話一言』巻十四に「朝妻船図」について「此絵白拍子やうの美女水干ゑぼしを著てまへにつゞみあり。手に末広あり。江頭にうかべる舟に乗たり。浪の上に月あり。［割註］此月正筆にはなし。たゞし書たるもあり、数幅書たるにや」と記されるが、これまで目に入ったものには月が描かれた図はない。ここからすれば、「朝妻舟図」の作例は「数幅」には止まらないものと推測される。それぞれの作品が一蝶の真筆か否かの問題とあわせて、今後の重要な検討課題と言えよう。
（5）この一首は「隆達節歌謡」のなかでも著名なものである。『陰徳太平記』巻七十九「隆景卿行状ノ事」には、三原城にいた小早川隆景が甥毛利輝元の家臣梅林から京都で流行する「隆達節歌謡」の一首「面白の春雨や、花の散らぬほど降れ」を聞き、その歌詞に感心して同じ型の「面白の儒学や、武備の廃らぬほど嗜け」「面白の武道や、文事を忘れぬ程すけ」以下の替え歌を甥への教訓として伝言させた話が見える。これに関連記述としては松浦静山『甲子夜話』巻二十に毛利元就の領地にこの歌謡が流行したとの記事が引かれる他、『三省録』後篇に毛利輝元の家訓にこの歌をもとに「面白の儒学や、武備のすたらぬほど嗜め」以下があったことが記される。後者はおそらく『陰徳太平記』に拠ったものであろうが、毛利家においてこの歌謡が愛好され、教訓とされたとの伝承が広範に流布していたことが知られる。
（6）『「隆達節歌謡」の基礎的研究』（平成9年・笠間書院）第三章第三節参照。
（7）後に『上方趣味』千艸《ちくさ》の巻（大正9年8月）、冊子『小唄隆達祭』（昭和36年・昭和新聞社）などにも転載されている。
（8）如電は「隆達節歌謡」の歌本のひとつ「文禄二年八月宗丸老宛百五十首本」の旧蔵者でもあり、隆達への関心はきわめて強かったことがわかる。
（9）小著『「隆達節歌謡」の基礎的研究』第一部第二章第一節「隆達説話考」参照。

Ⅷ 『はんじ物づくし 当世なぞの本』――赤本の判じ物と歌謡

はじめに

江戸時代の巷間を彩った流行歌謡は、同じく世相を鋭敏に反映する風俗画を中心とした絵画やことば遊びと深くかかわっていた。ここでは絵画とも密接にかかわる視覚的なことば遊びの判《はん》じ物《もの》（判じ絵、さとり絵とも称される）を取りあげ、歌謡との接点について述べていきたい（1）。

一 『蹄渓随筆』所収赤本の判じ物記事

町田市にある無窮会《むきゅうかい》図書館は、井上頼圀《よりくに》旧蔵本を引き継いだ神習《かんならい》文庫と称される優れた文庫を擁している。その神習文庫の中の一冊に、江戸期の幕臣で冷泉為村門の歌人でもあった石野（中原）広通《ひろみち》の著作『蹄渓随筆《ていけいずいひつ》』原本がある。同書の一節には英一蝶「朝妻舟図」画賛の「隆達節歌謡」に言及した記事が見えるが、それに続く記事はきわめて注目すべき内容を持っている。次に引用する。

渋谷室泉寺にて小哥書たる一冊を先年みる。能書なり。古筆極札《きわめふだ》もあり。その中に「恋をさせたや鐘つく人に、人のあはれをしらせばや」云り。今おもへば、写置べかりし物をとおもひわたりて、数年を経たり。ここに松平多門忠命祈願所なるを思ひ出て、多門にかたらふに、借り得て、寛政五年冬写置之早。
広通わらはにて侍りし比、享保の中年、童部《わらはべ》のもてあそぶ赤き表紙かけたる本に、鯉を絵がき、苧《を》を絵がき、せ文字を左字にかき、田をかき、矢をかき、小判を鎗にて男の突所を絵書、是を解して云、恋をさせたやかねつく人に、云り。誠に愚なる古風の戯本也。しかしながら、此哥世に流布して、人よくしりたればこそかくは書たるらめ。おもひ出るまゝに記之。

ここに引用した記事の冒頭部分で、広通が述べる「小哥書たる一冊」とは、掲出を省略したこの前に位置する記述から、「隆達節歌謡」の歌本を指すこととなる。かつて室泉寺に所蔵されていた「隆達節歌謡」の歌本そのものは、今日失われているが、親本として多くの写本を生み出したことで重要な本である。その歌本は「隆達節歌謡」研究史上「年代不詳四十四首本」と称されている。東京大学総合図書館南葵《なんき》文庫蔵「隆達節歌謡」歌本はこの室泉寺旧蔵の「年代不詳四十四首本」を転写したものであり、さらにこの南葵文庫蔵本をもとに書写した本に国立国会図書館蔵「隆達節歌謡」歌本（わ九一一・九—六）、及び山崎美成《よししげ》『北峯雑襍《ほくほうざつざつ》』所収「隆達節歌謡」抄出がある。そして、室泉寺蔵であった親本と同様に現存が確認できないものの、先掲の記事によって広通も寛政五年（一七九三）冬に室泉寺本を転写していたことが知られるわけである。

ところで、「年代不詳四十四首本」にはその第二十二首目に、「恋をさせたや鐘撞く人に、人のあはれをしらせばや」という小歌が収録されている。(2) 広通が『蹄渓随筆《ていけいずいひつ》』に記した「恋をさせたや鐘つく人に、人のあはれをしらせばや」とは小異ながら、同じ歌の存在が確認できるわけである。広通は室泉寺蔵「隆達節歌謡」歌本一冊に収められている四十四首の歌謡の中で、特にこの「恋をさせたや……」の一首に強い執着を見せる。そして、「写置べかりし物を」と書写しなかったことを後悔しつつ、なおも数年を過ごしたことが綴られる。その後、松平多門なる人物の仲介を得て、遂に寛政五年の冬に、念願が叶って同本を書写することができたという。全四十四首の中のほぼ中間に配列されるこの小歌一首に、広通がこれほどまでに拘泥した理由は、自らの幼い折の記憶と深く結び付いていた。それは享保中頃（十年〈一七二五〉前後）の昔に見た赤本《あかほん》の、とある一頁の記憶であった。『蹄渓随筆』執筆時に既に老境にさしかかっていた広通には、それはあまりにも懐かしいものであったろう。今は亡き人々の思い出も蘇ったかもしれない。そんな広通の記憶は「鯉を絵がき、苧《を》を絵がき、せ文字を左字にかき、田をかき、矢をかき、小判を鎗にて男の突所を絵書」いてあった赤本の一頁に辿り着く。そして、その解が「恋をさせたやかねつく人に」であったと続ける。すなわち、「恋」を同音の「鯉」の絵で示し、助詞「を」も同音の「苧」の絵で示している。続く「させ」は左字（今日、鏡字《かがみじ》と呼ばれる左右逆の字体）の「せ」で、「た」は「田」の絵で、「や」は「矢」の絵でそれぞれ表す。そして「かねつく人に」は、「金」（小判）を鎗で「突く」人の絵で表現していたのである。日本語の同音異義、すなわち〝しゃれ〟を巧みに絵画化して解かせたクイズであったことがわかる。これは江戸期に広く行われた〝判じ物〟と呼ばれることば遊びの一趣向であった。江戸期に子ども向けに出版された赤本には、しばしば判じ物の趣向が見受けられるが、これもその一例に他ならない。しかも歌謡の詞章を判じ物に仕立てたという点で貴重な資料である。

「恋をさせたや……」は「隆達節歌謡」の一首であるが、「隆達節歌謡」には墨譜から「草歌《そうが》」と「小歌《こうた》」の二種がある。このうちこの歌謡は「小歌」に属している。「小歌」は「草歌」と比較して成立が新しいとされる。歌形は「隆達節歌謡」には珍しい三・四／四・三／三・四／五の典型的な近世小唄調を採り、三味線伴奏に乗って「隆達節歌謡」衰滅後の享保年間に至るまで歌い継がれた歌謡と推察できる。まさに江戸時代前半期の巷間を彩った歌謡であったと言えよう。曲節としての隆達節を離れたこの歌謡の起源が、「隆達節歌謡」にまで遡ることを発見したのは、他ならぬ広通であった。歌われるという本来の歌謡としての性格を失った後の「隆達節歌謡」の享受は、歌本の書写を中心に展開した。広通自身も室泉寺の歌本をもとに同様の享受をした一人である。しかし、その中にあって『蹄渓随筆』所収記事は、「隆達節歌謡」の一首が、近世文化の一面を象徴する赤本や判じ物と深くかかわる享受をされていたことをあわせて教えてくれるのである。この意味で『蹄渓随筆』所収記事は、江戸時代の「隆達節歌謡」享受史上もっとも貴重な資料と言ってよい。

二　『はんじ物づくし　当世なぞの本』の判じ物

『はんじ物づくし　当世なぞの本』なる外題の赤本が江戸期に出版された。扇面形や梨形の枠内に書き込まれた判じ絵が、上下二段組で構成されている。ここではそのうちの二葉をやや具体的に紹介しておく。

廿七（二七）番（図49参照）は扇面形の中に、平仮名の「あら」、「鯉」の絵、四本の「矢」の絵、平仮名の「ても」が側面に書き込まれた竈で男が「猿」を「煮」ている絵、漢字の「此」、二本の「扇」の絵が入れられている。このうち二本の「扇」の絵がいまだ正確に読解できないが、それ以前の部分は「あら恋しや、さるにても此」と判じることができる。これは謡曲「松風」の一節に近似する表現である。おそらく小謡として人口に膾炙していたこの一節を、判じ物に仕立てたものであろう。

次に廿九（二九）番（図50参照）も廿七番と同じく扇面形の中に書き込まれた判じ物である。まず漢字「作」を四つ置き、漢字平仮名混じりで「丹波の」、「馬」の絵、平仮名で「かたなれと」、丸囲みした漢字「今」、漢字平仮名混じりで「お江戸の」、大小二本の刀を腰に差した侍の絵、そして最後に大蛇の絵が置かれる。これは「与作丹波の馬方なれど、今はお江戸の二本差しじゃ」と読解できる。すなわち江戸期を代表する流行歌謡の小室《こむろ》節の

図49　『はんじ物づくし　当世なぞの本』二七番

図50　『はんじ物づくし　当世なぞの本』二九番

一節に当たることがわかる。この歌謡は『落葉集』（元禄十七年〈一七〇四〉刊）、『延享五年小哥しやうが集』（延享五年〈一七四八〉成立）、『山家鳥虫歌』（明和九年〈一七七二〉刊）等の歌謡集に収録され、近松門左衛門の名作『丹波与作待夜の小室節』（宝永五年〈一七〇八〉大坂竹本座初演）まで生み出した。(3) その流行歌謡の詞章をこの赤本の作者が判じ物に仕立てたことになる。石野広通が享保年間に見た赤本の判じ物について前述したが、それもおそらくこの『はんじ物づくし　当世なぞの本』に類したものであったろう。

三　『兎園小説外集』所収判じ物の盃記事

絵画資料からは離れるが、流行歌謡を判じ物に仕立てた盃《さかずき》の例として、『兎園小説外集《とえんしょうせつがいしゅう》』所収滝沢馬琴の考証記事がある。かなりの長文となるが次に引用する。

津藩の博士塩田ぬし、ふるき盃を携来て、予に鑑定せよといふ。こは同藩なる佐伯環てふぬしのものなりとぞ。おそらく塩田ぬしも得かんがへず、ひろき津の人々も、思ひとくよしなきものを、いかにして予が知るべきと思ひつゝ、つら〳〵見るに、径《さしわた》りは匠尺《しょうしゃく》三寸九分、盃の底あさうして、今やうとおなじからず。盃中に蒔絵あり。竜頭人身異形のもの、冠をいたゞきて束帯せず、麁服《そふく》にして圏中に六曜の紋つけたる裳をすこし結《つまはさ》み、酒樽ひとつ銭五百ばかり肩にして、挑灯（ママ）を引提たり。［割註］挑燈《ちょうちん》にもおなじ紋あり。」そがあとへに歌舞伎野郎の良き羽織を着て、一刀を帯たるが従ひゆくさまなり。［割註］冶（ママ）郎の羽織に五三の桐の紋あり。」下のかたに水ありて波たかく立てり。水中に蓮の花さきたると、あし一もとあり。又流るゝくゝり枕あり。波底に沈みなん〳〵とせし半体を画きたり。又盃のうらにもまき絵あり。こゝには机に積のぼしたる仏経七巻ばかり、毎巻に標題あり。綉弥勒仏と読るゝが如し。いと細書なれば老眼の定かならず。そが左右に払子《ほっす》と大筆あり。机のかたへに箏の琴あり。琴のほとりに硯箱一具と料紙あり。料紙は銀泥をもてまきたるが、その銀やけて薄ずみ色になりたり。画は当時の俗画なれども、蒔絵の精妙なる、金粉の佳品なる、今の細工に得がたきものなり。按ずるに、この盃は延宝貞享の比《ころ》の製作なるべし。もしさらずとも、元禄以後のものにはあらず。いかにとなれば、当時はんじ物のいたく行れたればなり。……（中略）……よりておもふに、この盃にまき絵したるも、当時の流行にしたがへるはんじ物とは見ゆれども、定かには解がたかり。試みにそのこゝろをいはゞ、竜頭の人はのむといふはんじ物、これに冠をいたゞかせしは、大臣といふはんじ物なるべし。凡遊興に耽る黄金家を、大じんといふ事、今なほしかなり。［割註］物には大臣又大尽とも書たり。」そが肩にしたる樽は酒といふ事、銭は買ふといふはんじ物なり。又ひさげたる挑灯《（ママ）》は、一寸先はやみの夜といふ世話のはんじ物なるべし。［割註］挑燈のかたちもふるし。元禄中の印本に、かくのごとき挑燈所見あり。」又野郎はいろといふはんじ物なるべし。野郎はいろ子といへばなり。［割註］この野郎革足袋をはきたり。これも当時の一証とすべし。」又蓮はさすといふはんじ物ならん。蓮の和名をはちすといふも、その実の蜂房に似たればなり。よりてはちすを蜂巣にかけて、さすと解せん為なるべし。又蒹葭《けんか》は管《くだ》といふはんじ物歟。よしあしは多く管に造るものなり。［割註］筆のさや、花火、シヤボンなどの筒、みな菅なり。」又まくらの半体を画きしは、まくといふはんじ物ならん。［割註］まくらを下略すればまくなり。」水波は只蓮とあしのとり合せまでにて、させるこゝろなるらんを、強て説をなすときは、すいちうといふはんじ物ぞといはんも由あり。［割註］水粋同音、嫖客を粋といふ事どもしかなり。」かくはんじつゝ、連続してこれをとけば、色と野郎、酒樽、買ふ銭、すいちうの［割註］水中、粋中。」大臣は冠、のんだり竜頭、さしたり蓮蜂巣、くだを蒹葭、まく、［割註］枕の半体。」一寸先はやみの夜挑燈。かくのごとくなるべきか。いまだ当否をしらねども、当時のはやりうたを、はんじ物にせしものなるべし。

この考証記事に従えば、「色と酒買ふすいちうの大臣は、のんだりさしたりくだをまく。一寸先はやみの夜」なる流行歌謡を判じ物にした盃の蒔絵意匠があったことになろう。盃の製作時がこの歌謡の流行期と重なるであろうから、馬琴の認定によれば「延宝貞享の比」、少なくとも「元禄以後」には降らない歌であるらしい。判じ物と流行歌謡との結び付きを示す早い例として注目されよう。

おわりに

以上、二種の赤本に見える歌謡を判じ絵とした例、及び『兎園小説外集』所収記事に見る盃の意匠として歌謡詞章の判じ物を用いた例を紹介した。今後、さらに判じ物を用いた近世歌謡の例が発見される可能性はきわめて高い。それは江戸時代の人々の生活の中に判じ物が根付いていたからに他ならない。

注

（1）判じ物の歴史については『ことば遊びの文学史』（平成11年・新典社）の中で詳細に述べたので参照願いたい。

（2）この「隆達節歌謡（小歌）」の一首は他に「慶長五年六月百三首本」「慶長十年百五十首本」「年代不詳百三十五首本」の各歌本に収録されている。

（3）小室節については、本書「Ⅵ　白隠と仙厓―禅画と歌謡」所収仙厓「鈴鹿峠図（甲）」「鈴鹿峠図（乙）」を参照いただきたい。

Ⅸ　ちんわん節――おもちゃ絵と歌謡

はじめに

〝おもちゃ絵〟と称されたこども向けの錦絵版画《にしきえはんが》がかつて存在した。それは江戸時代末期から明治時代初期にかけて行われた一枚摺の資料群であった。判じ物や物尽《ものづ》くし絵、芝居の組み上げ絵、双六など種々があったが、それらのなかには歌謡の歌詞を細かく区切って、それぞれに彩色摺りの絵を添えてコマ割りした例も見られる。このような歌謡のおもちゃ絵は、コマ割りのうち冒頭の第一コマに表紙を、末尾の最終コマに裏表紙を摺ってある場合が多い。この形式は各段ごとに切り抜いて、繫ぎ合わせることによって、豆本に仕立てるように配慮されていたことを教えてくれる。本章では以下に歌謡にかかわる代表的なおもちゃ絵の例を紹介しておく。

一　ちんわん節関係資料

一枚摺のおもちゃ絵の中でも何種類もの異版を持ち、多くの資料に恵まれるものに〝ちんわん節〟がある。ちんわん節は多種が摺られたようで、これまでに以下の十八種を集成することができた。

○「しんばん」（歌川重宣《しげのぶ》〈二代目安藤広重〉画・嘉永五年〈一八五二〉・山甚版）

○「しん板ちんわんぶし」（歌川芳藤《よしふじ》画・慶応三年〈一八六七〉・文正堂版）
○「しん板ちんわんぶし」（歌川芳藤画・文正堂版の複製改版）
○「新板手遊づくし」（歌川芳藤画・『芳藤手遊絵尽』所収）
○「ちんわんぶし」（仮称、歌川国政画・松栄堂版）
○「しん板狆狛《ちんわん》ぶし」（歌川幾英《いくひで》〈幾飛亭〉画・みの忠版）
○「ちんわんぶし」（仮称、絵師不詳・明治二十一年〈一八八八〉・小川敬蔵版）
○「しんぱんちんわんぶし」（絵師不詳・明治二十五年〈一八九二〉・堤吉兵衛版）
○「子供哥ちんわんぶし」（絵師不詳・明治三十一年〈一八九八〉・松野米治郎版）
○「しんぱんちんはん（ママ）づくし」（絵師版元不詳）
○「新ばん手遊ちんわん」（祥湖画・いせ辰版）
○「江戸絵草紙二　しん板手まり歌」（歌川周重《ちかしげ》画・いせ辰版）
○「新板ちんわん寿ご六」（歌川芳藤画・万延元年〈一八六〇〉・版元不詳）
○「ちんわんぶし稚双六《おさなすごろく》」（絵師版元不詳）
○「新板ちんわんねこの双六」（絵師版元不詳）
○「ちんわんかるた」（絵師不詳・いせ辰版）
○小寺玉晁『小歌志彙集』所収「新板ちんわんねこぶし」（絵師不詳・勘兵衛版）
○小寺玉晁『小歌志彙集』所収「ちんわん青物づくし」（絵師不詳・勘兵衛版）

以上のうち、出版年代の判明しているもっとも古い嘉永五年（一八五二）の「しんばん」（歌川重宣〈二代目安藤広重〉画・山甚版）によって、次に歌詞を掲出する。なお、翻字に際しては、各コマ毎に読点を付して示すこととする。

ちん、わん、ねこ、ちう、きんぎよ、はなしがめ、うし、こま犬、すゞ、かへる、はと、たていし、石とふろ、こざう、かいつく、ほてい、ゑびす、がん、鳥居、おかめ、はんにや、ひうどん、ちやん、天神、さいぎやう、子もり、角力取、わい〳〵天王、五重のとふ、馬

この「しんばん」は名詞の列挙を中心としたもので、歌詞からも古態を示していると言える。絵は縦六コマを横に六列組とした三十六コマで構成される。途中絵のみで歌詞の書き入れがないコマが六コマ見られる。

もう一種、やや後代の整備されたちんわん節の姿を伝える「しん板ちんわんぶし」（歌川芳藤画・文正堂版）も紹介しておく（図51参照）。これは慶応三年（一八六七）の出版とされる。次に歌詞を掲出する。

ちん、わん、ねこにやアちう、きんぎよにはなしがめ、うしもう〳〵、こま犬《いぬ》にすゞがらりん、かいるが三ツでみひよこ〳〵、はとほつぽに、たていしいしどうろ、こざうがこけてゐる、かいつくかいつく、ほていのどぶつに、つんぼゑびす、がんがさんばでとりゐに、おかめにはんにやに、ひうどんちやん、てんじん、さいぎやう、子もりに、すまふとりどつこい、てんわうわい〳〵五十のとう、おうまが三びきひん〳〵〳〵

絵師歌川芳藤は本名西村藤太郎、文政十一年（一八二八）に誕生、明治二十年（一八八七）没。多くのおもちゃ絵を描き〝おもちゃ芳藤〟と呼ばれた。この「しん板ちんわんぶし」は横六コマを縦に四段組とした二十四コマから成るが、右上の第一コマは表紙、左下の末尾のコマは裏表紙であり、歌詞を伴う絵としては合計二十二コマから構成される。本文は各段の右から左へ横に読むように置かれている。すなわち、段毎に切り取って貼り合わせれば、豆本に仕立てられる形式に摺られている。

図51 「しん板ちんわんぶし」

この歌謡は実は近年まで伝承されてきた経緯をもつ。[1] 北原白秋が企画した伝承童謡の集成『日本伝承童謡集成』には、東京の雑謡として「ちんわん猫にゃあちゅう、金魚に放し亀、牛もうもうに、狛犬に鈴がらりん、蛙が三つでみいひょこひょこ、鳩ぽっぽに建石、石燈籠、小僧がこけてる櫂つく櫂つく、布袋のどぶりに聾恵比寿、雁が三羽で、鳥居におかめに般若に、ひゅうどんちゃん、どっこいわいわい、天王五重の塔、お馬が三匹ひんひんひん」、また兵庫の雑謡（尻取り・早口歌）として「ちんわん、ねこにゃん、ちゅう、金魚にはなし紙、牛もうもう、狛犬に鈴が鳴る、金魚が三つで、みひょこひょこ、はと、くうくう」とそれぞれ小異で見える。明治時代までは関東、関西ともに伝承されていたことを裏付ける事実であろう。なお、『日本伝承童謡集成』にはこの歌はもう一箇所富山の手毬歌としても見えている。

二　手毬歌関係資料

手毬歌にかかわるおもちゃ絵資料四点を見出した。それは中村光夫『よし藤　子ども浮世絵』（平成2年・富士出版）掲載の「新板まりうたづくし」（歌川芳藤画・明治三年〈一八七〇〉・文正堂版）（図52参照）、同「しん板手まり唄」（歌川芳藤画・明治初期・丸鉄版）（図53参照）の二点と『江戸明治おもちゃ絵』掲載の「新版まりうた」（春暁画・明治初期・版元不詳）、「しん板手まり哥」（歌川芳藤画・明治初期・樋口版）である。このうち最後の一点は今日も「江戸絵草紙一　しん板手まり歌」（歌川芳藤原画・いせ辰版）として入手可能である。

まず、「新板まりうたづくし」は一段七コマ、六段からなるおもちゃ絵である。冒頭に表紙、末尾に裏表紙のコマがあるので、歌詞は四十コマとなる。これは後述する「新版まりうた」とまったく同じ形式ということになる。次に各コマ毎に読点を付して、歌詞を示すこととする。

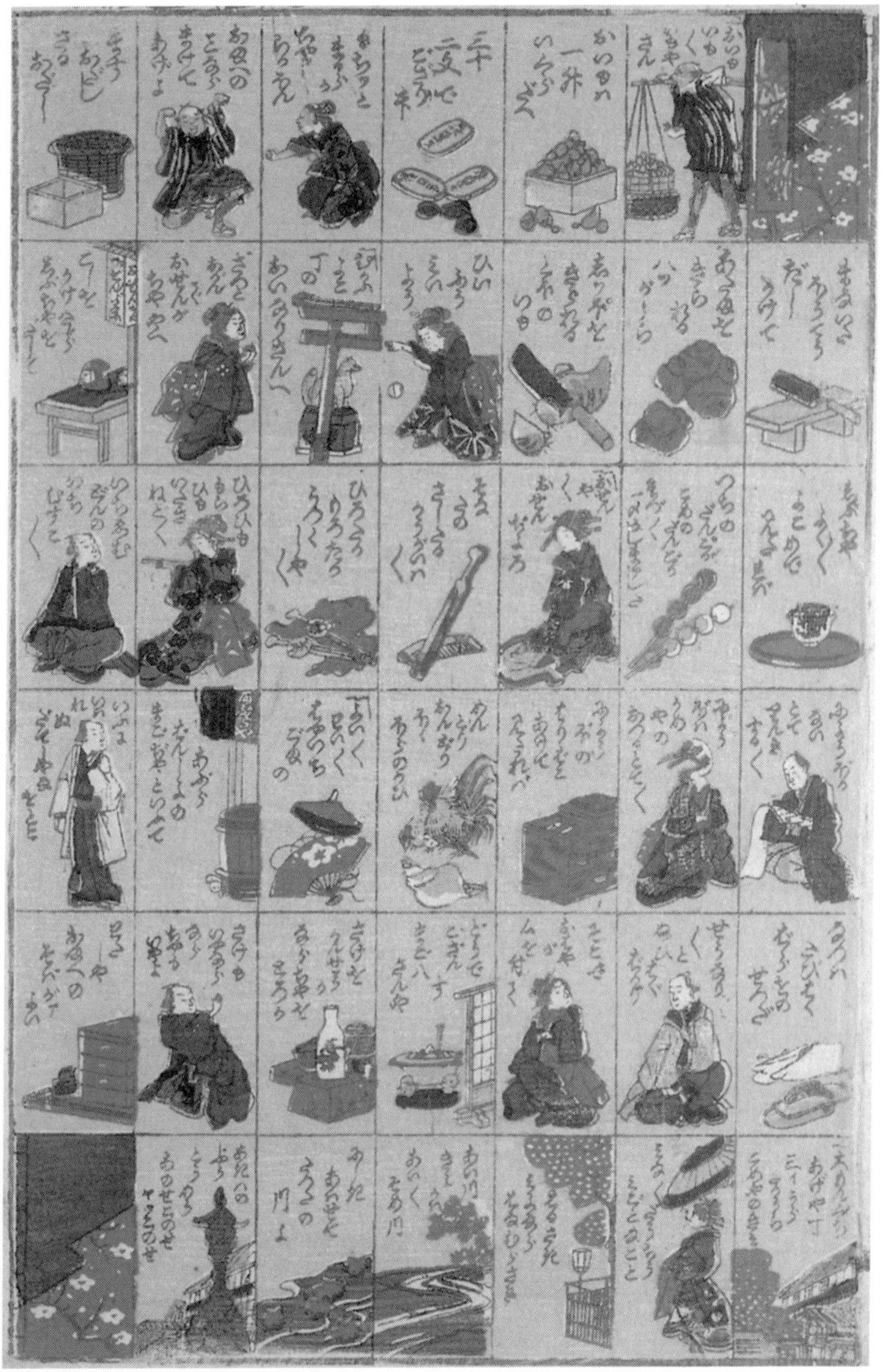

図52「新板まりうたづくし」

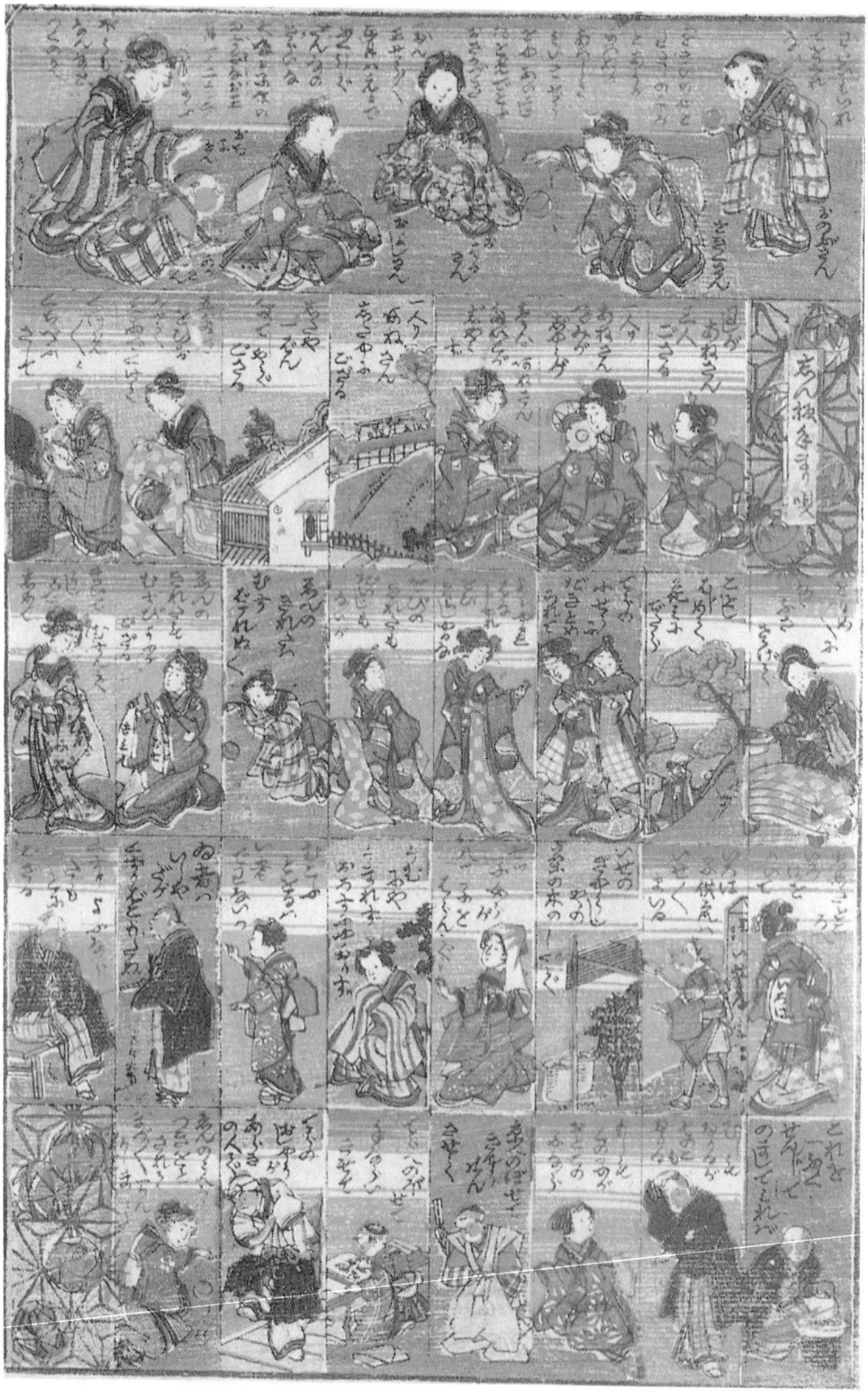

図53 「しん板手まり唄」

╲おいもいも〳〵いもやさん、おいもは一升いくらだへ、三十二文でござります、もちッとまからかちやからかほん、おまへのことならまけてあげよ、ますをおだしざるおだし、まないたほうてうだしかけて、あたまをきられる八ツがしら、しッぽをきられるとほのいも、ひいふうみいよう、╲むかふよこ丁のおいなりさんへ、ざつとおがんでおせんがちやや、こしをかけたらしぶちやをだして、しぶちやよく〳〵よこめで見たれば、つちのだんごかこめのだんごかまづ〳〵一〆かしまァした、╲おせんや〳〵おせんぢよろ、そなたのさしたるかうがいは〳〵、ひろたかもろたかうつくしや〳〵、ひろひももらひもいたさねど〳〵、いちゑむどんのいちむすこ〳〵、にようぼがないとてりんきする〳〵、にようぼはかめやのおつるとて〳〵、にようぼのはりばこあけて見たれば、めんどりおんどりほゝほらのかひ、╲よい〳〵わい〳〵はやいちごまの、あぶらばんしよのまごぢやといふて、いふにいはれぬだてしやなをとこ、なつはたびはくばらをのせつだ、せうなり〳〵とぬひはぐばかり、そこでおはやが心を付て、どうでござんすまご八さんや、さけをかんせうかならちやをとろか、さけもいやならならちやもいやよ、わたしやおまへのそばがァよい、╲大もんぐちあげや丁三ィうらたかうらこめやのきみ、みな〳〵だうちうみごとなこと、はるさきみよならはなむらさき、あい川きよかはあい〳〵そめ川、にしきあはせてたつたの川よ、あきはのじやうとうめうあのせこのせヤッこのせ

ここには都合五首（曲）の短編の手毬歌が採集されていることになる。これらの類歌を『日本伝承童謡集成』で検索してみると、第一首目の「おいもいも〳〵いもやさん……」は福島・東京・静岡・長野の手毬歌、茨城の鬼遊びの歌（人あて鬼）に見える。なお、この歌は柳亭種彦の考証随筆『柳亭記』所収「芋の定価」の項に、天明・寛政年間（一七八一～一八〇一）頃の手毬歌として紹介されている。

第二首目「むかふよこ丁のおいなりさんへ……」は、早く『大江戸てまり哥』（笠亭仙果《りゅうていせんか》の叢書『おし花』第十一

編所収、天保三年〈一八三二〉頃成立）や岡本昆石《おかもとこんせき》『流行《あづま》時代子供うた』（明治二十七年〈一八九四〉刊）にも江戸の手毬歌として見えるが、『日本伝承童謡集成』にも関東地方と長野・福井・広島の手毬歌に採集される。

また、第三首目「おせんや〳〵おせんぢよろ……」は早く読本『童唄故実今物語《こじついまものがたり》』（宝暦十一年〈一七六一〉刊）にも見える手毬歌で、『熱田《あつた》手《て》毬歌《まりうた》盆歌童諺附』（文政年間〈一八一八〜三〇〉成立）二一番歌としても収録される。『日本伝承童謡集成』には千葉・新潟の手毬歌として採集されている。

第四首目「よい〳〵わい〳〵はやいちごまの……」は『流行《あづま》時代子供うた』に採られ、『日本伝承童謡集成』でも東京・埼玉・栃木の手毬歌に見える。

第五首目「大もんぐちあげや丁……」は式亭三馬『浮世風呂』二編に手毬歌として組み込まれた他、『熱田手毬歌盆歌童諺附』二六番歌、『流行《あづま》時代子供うた』にも採集された。また、『日本伝承童謡集成』には福島・東京・群馬の手毬歌として見えている。

以上からこのおもちゃ絵の手毬歌は関東地方、とりわけ江戸（東京）を中心とした土地のものであることが判明するであろう。

次に「しん板手まり唄」は一段八コマ、四段からなる。冒頭に表紙、末尾に裏表紙が位置しているので、歌詞を伴った絵のコマは三十コマとなる。次に各コマ毎に読点を付して、歌詞を示すこととする。

わしがあねさん三人ござる、一人《ひと》りあねさんつゞみがじやうづ、壱人《ひと》りあねさんたいこがじやうず、一人《ひと》りあねさんしたやにござる、したや一ばんだてしやでござる、五両でをびおかつて三両でくけて、くけめ〳〵にくちべにさして、をりめ〳〵になゝふささげて、ことしはじめて花みにでたら、てらの小せうにだきとめられて、よしやれはなしやれをびきらしやるな、をびのきれたもだいじもないが、ゑんのきれたはむすばれぬ〳〵、ゑんのきれたもむすびよふがござる、まいでむすんでうしろでしめて、しめたところへいろはをかいて、いろは子供衆はいせ〳〵まいる、いせのぎやうじやの桑の木のしたで、七ツ子女郎が八ツ子をはらんで、うむにやうまれずおろすにやおりず、むこふとをるはい者《しや》でわないか、ゐ者はいしやだがくすりばこもたぬ、くすりよふならたもとにござる、これを一ふくせんじてのましてみれば、むしもおりるがそのこもおりる、もしもこの子がおとこの子なら、京へのぼせてきやうげんさせて、てらへのぼせて手ならいさせて、てらのおしやうがあらきの人で、ゑんのうへからつきをとされてまづ〳〵一かんかしました

ここに採集された手毬歌の類歌は『日本伝承童謡集成』によれば、秋田・山形・福島・埼玉・島根の手毬歌に見える。東北地方から中国地方に至る広い地域に流布した手毬歌であったものと考えられる。しかし、後半部分のみの歌詞としては、東京・栃木・茨城などに広がっており、やはり関東を中心に歌われたものであると考えてよい。芳藤の活躍場所からしても、「新板まりうたづくし」と同様に江戸の手毬歌から取材して描かれたおもちゃ絵であろう。

この「しん板手まり唄」に近似した歌詞でありながら、やや長い歌詞を伝える資料が「新版まりうた」である。それは一段七コマで六段からなる絵で、表紙と裏表紙を除いて、歌詞は四十コマ分に記されている。次に各コマ毎に読点を付して、歌詞を示すこととする。

大みそか〳〵大みそかのばんに、いちやげんのすけがかるたにまけた、まけた〳〵がいくらほどまけた、かねが三りやうに小そでが七つ、七つ〳〵は十四じやないか、おらがあねさん三人ござる、ひとりあねさんつゞみがじやうず、ひとりあねさんたいこがじやうず、いつちよいのはしたやにござる、したやいちばんだてしやでござる、五りやうでおびかふて三りやうでくけて、くけめ〳〵へくちべにさして、ぬいめ〳〵へ七ふさ

さげて、ことしはじめてはなみにでたら、てらのこしやうに、だきとめられてよしやれはなしやれ、おびきらしやるな、おびのきれるはいとひはないが、ゐんきれたはむすばれぬ、まへでむすんで、うしろでしめて、しめたところへいろはとかいて、いろはこどもしゆいせ〳〵まいる、いせのぎやうじやのちやの木のしたで、七ツこぢよろが八ツごをうんで、うむにやうまれずおろすにやおりず、むかふとをるはゐしやではないか、ゐしやは〳〵だがくすりばこもたぬ、くすりようならたもとにござる、これを一ッぷくせんじてのましよ、むしもおりれば、このこもおりる、やがてこのこがおなごであらば、京へのぼしてきやうげんさせて、てらへのぼしてがくもんさせて、てらのおしやうがだうらくおしやうで、たかいゐんからつきおとされて、かまくらおとし、かうがいおとし、まず〳〵一ッかんかしました

ここに見える手毬歌は『流行《あづま》時代子供うた』に収録されており、江戸で行われていた伝承童謡と知られる。『日本伝承童謡集成』には岩手と東京の手毬歌として見えるが、東京の歌詞により近接している。また、この手毬歌（「しん板手まり唄」「新版まりうた」所収の一首）の後半「……しめて、しめたところへいろはを（と）かいて」以下は前掲『大江戸てまり哥』一番歌の歌詞と共通しており、少なくとも江戸時代の末期から江戸の子供たちに愛唱されていた童謡であることが確認できる。

次に「しん板手まり哥」について述べる。これは現在も東京にある千代紙の老舗いせ辰で「江戸絵草子一　しん板手まり歌」（図54参照）と銘打って手摺りで製作しているおもちゃ絵の原画に当たる。他と同様に錦絵一枚摺りで、一段六コマ、六段の三十六コマからなり、表紙・裏表紙のコマはない。次に歌詞を示すこととする。

〵むこふよこ丁のおいなりさんへ一せんあげて、ざつとおがんでおせんのちや屋え、こしをかけたらしぶちやをだして、しぶちやよこ〳〵よこめでみたれば、つちのだんごかこめのだんごかまづ〳〵一〆かしまァし

図54「江戸絵草子一　しん板手まり歌」

た、〳〵おん正しやう〳〵正月は松立て竹立て、年しゆの御しうぎ申しませう、はねつくまりつくふくびきで、よろこぶものはお子どもしゆう、だんなのきらいは大みそかひィふゥみィよヲ五ッ六ゥ七、八ァこの、〳〵とヲとおからくだつたおいもやさん、おいもは一舛《しょう》いくらだえ三十二文でございます、もちつとまからかちやからかぷん、おまへのことならまけテあげよ、舛おだしざるおだし、まないたほうてうだしかけて、あたまをきられる八ツがしら、しッぽをきられるとおのいもひィふゥみィよヲ、〳〵むこみいしやいしん川みいしやい、ほふかけぶねが二そふとふる、二そとふる三そふとふるあとから屋かたがおしかァける、おしかけるせんどおとッめろとめたらわいらに五舛やァろな、五舛いらぬ三舛いらぬねいらにかまうと日がくゥれる、日はくゥれるお月は出やる、三吉弥吉は今はァやる、今はやるお江戸ではやるお江戸の名ぬしの中むうすめ、いろじろでさくらいろで江戸ざしきおやへもらはれた、そのしおやがだてなしおやできんらんどんすに、あいむらさきを七ナかさね、七かさね八かさねかさねかさねてそめてくだされこんやどの、こん屋のことならそめてもしんじやうが、はってもしんじやうがおかたなんとつけましよふ、かたすそに梅のおりえだ中はごしよのそりはし、そのそりはしわたるものとてわたらぬものとて、ちょきにちょんきらこに入船千ぞふつみまァした、お目出たやおさかづきたいひィらめ

ここには都合四首の短編の手毬歌が採集されている。第一首目の「むこふよこ丁のおいなりさんへ……」は、早く『大江戸てまり哥』や岡本昆石『流行《あづま》時代子供うた』に江戸の手毬歌として見えるが、『日本伝承童謡集成』にも関東地方と長野・福井・広島の手毬歌に採集される。

第二首目「おん正しやう〳〵正月は……」も『流行《あづま》時代子供うた』に見える。『日本伝承童謡集成』で検索してみると、手毬歌として群馬・千葉・東京・神奈川・長野・島根・山口など広範な地域に流布していたことが確認

できる。なかでも千葉や神奈川の手毬歌では、この歌に続いて本資料でも連続する「いもや」との問答による歌謡が位置しており注目される。

第三首目の「とヲとおからくだつたおいもやさん……」の歌は青森・福井の手毬歌、三重の羽子つき歌として採集されている。また、冒頭を「おいもいも〳〵いもやさん……」とする形式で、福島・東京・静岡・長野の手毬歌、茨城の鬼遊びの歌（人あて鬼）に見える。なお、この歌は柳亭種彦の考証随筆『柳亭記』所収「芋の定価」の項に、天明・寛政年間（一七八一～一八〇一）頃の手毬歌として紹介される江戸時代後期を代表する伝承童謡であった。

第四首目「むこみいしやいしん川みいしやい……」は、四首の手毬歌のなかではもっとも長編の歌謡である。早く『流行《あづま》時代子供うた』に見え、『日本伝承童謡集成』にも東京の手毬歌として採集されている。

以上からこのおもちゃ絵の手毬歌は、江戸時代後期から明治時代初期にかけて、江戸（東京）を中心とした関東地方に行われたものであることが判明する。

三　遊戯歌関係資料

子どもが手毬歌以外の遊びの中で伝承してきた童謡にかかわる錦絵一枚摺のおもちゃ絵資料も存在する。三点を確認することができた。ともに『よし藤　子ども浮世絵』掲載の「しん板子供哥づくし」（歌川芳藤原画・明治十六年〈一八八三〉・樋口版）（図55参照）と「新板子供哥尽」（歌川芳藤原画・明治十七年〈一八八四〉・樋口版）（図56参照）である。このうち後者は冒頭一コマ目の表紙に「子ども哥　上」とあるから、二枚以上で一具であったものと推定される。

まず「しん板子供哥づくし」は一段七コマ、六段からなる。表紙、裏表紙に相当するコマはない。すなわち、全四十二コマで途中五箇所に「ハジメ」という表記があり、そこからそれぞれ独立した歌謡が始まるので、都合五首（曲）の伝承童謡を収録することになる。それら五首は今日まで伝承されてきたものが多い。次に各コマ毎に読点を付して、歌詞を示すこととする。

（ハジメ）ずい〳〵ずころばし、ごまみそで、からすべにおわれて、とッぴんしやん、ぬけたァらどんどこしよ、たわらのねづみが米くてちうチウ〳〵〳〵、（ハジメ）やんチヤんばかだからばかだ、ちやうちんかいにやッたらば、そとぬけぢやうちんかッてきて、おッかさんにしかられて、おとッさんにどやされた、（ハジメ）かあごめかごめ、かごのなかのとりわ、ゐつ〳〵出やる、よあけのばんに、つるつるつぺた、（ハジメ）せんぞやまんぞ、おふねはぎッちらこ、ぎち〳〵こげば、ゑびすか大こくか、こちやふくのかァみよ、（ハジメ）の、さんいくつ、十三七ツまだとしやわかいな、あの子おうんで、この子おうんで、だァれにだかしよ、おまんにだかしよ、おまんどこエゆッた、あぶらかいに薬かいに、あぶらやのゑんで、こおりがはッて、すべッてころんで、あぶら一升こぼした、その油どおした、太ろうどんのいぬと、次ろうどんのいぬと、みんななめてしィまッた、そのいぬどふした、たいこにはつて、あッちらむいちやどん〳〵〳〵、こッちらむいちや、どんどんどん

第一首目「ずい〳〵ずころばし……」は今日でももっとも人口に膾炙した遊戯歌の一首と言ってよい。このおもちゃ絵の中に採用された童謡の伝承地域及び性格を確認するために、『日本伝承童謡集成』を繙くと、この歌とほぼ同じ歌詞を持つ歌が関東地方の鬼遊び歌（鬼きめ歌）として見える。すなわち、鬼を伴う遊びの際に、鬼を決めるための童謡であったことが知られるのである。また同書には長野・富山の手わざ指わざ唄としても採集されている。なお、『流行《あづま》時代子供うた』には「種々遊唄」にこの歌を収録するが、そこには「数人の子供各《おのおの》両手の

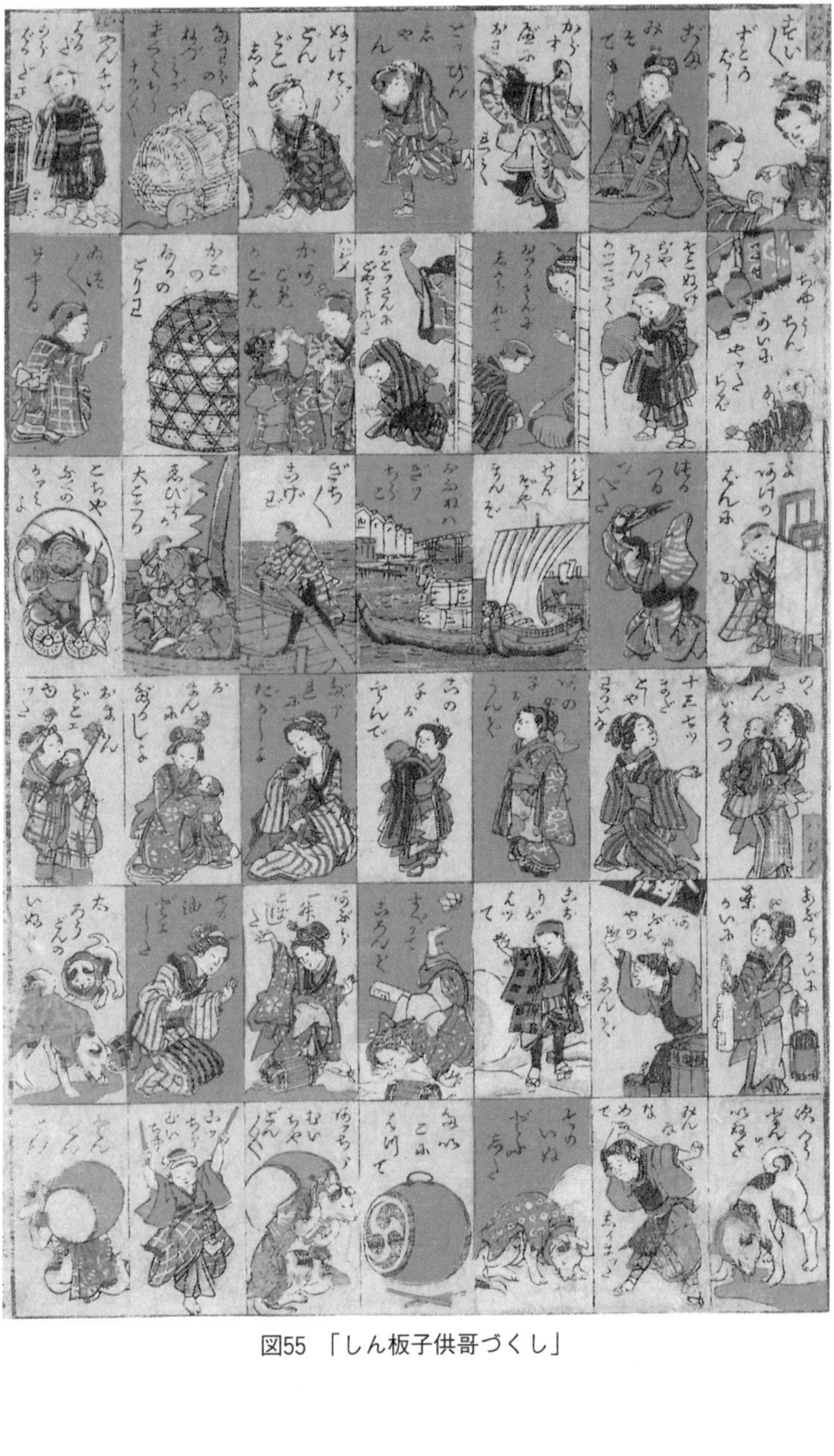

図55　「しん板子供哥づくし」

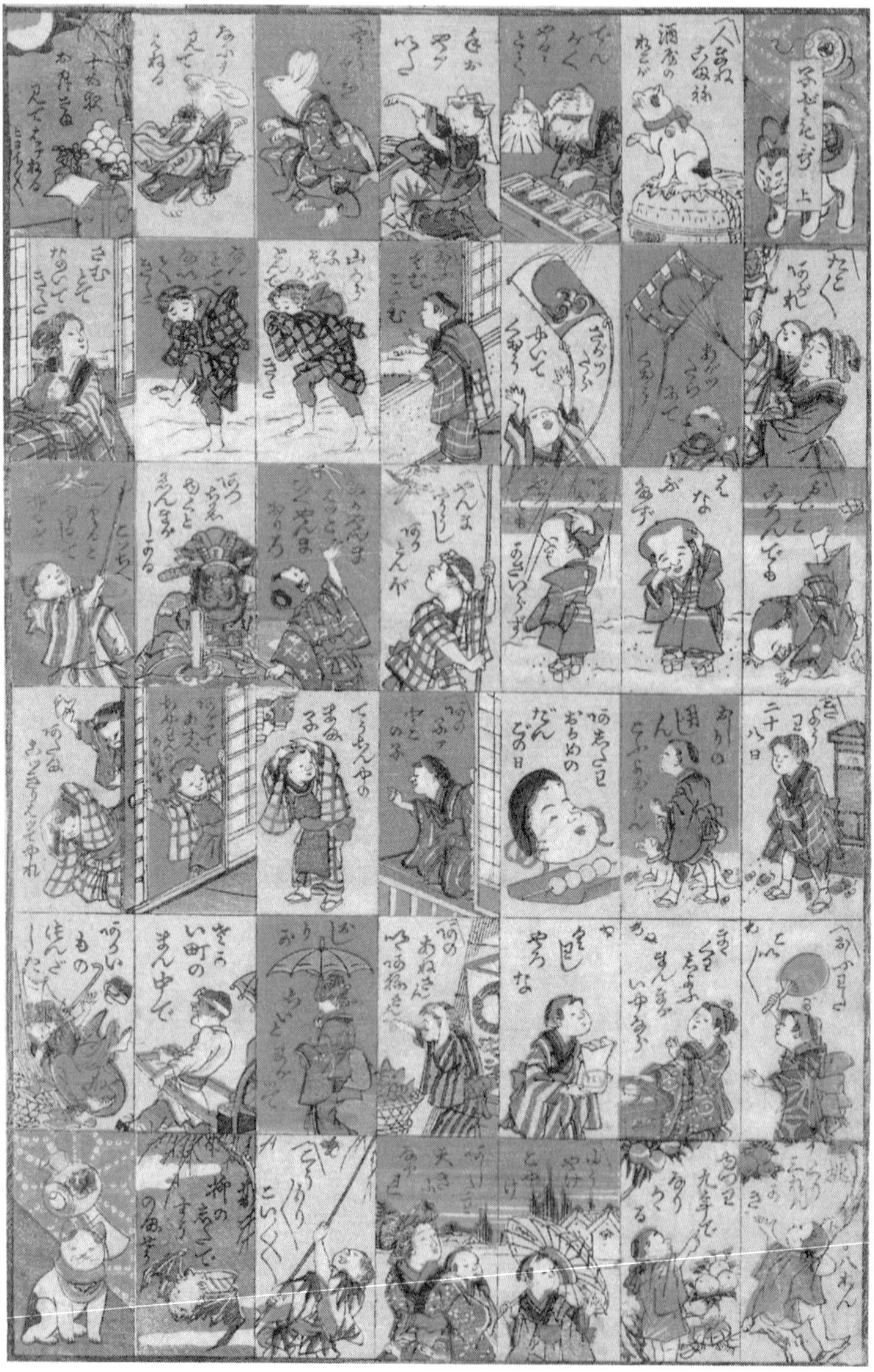

図56 「新板子供哥尽」

握こぶしを並べ、中の一人指にて片端より拳の穴を突きながら云ふ」との説明が付されている。

第二首目「やんチヤんばかだからばかだ……」は冒頭の子供の名を臨機応変に置き換えて歌った。主に関東地方の雑謡で、「喧嘩のあとにうたう悪口」との説明が付された伝承童謡である。

第三首目「かあごめかごめ……」もきわめて著名な遊戯歌である。早く太田全斎《ぜんさい》（方）『諺苑《げんえん》』（寛政九年〈一七九七〉序）、行智《ぎょうち》『童謡古《どうようこ》謡《よう》』（文政三年〈一八二〇〉頃成立、収録歌は行智幼年時代の天明年間〈一七八一～八九〉頃の伝承童謡）、万亭応賀《まんていおうが》『幼稚遊昔雛形《おさなあそびむかしひながた》』（天保十五年〈一八四四〉刊）、『流行《あづま》時代子供うた』等に収録される。このうち、『幼稚遊昔雛形』には絵入りで遊び方が示されていて貴重である。『日本伝承童謡集成』にはやはり、関東地方・東海地方・北陸地方の鬼遊び歌（人あて鬼）、大阪の鬼遊び歌（輪遊び鬼）として見える。

第四首目「せんぞやまんぞ……」は『幼稚遊昔雛形』に「子をひざのうへ、のせて……こゞみたり、あをのいたりして、ふねのうごくやうに、からだをゆすつて、子をあやすなり」として、絵入りで掲載されている。また、『流行《あづま》時代子供うた』にもほぼ同様に見えている。『日本伝承童謡集成』には東京の雑謡（子をあやす歌）に見える。

第五首目「の、さんいくつ……」は「お月様いくつ……」として知名度の高い歌である。早く『諺苑』『童謡古謡』『弄鳩秘抄《ろうきゅうひしょう》』（文政七年〈一八二四〉以前成立）、『幼稚遊昔雛形』や仙厓の禅画画賛に見え、江戸時代中期にまで遡れる数少ない伝承童謡の一首でもある。『守貞謾稿《もりさだまんこう》』（嘉永六年〈一八五三〉成立）には「月を観て小児及び小児かしづきの女の詞に」と記したあと、「京坂にては」として「お月様いくつ……」を、さらに「江戸にては」として「の、さんいくつ……」を紹介する。これによれば、「の、さんいくつ……」は江戸を中心にした歌詞であったことがわかる。

次に「新板子供哥尽《こどもうたづくし》」であるが、これは「しん板子供哥づくし」と同様、一段七コマ、六段からなる。但し、冒頭に表紙、末尾に裏表紙に相当するコマが各一コマあるので、歌詞を記すコマは四十コマとなる。次に各コマ毎に読点を付して、歌詞を示すこととする。

／人まねこまね酒屋のねこが、でんがくやくとて、手おやァいた、／うさぎ〳〵、なにヲ見てはねる、十五夜お月さま見てはァねるヒヨイ〳〵〳〵、／たこ〳〵あがれ、あがッたらにてくおう、さがッたらやいてくおう、／おふさむこさむ、山から子ぞふがとんできた、なんとてないてきた、さむとてないてきた、／おでこころんでも、はなぶたず、あめがふッてもかさいらず、／やんまうしあかとんぼ、なかやんまはッこひくやんまおりろ、あつちゑゆくとゑんまがしかる、こッちへくるとゆるしてやるぞ、／きようわ二十八日、おしりの用じんこふよおじん、あしたわおかめのだんごの日、／あの子ァどこの子、てうちんやのまま子、あがッてあすべちやわんのかげで、あたまこッきりはッてやれ、／おふわたこい〳〵、まゝくわしよふまんまがいやなら、くわしやろな、／あのあねさんいゝあねさん、おしりがちいとまがッて、さかい町のまん中で、あかいものつんだした、／桃くり三ねんかき八ねん、ゆづは九年でなりかゝる、／ゆうやけこやけ、あしたわ天きになァれ、／こうもり〳〵こい〳〵〳〵、　柳のしたですうのませう

この資料には十三首（曲）の遊戯歌が絵入りで書き留められており、きわめて貴重である。ここでもこれら十三首の童謡について、主として他の集成とのかかわりについて概説しておく。

第一首目「人まねこまね……」は『幼稚遊昔雛形』に「これは、なんでも人のまねをするものがあると、……ト、はやされます」として絵入りで収録される。『流行《あづま》時代子供うた』にも「己の真似をする人にいふ」とある。また、『日本伝承童謡集成』には東京と長野の雑謡として収録される。

第二首目「うさぎ〳〵……」は江戸期の伝承童謡を代表する一首である。早く『諺苑』『童謡古謡』『弄鳩秘《ろうきゆうひ》

抄《しょう》』『幼稚遊昔雛形』『守貞謾稿』『流行《あづま》時代子供うた』等に収録される。また、『日本伝承童謡集成』には天体気象の歌、動物の歌として東北地方から、関東地方、中部地方にまで広がりを見せる。

第三首目「たこ〳〵あがれ……」は『流行《あづま》時代子供うた』に見える。『日本伝承童謡集成』には天体気象の歌として山形で採集されている。

第四首目「おふさむこさむ……」は瀬田貞二『落穂ひろい』（昭和57年・福音館書店）上巻二〇九頁紹介の宗亭《そうてい》『阿保記録』（享和三年〈一八〇三〉序）に「大サムコサム山カラコゾウガナイテキタ」とあるのを初めとし、『童謡古謡』『幼稚遊昔雛形』『流行《あづま》時代子供うた』等に収録される。『日本伝承童謡集成』には天体気象の歌として関東から東海、関西にかけて採集されていたが、中でも関東地方各県では多くの採集例がある。もと、関東を中心に歌われていた童謡であろう。

第五首目「おでこころんでも……」は他に例を見ない珍しい童謡である。また、絵と相俟ってきわめてユーモラスでもある。おもちゃ絵「新板子供哥尽」の作者の創作によるものとも考えられるが、他の童謡が伝承されていたことが明瞭であるので、この歌も伝承童謡と推定される。おそらく転んだ子をはやしたてるからかい歌であろう。

第六首目「やんまうしあかとんぼ……」は、大正八年（一九一九）に山中共古《やまなかきょうこ》が編した「山の手の童謡」（雑誌『武蔵野』所収）に「蜻蛉をとらへるとき」との説明を付して掲載される。『日本伝承童謡集成』には東京の動物の歌の中に、やや省略された歌詞で見える。

第七首目「きようわ二十八日……」は『守貞謾稿』に「衆童各互に衣服の背裾をまくり揚んとす、各々まくられじと裾の背を股より前にかゝげ、帯の前に挟み、他の油断を伺ひまくらんとするの戯あり」としたあと、江戸の歌として掲載される。『日本伝承童謡集成』にも東京の雑謡（尻たくりの歌）として見え、「集まった幾人もが、各自の着物の裾をとり、股から前にくぐらして持ち、お尻のまくりっこをする遊戯にともなうもの」との説明が付されている。

第八首目「あの子ァどこの子……」は『流行《あづま》時代子供うた』に「揚端に居る子供に云ふ」として採られる。『日本伝承童謡集成』には東京の雑謡の中の一首で「見知らぬ子の通るのを見て囃す」との説明が付けられている。

第九首目「おふわたこい〳〵……」は菊池貴一郎『江戸府内絵本風俗往来』（明治38年・東陽堂）に「女子の遊び」で「大綿と呼べる虫を捕へるに」として紹介される。また、『日本伝承童謡集成』には東京の動物の歌として採集されている。

第十首目「あのあねさんいヽあねさん……」は『流行《あづま》時代子供うた』に「通り掛りの女子に云ふ」として採られる。また、前掲「山の手の童謡」にも「女が通るをからかつて」として類歌を掲載する。

第十一首目「桃くり三ねんかき八ねん……」は今日では童謡としてよりも、慣用句として人口に膾炙している。伝承童謡としては「山の手の童謡」に採集される。『日本伝承童謡集成』には各地の童謡として見えるが、東京の植物の歌にもっとも近接する歌詞が見えている。

第十二首目「ゆうやけこやけ……」も「山の手の童謡」に採集される。『日本伝承童謡集成』では天体気象の歌として東北地方から中国地方にかけて採集され、広がりを見せている。

最後の第十三首目「こうもり〳〵こい〳〵〳〵……」は早く『諺苑』に「蝙蝠《かうもり》コーイ山椒クレヨ、柳ノ下デ水ノマショ」という類歌が見える。『守貞謾稿』には「飛行の蝙蝠を見て江戸の男童が云諺」として収録する。ちなみに「京坂」は「かうもりこひ火いとらそ、落たら玉子の水のまそ」とある。

以上からこの「新板子供哥尽」所収十三首は、江戸（東京）を中心とした地域で歌われた伝承童謡をもとに編集されたおもちゃ絵であることが確認できる。

遊戯歌を収録するおもちゃ絵資料としてもう一点「新板子供哥づくし」（歌川国あき画・明治十八年〈一八八五〉・鎌田在明版）が管見に入った。「ずい〳〵ずころばし……」「ゆうやけこやけ……」「人まねこまね……」「うさぎ〳〵……」「やんチヤンばかだからばかだ……」「かあごめかごめ……」「の、さんいくつ……」の七首を収める。これら七首は前掲の「しん板子供哥づくし」「新板子供哥尽」のいずれかに見える伝承童謡ばかりである。

四　尻取り歌関係資料

子どもが伝承したことば遊び歌として、「牡丹に唐獅子……」で始まる著名な尻取り歌がある。これも歌川芳藤の画で、おもちゃ絵として慶応三年（一八六七）に文正堂から板行された（図57参照）。頭部にみえる題は「流行しりとりうた」である。一段八コマで六段のコマからなる絵である。次に歌詞を掲出しておく[2]。翻字に際しては、各コマ毎に読点を付して区切ることとする。

ぼたんにからじし、たけにとら、とらをふんまへわとうない、ないとうさまはさがりふぢ、ふじみさいぎやううしろむき、むきみはまぐりばかはしら、はしらはにかいとゑんのした、したやうへの、山かつら、かつらぶんじははなしかで、でん〳〵たいこにせうのふえ、ゑんまはぼんとお正月、かつよりさんはたけだびし、ひしもち三月ひなまつり、祭《まつ》りまんどうだしやたい、たいにかつをにたこまぐろ、ろんどんゐこくの大みなと、とさんするのはおふじさん、三べんまはつてたばこにせう、しやうぢき正太夫いせのこと、ことやさみせんふへたいこ、たいこうさまはくわんぱくじや、じやのでるのはやなぎしま、しまのさいふに五十両、五

図57 「流行しりとりうた」

郎十郎そがきやうだい、きやうだいはりばこたばこぼん、ぼんやはいゝこだねんねしな、しな川女郎しゆは十もんめ、十もんめのてつぽだま、たまやのはなびは大ぐわんそ、そうせうすむのはばせをあん、あんかけどうふによたかそば、そうばおかねがどんちやんかァちやん四文おくれ、おくれがすぎたらお正月、お正月のたからぶね、たからぶねには七福神、じんごうくわうぐうたけの内、内田はけんびしなゝ、つうめ、うめ松さくらはすがはらで、わらでたばねたなげしまだ、しまだかなやは大井川、かはいけりやこそかんだからかよふ、かよふふかくさもゝよのなさけ、さけとさかなで六百だしやァきまゝ、まゝよさんどがさよこゥちよにかぶり、かぶりたてにふるさがみの女、をんなやもめに花がさく、さいたさくらになぜこまつなぐ、つなぐかもじに大ぞうとめる

この歌謡は小異で『流行《あづま》時代子供うた』に収録される。また、『日本伝承童謡集成』にも東京と神奈川の雑謡（尻取り歌）として採集されている。

また、尻取り歌のおもちゃ絵に「新作開化しりとり」（絵師不詳・松木平吉版）があるが、そのなかに「道は替らぬ五条坂」を受けて、「坂はてる〳〵鈴鹿は曇る」という前述の小室節の歌謡が用いられている。江戸時代末期から明治時代にかけては、このような歌謡が尻取りにもごく普通に登場するほど人口に膾炙していたことがわかる。

五　口説き音頭関係資料

口説き音頭は主として盆踊りで歌われる長編の叙事的歌物語である。今日、民謡として分類されるが、かつては芸能者が語った語り物と考えられる。この口説き音頭にもおもちゃ絵が存在している。「しん板鈴木もんど白糸もんく」（歌川芳藤画・刊年未詳・版元不詳［求版］明治十四年〈一八八一〉・小林泰二郎版）（図58参照）を確認できた。

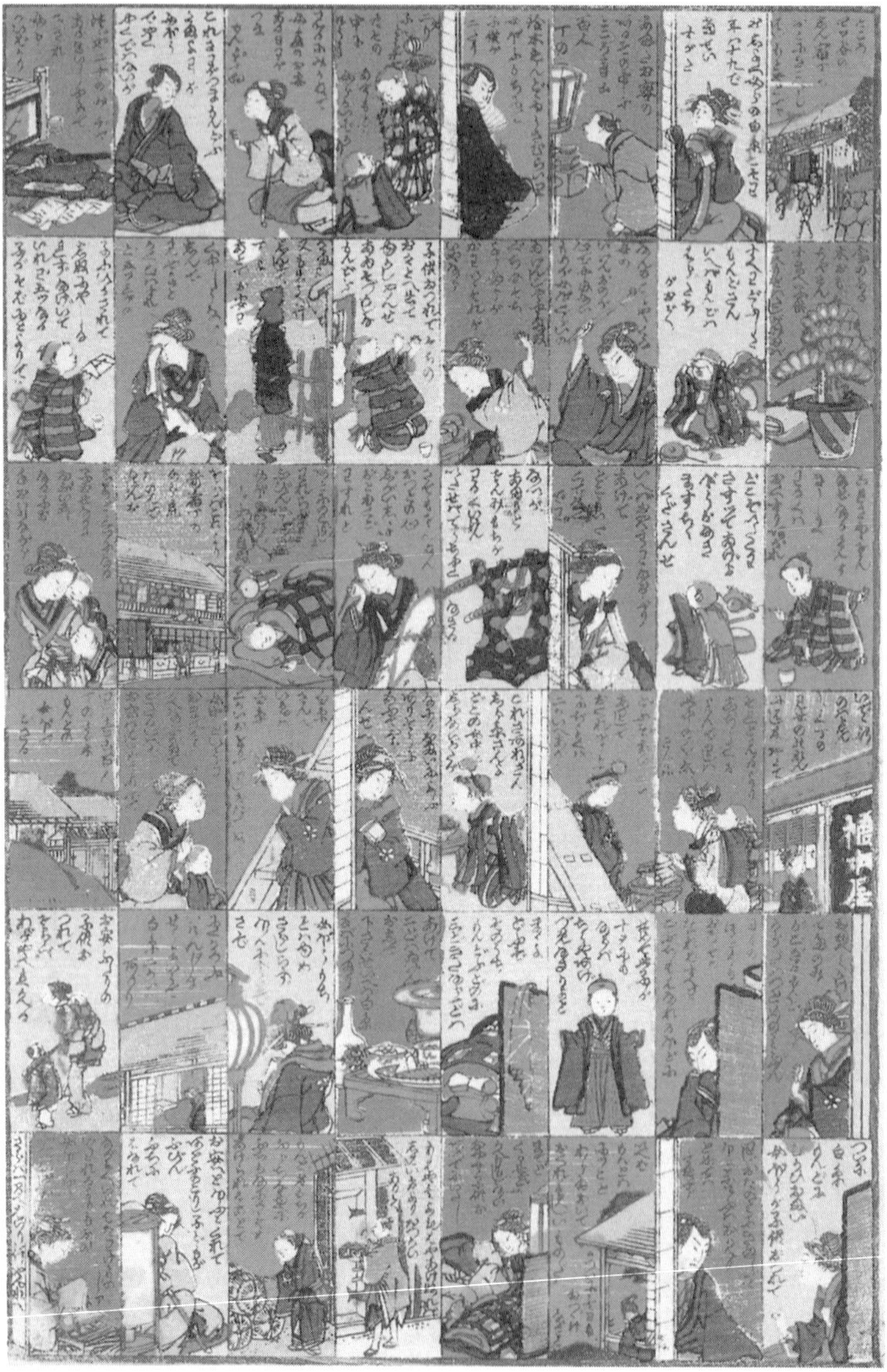

図58　「しん板鈴木もんど白糸もんく」

一段八コマ、六段の全四十八コマから成る。表紙、裏表紙に相当するコマはない。次に歌詞を掲出しておく（この資料も『よし藤　子ども浮世絵』に掲載されるが、翻字には誤りが多いので改めて掲出する）。翻字に際しては、前と同様に各コマ毎に読点を付して区切ることとする。

ところ四ツ谷のしん宿丁はおとにきこへしはしもとやとて、おしよく女郎の白糸こそわ年は十九で当せいすがた、あまたお客のあるその中にところ青山百人丁の、鈴木もんどゝゆうさむらいわ女ぼふもちにて子供が二たり、二タり子どもの有その中にけうもあすもと女郎かいばかり、見るにみかねて女房のお安ある日わがつまもんどに向、これさわがつまもんどふさまよわしが女ぼうでやくやくではないが、つゞや二十のみヂヤあるまいしやめて下され女郎かいばかり、金のなる木おもちやさんすまへ子供二人りとはたしがみおば、すへわどふしたもんどさんいへばもんどははらたちがおで、なんのこしやくな女のいけんおのが心でやまないものが女ぼぐらいの、ゐけんじややまぬぐちなそちより女郎がかわいゝそれがいやなら、子供おつれてそちのおさとへ出てゆかしやんせあゐそづかしなもんどふ、さまよ又も出て行しんじく丁よあとでお安わ、くやしうないかしんでみせよとかくごはすれど五ツ三ツの、子にひかされてしぬにやしなれずなげいていれば五ツなる子がそばにとよりて、これさかゝさんなぜなかさんすきしよくわるくばおくすりあがれ、どこぞいたくわさすツてあげよぼうがなきますちゝくださんせ、いへばおやすわかおふりあげてどこもいたくてなくでわ、ないがあまりとゝさんみもちがわるくいけんいたせばてうちやくなさる、さてもざんねんおつとの心じがいしよおとかくごわすれど、あとにのこりしわれらがふびんどふせ女ぼのいけんじややまぬ、さらばこれより新宿丁の女郎衆たのんでゐけんお、しよと三ツになる子おせなかにおぶい五ツなる子お手お引ながら、いでゝ行のはしんじく丁のみせののれんにはし本やとて、それと見るよりこぢよくおよんでわしは此中の白糸さんに、どふぞあいたいあわしておくれアイトナ子ぢよくは二かいへあがり、これさあねさんしら糸さんよどこの女中かしらないかたが、なにかおまいによふあるそうにあふてやらんせ、白糸さんへいゐば白糸二かいおをりてわしおたづぬる、女中というわおまへさんかへなに用でござるいへばお安ははじめてあふて、わしは青山百人丁のすゞ木もんどの女ぼでござる、おまへみかけてたのみがござるもんどからだはつとめのみぶん、日々のつとめもおろそかなればすへわごふちもはなれるほどに、せめて此子が十ヲにもなればちうやあげづめなさりよと、まゝよどふぞそのうちもんどふどのに三どきたなら一どは、あげて二どはゐけんおして下さんせいへば白糸言ばにつまり、女ぼうもちとはゆめさらしらずほんに今までさぞ、にくかろふいけんヲしませうよいうて白糸二かいへあがり、お安ふたりの子供おつれてさらばわがやへ立かへる、ついに白糸もんどにむかひおまい女ぼうが子供おつれて、わしおたのみにきましたほどにけふはおかへりとめてはすまず、いへばもんどはにツことわらゐおいておくれよ久しいものだついに其日もゐつづけなさる、までどくらせどかへりもしないおやす子供おあいてにいたし、もはや其よもはやあけぬればしはい方よりおつかいありて、もんど身もちがふらちなゆへにふちもなにかもめしあげられるあとで、お安はとほふにくれてあとにのこりし子どもがふびんふちにはなれて、ながらへいればたわけものじアトいわれるよりもぶしの女ぼじやじがいおしおとさらば一間へはいり行やんれへ

これは全国各地に伝承される口説き音頭のうち、「鈴木主水《もんど》」「鈴木主水と白糸口説き」「橋本屋白糸口説き」等の名で呼ばれる一曲の前半部分である。口説き音頭と比較して全体のちょうど半分の長さであるので、このおもちゃ絵は二枚組の一枚目に当たるものと推測される。物語はこの後すぐにお安が自害し、それを知った白糸もお安への義理立てから自害する。さらに鈴木主水自身も後を追い、子供二人のみが残されるという悲劇で結ばれる。

六　その他のおもちゃ絵資料

おもちゃ絵の歌謡資料にはこの他にも流行歌謡、長唄、清元、めりやす、大津絵節、都々逸等々のコマ割りの絵が存在する。確認できたものは流行歌謡の「しんぱんりきうぶし」（歌川国利《くにとし》画・刊年不詳・芳寿堂版［求版］明治十九年〈一八八六〉・山口芳版）、同「新板先代ぶし」（歌川国利画・明治十九年・森本版）、長唄の「しん板四季のをさらい」（歌川芳藤画・刊年不詳・大橋版）、清元の「新版清元おちうどもんく尽し」（絵師版元不詳）、大津絵節の「新板大津絵ぶし」（勇為《いさため》画・刊年不詳・版元未詳）があり、瀬田貞二『落穂ひろい』（昭和57年・福音館書店）紹介のめりやすのおもちゃ絵や無題の都々逸のおもちゃ絵（架蔵）もある。また、『よし藤　子ども浮世絵』によれば、清元「梅の春」のおもちゃ絵も存在するようである。(3)

おわりに

以上、おもちゃ絵に見られる歌謡について、ちんわん節、手毬歌、遊戯歌、尻取り歌、口説き音頭、その他に分類し、それぞれの代表的な例を紹介した。これらのおもちゃ絵は今日散逸したものも多いものと考えられるが、いまだ埋もれたままの資料も相当数存在することが予想される。本書で紹介する絵画資料のなかでも、今後さらなる発見が期待できる最右翼であろう。

注

（1）『よし藤　子ども浮世絵』八四頁には現在もこの歌謡を伝承している米山泰子さんが写真入りで紹介され、五線譜への採譜も行われていて注目される。

（2）この資料も『よし藤　子ども浮世絵』に掲載されるが、残念ながら作品解説の翻字には誤りが多い。

（3）ちんわん節のおもちゃ絵資料のなかでも紹介したように、双六の形態を採るものも存在した。ちんわん節以外にも、伝承童謡の双六「友寿々女美知具佐数語呂久《ともすずめみちくさすごろく》」（歌川重宣〈二代目安藤広重〉画・万延元年〈一八六〇〉・版元不詳）、「新版看々踊双六《しんぱんかんかんおどりすごろく》」（絵師刊年不詳・総州屋与兵衛版）などが確認できた。この他、明治期刊行の歌謡にかかわるおもちゃ絵資料に、「しょんがえ節」「縁かいな節」「とんやれ節」「ひとつとせ節」「オッペケペー節」「ちゃちゃらかちゃんちゃん節」「ホーカイ節」「ゆんべ節」「やあとこせ踊唄」等々がある。

X　竹久夢二——絵はがきと歌謡

はじめに

近代における絵画資料の一種としてきわめて重要なものに絵はがき群がある。それら絵はがきに画賛《がさん》として歌謡が記された例は必ずしも多くはないが、大正ロマンの画風で一世を風靡した竹久夢二や、江戸浮世絵の系譜に連なる神保朋世《じんぼうともよ》の例を見出すことができる。またその他の特殊な例として、潮来《いたこ》の水郷風景及び揚屋《あげや》を写した絵はがきのなかに、画賛の形式で江戸時代以来の流行歌謡の潮来節を印刷したものも確認できる。ここでは夢二の絵はがき作品を中心に、絵はがきと歌謡との関係について述べていきたい。

一　夢二と歌謡

明治時代末期から昭和の初期にかけて、絵画及び文筆の世界で活躍した人物に竹久夢二がいる。夢二は明治十七年（一八八四）九月十六日、岡山県邑久郡《おくぐん》本庄村大字本庄に、造り酒屋の次男として生を享けた。生前、一万数千点に達するといわれる数多くの絵画作品（雑誌に発表したコマ絵を入れれば、この倍にも及ぶか）と、詩集・小唄集・童謡集などの文芸作品を残し、昭和九年（一九三四）九月一日、信州富士見の高原療養施設で亡くなった。享年四十九歳。生涯に多くの女性との恋愛遍歴を重ねたことで有名であるが、晩年は孤独であったという。

この間、夢二が画家として漸く世に認められ始めた明治末年に、「つるや」から二種の月刊企画が出された。それは明治四十三年（一九一〇）六月から刊行された『月刊夢二カード』と、それに続く明治四十四年九月刊行開始の『月刊夢二ヱハガキ』である。このうち、後者の『月刊夢二ヱハガキ』は、袋入りの絵はがき四枚組から成り、毎月一回の発行であった。それは夢二にとっては二十八歳から九年間にわたる油の乗り切った折の発行に当たり、きわめて重要な作品群と言える。そして、さらに注目すべきは、それらの絵はがきには、絵の傍らに画賛形式の文句が入れられているものが圧倒的多数であるが、その多くは伝承歌謡、及び創作歌謡なのである。そもそも夢二は大正十年（一九二一）発行の藤沢衛彦『小唄伝説集』口絵に二枚の二色摺木版画を寄せており、歌謡とのかかわりの深さを垣間見ることができる。

本章ではまず最初に、従来まったく指摘されてこなかった『月刊夢二ヱハガキ』の画賛としての歌謡に焦点を合わせ、夢二の肉筆絵画の画賛、及び文学作品中に見える歌謡にも目を配りつつ、夢二と歌謡とのかかわりについて述べていく。なお、以下に取りあげる『月刊夢二ヱハガキ』は、すべて酒井不二雄『夢二えはがき帖』（平成5年・日貿出版社）に収録されているものである。

二　『月刊夢二ヱハガキ』画賛の室町小歌系歌謡

『月刊夢二ヱハガキ』には次のような室町小歌に基づいた歌謡が、画賛として書き入れられている。その歌謡を各句毎に読点を付して掲出するとともに、所収の絵はがきの出典が第何集に当たるどういう名称のタイトルか、またその発行年は何時かを末尾括弧内に明記する。発行年は酒井不二雄『夢二えはがき帖』における推定による。

なお、一枚の絵はがきに書き入れられた画賛はひとつである。各集は四枚組であり、同じ集に属する四枚のなかの複数の絵はがきに歌謡画賛が見られる場合には、まとめてその出典を明記した。

○逢ふてたつ名が、浮名のうちか、逢はでたつこそ、浮名なれ
○たゞおいて霜にうたせよ、更けて来たが、憎いほどに

（以上、第五十六集・恋の小唄・大正五年四月頃）（図59・図60参照）

○誰かはじめし恋の道、いかなる人もふみ迷ふ、秋の夜もはや明けやすき、ひとりぬる夜の、長の夜や

（第九十七集・俗謡・大正八年九月頃）（図61参照）

ここに挙げた三枚の絵はがき画賛には、四首の室町小歌が用いられている。最初の「逢ふてたつ名が……」は、近似するもっとも早い先行歌謡の例として、『宗安小歌集』七番歌「逢うて立つ名は立つ名かなう、無き名立つこそ立つ名なれ」や「隆達節歌謡（草歌〈恋〉）」二番歌の「逢うて立つ名が立つ名かの、なき名立つこそ立つ名なれ」を指摘できる。これが後代の江戸期歌謡に流入した。『異本洞房語園《いほんどうぼうごえん》』巻之下所収「朗細の章歌」や『当世投節《とうせいなげぶし》』には、第二句目を近世小唄調の四・三音に改編した「立つ名のうちか」という詞章で収録される。夢二の画賛は近世小唄調で、後者の江戸期歌謡に近いのであるが、同時に夢二の若干の手直しを認めることができよう。しかし、いずれにせよこの画賛歌謡は、室町小歌以来の抒情の流れを汲んでいると言える。

第二首目「たゞおいて霜にうたせよ……」は、『閑吟集』二〇二番歌の狭義小歌「ただおいて霜に打たせよ、夜更けて来たが憎いほどに」、「隆達節歌謡（小歌）」二四一番歌の「ただ置いて霜に打たせよ、咎《とが》はの夜更《ふ》けて来たが憎いほどに」等に典拠を求めることができよう。なお、この歌謡は大蔵流狂言「座禅」（大蔵虎明本他）の中でも小異で歌われた。

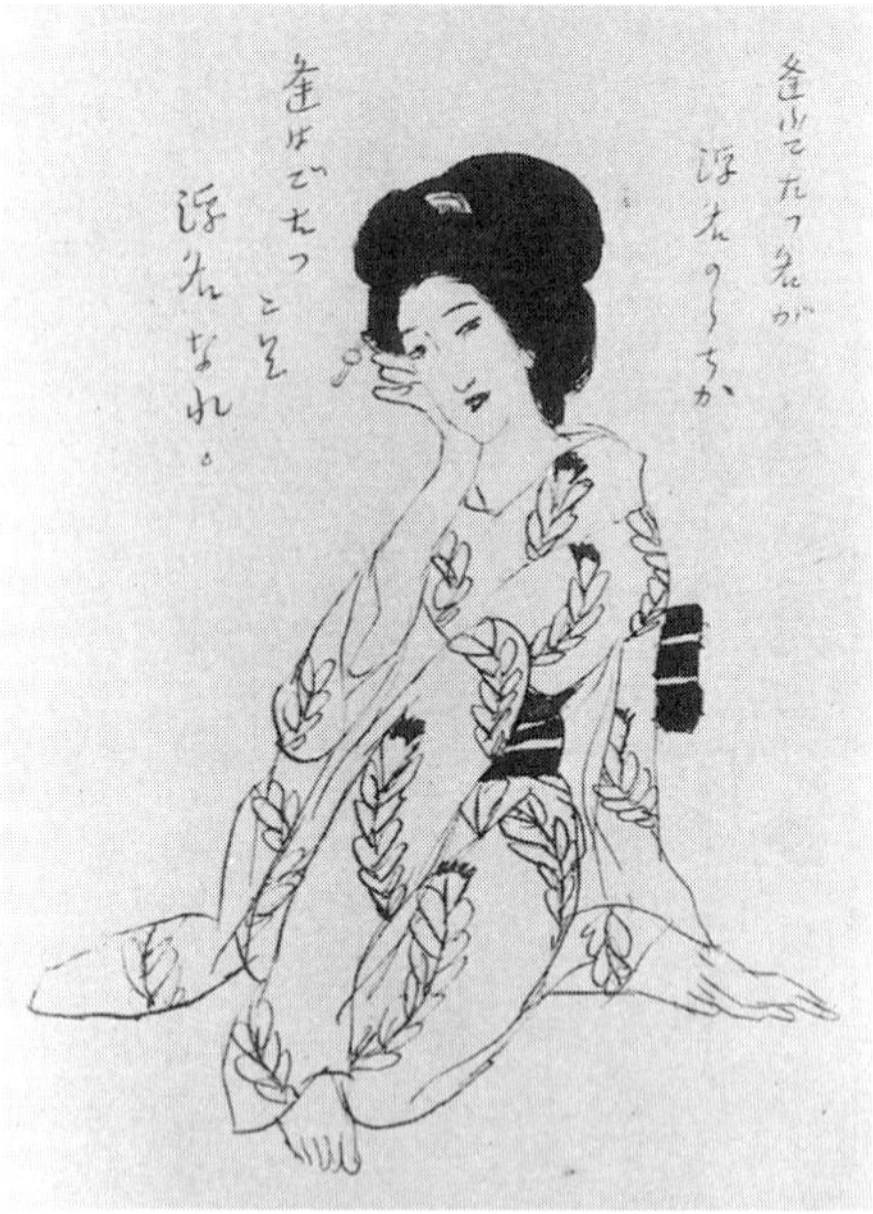

図59 『月刊夢二ヱハガキ』第五十六集
「逢ふてたつ名が…」

図60 『月刊夢二ヱハガキ』第五十六集
「たゞおいて霜にうたせよ…」

図61 『月刊夢二ヱハガキ』第九十七集
「誰かはじめし…」

次の「誰かはじめし恋の道……」には、二首の室町小歌の系列に属する歌謡が採られている。うち前者を第三首目、後者を第四首目とすると、第三首目は「誰かはじめし恋の道、いかなる人もふみ迷ふ」で、第四首目は「秋の夜もはや明けやすき、ひとりぬる夜の、長の夜や」ということになる。第三首目の方は、『宗安小歌集《そうあんこうたしゅう》』一〇二番歌に「誰か作りし恋の道、いかなる人も踏み迷ふ」とあり、また「隆達節歌謡《りゅうたつぶしかよう》（小歌）」二五〇番歌や大蔵虎明本「座禅」にも異同なく見られる歌謡である。

第四首目は「隆達節歌謡（小歌）」一四番歌の「逢ふ時は秋の夜もはや明けやすや、独り寝る夜の長の夏の夜」という室町小歌の抒情を踏まえている。

ただし、第三首目・第四首目に、夢二が直接に典拠として用いたのは、『吉原はやり小哥そうまくり』所収「かはりぬめり哥」の一首で、「誰始めし恋の道、いかなる人も踏み迷ふ、秋の夜もはや明けやすや、独り寝る夜の、長の夏の夜や」と考えられる。

三　『月刊夢二ヱハガキ』画賛の江戸期流行歌謡・近世民謡

江戸時代の流行歌謡には、遊里などの都市部から興った歌謡と地方から興った歌謡とがある。それらはともに恋歌を中心としており、相互に流通もしたので不可分の要素が大きい。ここでは前者を江戸期流行歌謡、後者を近世民謡と仮に呼んでおく。『月刊夢二ヱハガキ』の中にも、この種の歌謡が多く書き入れられている。具体的には、次のような歌謡にかかわる画賛が確認できる。前節の室町小歌系歌謡の場合と同様に、読点を付して画賛本文を各集ごとに掲げ、末尾には『月刊夢二ヱハガキ』での出典を明記する。

○沖のくらいのに、白帆がみえる、あれは紀の国、蜜柑船

○おくりましよかえ、おくられましよか、せめて峠の、茶屋までも
○君とねよふか、千石とろか、ま丶よ千石、君とねよ
○君とわかれて、松原ゆけば、松の露やら、泪やら……

（以上、第七集・小唄ゑはがき・明治四十五年三月頃）（図62・図63・図64・図65参照）

第一首目は〃紀州蜜柑取歌〃と呼ばれる著名な民謡で、江戸時代末期には巷間に広く流行したようである。小寺玉晁《ぎょくちょう》『小歌志彙集《おかしいしゅう》』には文政三年（一八二〇）の尾張での流行歌と記され、また『小唄のちまた』には文政九年（一八二六）に願人坊主《がんにんぼうず》の踊歌として同じく尾張で流行したことが知られる。また、『浮れ草』には国々田舎唄の一首〃三岬《みさき》節〃として見え、前田《まえだ》林外《りんがい》『日本民謡全集』（明治40年・本郷書院）及び湯朝《ゆあさ》竹山人《ちくさんじん》『諸国俚謡傑作集』（大正4年・辰文館）には常陸国〃磯ぶし〃として採られる。さらには流行歌〃かっぽれ〃の一部にも摂取されている。夢二も『春の鳥』に収録している。

第二首目は末尾を替えて様々に歌われたようで、「せめて比刀根《ひとね》の橋までも」として〃坐繰製糸唄《ざくりせいしうた》〃、「せめて二天の橋までも」として〃山中節〃と呼ばれる民謡として流布した。夢二はこの絵はがきの画賛と同じ詞章で、『春の鳥』に収録している。

第三首目は江戸期を代表する著名な流行歌で、大田《おおた》南畝《なんぽ》『俗耳鼓吹《ぞくじこすい》』に〃五千石〃という名称で収録される歌謡である。歌詞は夢二画賛とは小異があり、「君と寝やるか、五千石とるか、なんの五千石、君と寝よ」とする。もとは『七夕後日記《たなばたのちのにっき》』文化十一年（一八一四）の記事に見えるというから、文化年間の流行歌と考えてよいであろう。

第四首目は本書では既に何度か登場した潮来節の替歌の一首で、竹山人『諸国俚謡傑作集《しょこくりようけっさくしゅう》』大隅国《おおすみのくに》にも収録さ

図62 『月刊夢二ヱハガキ』第七集
「沖のくらいのに…」

図63 『月刊夢二ヱハガキ』第七集
「おくりましよかえ…」

図64 『月刊夢二ヱハガキ』第七集
「君とねよふか…」

図65 『月刊夢二ヱハガキ』第七集
「君とわかれて…」

れている。なお、この原歌は夢二絵はがき第十五集の第二首目に見える。

○親は他国に、子は島原に、さくら花かや、ちり〴〵に
○逢ひにきたれど、戸はたゝかれず、歌の文句で、さとらんせ
○鬢《びん》のほつれは、枕のとがよ、それをおまえに、うたぐられ、苦海ぢや、うき世ぢや、ゆるしやんせ
○山がたかうて、あの家《や》がみえぬ、あのやかあいや、山にくや

（以上、第八集・小唄ゑはがき・明治四十五年四月頃）

第八集「小唄ゑはがき」の第一首目の画賛は元禄から享保年間にかけての流行歌で、『松の葉』巻三・端歌《はうた》二上《にあが》り〝薩摩節〟第一歌に見える。夢二はこの歌を『露地のほそみち』に収録している。また、後には五木の子守歌の一歌にも「親は薩摩に……」として見える。

第二首目はやはり民謡として様々に歌い替えられて流布した歌謡である。竹山人『諸国俚謡傑作集』に伊勢国の俚謡として「来いといはれず、手で招かれず、唄の文句で悟らんせ」が見える。夢二は肉筆絵画「盆おどり図」の画賛に「さんやあ、逢ひに来たれど、戸はたゝかれず、唄の文句でさとらんせ」と、この歌謡を書き入れている。

第三首目の前半部分「鬢《びん》のほつれは、枕のとがよ」は長唄「鬢のほつれ」として著名である。それは「鬢のほつれは、枕のとがよ、曇りなき身を疑はれ、はて何としょ」である。また、玉晁《ぎよくちよう》『小歌志彙集《おかしいしゆう》』文政八年（一八二五）尾張流行の〝よしこの本調子と変り〟もこの詞章であった。

第四首目は著名な民謡である。〝山中節〟の一首として「山が高うて山中見えぬ、山中恋しや、山憎や」として歌われた他、島根県簸川《ひかわ》郡久木村の盆踊歌〝山々くずし〟にも「山が高くて御城下が見えぬ、御城下恋しや、山

憎や」等と見える。

○三島通れば、二階からまねく
○潮来出島の、まか《(ママ)》ものなかに
○来いと言ふたとて、ゆかれよか佐渡へ
○木曽の御嶽《おんたけ》、夏でも寒い、袷やりたや、足袋そへて

（以上、第十五集・諸国名所ヱハガキ・大正元年十一月頃）

第一首目の元歌は「吉田通れば、二階から招く、しかも鹿の子の振袖で（が）」という流行歌で、千姫が住居の吉田[1]御殿から美少年を招き入れたことを歌ったとの伝説とともに伝えられた。この歌が収録される歌謡集は、『延享五年小哥しやうが集』、『山家鳥虫歌《さんかちょうちゅうか》』周防、『落葉集《おちばしゅう》』巻七所収「吉田小女郎」、『踊音頭集《おどりおんどしゅう》』流行音頭の「半九郎節」、『春遊興《しゅんゆうきょう》』、『守貞謾稿《もりさだまんこう》』所収「住吉踊」、『小歌志彙集』文政二年（一八一九）流行の「どもり唄」、長唄「猿舞」など枚挙に遑がない。本来は吉田の飯盛女《めしもりおんな》の風情を歌ったものであろう。一方、この歌には地名を差し替えた替え歌も多く行われたようで、『俚謡正調《りようせいちょう》』にも「神田通れば海老茶が招く、しかも下宿の二階から」などと見えている。夢二が伊豆三島の絵はがき画賛にこの替え歌を採用したのは、三島が女郎衆で有名な土地であったことに拠るものであろう。なお、画中の富士山方向に〝沼津〟とあるのは、三島の西隣の宿場の名が記されたものである。

第二首目は「まこも」として『浮れ草』巻下所収「潮来節《いたこぶし》」、『利根川図志《とねがわずし》』巻六所収「潮来曲《ぶり》」、『只今御笑草《ただいまのおわらいぐさ》』等々に収録される潮来節という著名な流行歌である。『山家鳥虫歌』常陸《ひたち》には「潮来出島のよれ真菰《まこも》、殿に刈らせてわれ捧ぐ、サッサオセ〳〵」という類歌が見えるが、これが潮来節の原歌であろう。なお『山家鳥虫歌』の写本

系の異本である種彦本『諸国盆踊唱歌』の種彦による序に、以前見た伝本にはこの歌がなかったと記されていることで、歌謡史上重要な流行民謡である。潮来節は後述するように、昭和初期頃発行の潮来地方の絵はがき画賛としても用いられた。

第三首目は古く天保初年刊の人情本『恋の花染』二編巻之上に「来いと言ふたとて行かりよか佐渡へ、佐渡は四十九里、波の上」とあり、『越志風俗部　歌曲』所収「まつさかぶし」や竹山人『諸国俚謡傑作集』能登国雑謡にも見える。元歌は長門盆踊唄の「来いと言たとて行かれる路か、路は四十四里、夜は一夜」と言われる。夢二はこの歌を特別に気に入っていたようで、『三味線草』に「こいというたとてゆかるる道か、船は四十四里、夜は一夜」と収録する他、『露地のほそみち』と『日本童謡撰　あやとりかけとり』にも収める。

第四首目は〝木曽節〟として人口に膾炙した民謡である。

○二度とゆくまい、丹後の宮津、縞の財布が、空になる
○坂は照る〱、鈴鹿はくもる、間の土山、雨が降る
○箱根八里は、馬でも越すが、越すに越されぬ、大井川
○小諸出てみよ、浅間の山に

（以上、第十六集・諸国名所ゑはがき・大正元年十二月頃）

第一首目は〝宮津節〟として知られる民謡である。もとは『山家鳥虫歌』美作の「又と行くまい、湯原の湯へは、三坂三里が憂い程に」で、その改作と言われる。

第二首目は小室節、また鈴鹿馬子唄として人口に膾炙している。江戸期歌謡集にも『若緑』『落葉集』巻四所収「馬士踊」、『松の落葉』所収「おつづら馬」、『丹波与作待夜の小室節』（宝永五年〈一七〇八〉上演）などに見られる。

また、竹山人『諸国俚謡傑作集』には三重県の酒造唄として収録される。なお、夢二自身も『三味線草』に収めている。

第三首目は箱根長持《ながもち》唄、箱根駕籠《かご》舁《かき》唄、箱根雲助唄等と称された、これもまた著名な民謡である。江戸期歌謡集には『延享五年小哥しやうが集』『春遊興』等に見え、俚諺集にも『俚言集覧《りげんしゅうらん》』『譬喩尽《たとえづくし》』に取りあげられている。一種の慣用句として広く知られていたことが確認できる。なお、『鄙廼《ひなの》一曲《ひとふし》』にはこの替え歌「箱根八里は歌でも越すが、越すに越されぬおもひ川」（信濃国春唄《つきうた》、曳臼唄《ひきうすうた》）が収録されている。

第四首目は続く詞章に「けさも煙が三筋立つ」と置く歌謡として、世に〝小室節《こむろぶし》〟〝小諸馬子唄《こもろまごうた》〟と称される著名な民謡である。夢二も『春の鳥』に収録している。

○沖の瀬の瀬の、瀬でうつ浪は、可愛い男の、度胸だめし
○山路とほれば、茨がとめる、いばらはなしやれ、日が暮れる
○よしや今宵は、くもらばくもれ、とても涙で、みる月を
○丁とはらんせ、もし半でたら、私を売らんせ、吉原へ

（以上、第十七集・小唄集・大正二年一月頃）

第一首目は岡山県の旧児島郡琴浦町引網（現、倉敷市）の労作唄の〝いかなご唄〟、三重県志摩半島の〝海女唄〟として知られる民謡である。夢二は『三味線草』『春の鳥』の両集にこの歌謡を収めている。

第二首目は早く『山家鳥虫歌』摂津に冒頭を「山を」として見え、『落葉集』巻五・踊音頭之部・山庄太夫《さんしょうだゆう》、『姫小松』上・彦惣《ひこそう》などにも類歌が収録される著名な歌謡である。夢二は『日本童謡撰　あやとりかけとり』に採集している。また、『夢二抒情画選集　上』にも見え、そこでは夢二の故郷である岡山県邑久郡の歌謡と紹介されて

いる。

第三首目は江戸時代初期の流行歌であった弄斎節《ろうさいぶし》、投節《なげぶし》の歌謡である。『異本洞房語園』『当世投節』等に収録される。この歌は三味線伴奏に合わせられた最初の本格的歌謡として貴重である。夢二は『三味線草』にこの一首を収めている。

第四首目は竹山人『諸国俚謡傑作集』の加賀国雑謡に「丁とはらんせ、もし半でたら、わしを揚屋へ、売りやしやんせ」とある民謡の替え歌であろう。夢二は『春の鳥』にこの歌を収める。
○くるかくるかと、浜へでゝ、みれど、河原よもぎの、かげばかり
○小浜ゆきやるは、八文字様か、褄がぬれよぞえ、磯風に
（以上、第十九集・小唄集・大正二年三月頃）

前者の歌謡は早く江戸期民謡集の『山家鳥虫歌』相模に「来るか〳〵と川下見れば、伊吹蓬の影ばかり」とある歌謡を元歌としている。近松半二・松洛等作の浄瑠璃「本朝廿四孝」、『賤が歌袋』初編、『浮れ草』所収「下田節」、『越志風俗部《えつしふぞくぶ》　歌曲』所収「まつさかふし」、長唄「越後獅子」等にも見え、それらは夢二の絵はがき画賛に近接した詞章の歌謡となっている。他にも民謡として香川県の〝粟島船唄〟をはじめ、〝木流し唄〟〝祭礼さわぎ唄〟〝相馬節〟〝長門相の島の唄〟の詞章として採集されている。夢二も『三味線草』『露地のほそみち』の両集に収録している。

後者は『松の葉』巻一・葉手所収「比良や小松」に「門《かど》に立ちたは八文字様か、夜風身の毒、内御座れ」とある三味線伴奏の流行歌謡の替え歌であろう。夢二は画賛の歌謡の詞章で、『三味線草』に収めている。
○ふじのしら雪、あさひでとける……

○筑波山さへ、男体女体《なんたいにょたい》……

○宇治は茶どころ、ちゃは縁どころ、娘やりたや、婿ほしや

（以上、第三十二集・山の小唄・大正三年四月頃）

第一首目は今日、農兵節《のうへいぶし》という名称で知られる伊豆三島の民謡である。この歌謡の始発は早く、江戸時代中期にまで遡ることができる。貞享三年（一六八六）上演の歌舞伎狂言「椀久浮世十界《わんきゅううきよじっかい》」における大友民部の出端《では》名のりのせりふの詞に見える他、『山家鳥虫歌』安房、『春遊興』、『浮れ草』巻中「有馬の松」などの歌謡集にも収録されている。なお、象匏文雅《ぞうほうぶんが》の禅画「富士の白雪図」の画賛に、「富士の白雪は朝日でとける」と書き入れられた例がある。それについては本書Ⅵの「三　その他の禅僧の禅画画賛」の項で述べた。江戸期の流行歌謡を画賛にした先例として注目される。参照願いたい。

第二首目はそのままの詞章の先行歌謡を見出すことができないが、『浮れ草』所収「潮来節」に「意気な筑波に男体女体、外には頼む神もなし、ションガヱ」とあるものがこれに近似する。

第三首目は後半を「……娘やりたや、婿ほしや」とするパターンの歌謡として、類歌の多い一首である。この画賛と同一の詞章の歌に、『浮れ草』茶摘唄の「宇治の（は）茶所茶は縁所、娘やりたや聟ほしや」、『麓廼塵《ふもとのちり》』所収〝宇治茶摘歌〟の「宇治は茶どころ茶は縁どころ、娘やりたや聟ほしや」がある。一方、このパターンの歌には例えば、『山家鳥虫歌』丹後の歌の「丹波田所良い米所、娘遣りたや婿欲しや」、『延享五年小哥しやうが集』三三番歌の「丹波田所よい畑所、娘遣りたや聟ほしや」、『御船哥大全《おふなうたたいぜん》』所収「有馬ぶし」の「遠州浜松よい茶の出所、娘やろもの茶を摘みに」等が挙げられる。夢二は『春の鳥』にこの絵はがき画賛の歌謡を収録している。なお、前掲『御船哥大全』の歌謡と近似する歌に白隠慧《はくいんえ》鶴《かく》の禅画「円相図」画賛の歌謡がある。これについても本

書「VI　白隠と仙厓―禅画と歌謡」のなかで述べた。参照願いたい。

○逢ひはせなむだか、遠江灘で、二本マストの、主の船
○船は出てゆく、けむりはのこる、のこる煙を、なんとせう

（以上、第三十三集・海の小唄・大正三年五月頃）

前者は江戸期歌謡集の『粋《すい》の懐《ふところ》』に、後半を「思ふそさまははや上下」の詞章で見えている。近代に入ってからは、竹山人『諸国俚謡傑作集』紀伊国・船頭唄に、後半を「二本柱の大和丸」として収録される。また、後に「遠江灘」を「館山沖」、「主の船」を「大成丸」とした替え歌が商船学校の学生歌にもなったという。「マスト」は近代的な新味を加えようとした夢二の独創であろう。

後者の初句「船は出てゆく」は江戸期に多くの例を見出せる慣用的表現である。『延享五年小哥しやうが集』に「船は出てゆく帆かけて馳せる、宿の小娘は出て招く」、『山家鳥虫歌』山城に「舟は出て行く帆かけて走る、茶屋の女子は出て招く」等がある。また、大阪方面の盆歌である「おんごく」も、この『山家鳥虫歌』の歌謡に近似している。

○忘れ草とて、三味線ひけど
○われは菖蒲の、ねにこそなかめ、ひくな袂の、つゆけきに

（以上、第三十五集・夜の唄その二・大正三年七月頃）

前者は小寺玉晁《こでらぎよくちよう》『小歌志彙集《おかしいしゆう》』所収の「忘れ草とて三味線引ば、歌の文句で思ひ出す」という江戸時代末期の流行歌に拠る。夢二はこの歌謡を愛好したようで、後半を「あの夜の唄の忘られず、つひつまされて泣いたもの、わしぢやないもの、絃ぢやもの」と続けて、『三味線草』の巻頭に据え、表題もここから採っている。また、『露

地のほそみち』にも収録している。

後者は『松の葉』巻五所収「古今百首投節」に見える一首である。夢二は前者と同様に、『三味線草』『露地のほそみち』の二集にこの歌謡を収録している。

○恋にこがれて、泣く蟬よりも、なかぬ蛍が身を焦す（第四十九集・新版小唄ゑはがき・大正四年九月頃）

この歌謡は『山家鳥虫歌』山城に見える歌謡で、早く『閑吟集』五九番歌・狭義小歌「我が恋は水に燃えたつ蛍、蛍、物言はで、笑止の蛍」や、『宗安小歌集』六九番歌「我が恋は水に燃えたつ蛍、蛍、物言はで、笑止の蛍」などの室町小歌にその淵源を辿ることができる。

○淀の川瀬のあの水車、誰をまつやらくる〳〵と（第五十九集・本調子・大正五年七月頃）

これは狂言「靭猿《うつぼざる》」の〝猿歌〟や「阿国歌舞伎踊歌」として芸能の場で歌われ、人口に膾炙した歌謡である。その淵源は「宇治の川瀬の水車」と歌われた『閑吟集』以下の室町小歌に求めることができる。(2) 近世に入ると、『延宝三年書写踊歌』『松の落葉』『延享五年小哥しやうが集』『御船唄留』『浮れ草』『巷謡篇』『小唄のちまた』（天保元年〈一八三〇〉流行歌）など多くの歌謡集に書き留められた。夢二は『日本童謡撰　あやとりかけとり』にも「淀の川瀬」という表題を付して収めている。

○船がつくつく、百二十七艘、さまがござるか、あの船に（第八十六集・俗曲ヱハガキ・大正七年十月頃）

この歌は早く『山家鳥虫歌』淡路に収録される流行歌謡で、主として淡路島で歌われたようである。近代になってからも『日本民謡全集』や『日本歌謡類聚』下巻に淡路国洲本の盆踊歌として見える。

○君は小鼓、しらべの糸を、しめつゆるめつ、音にたつる

○さてもよい子や、花売娘、恋の重荷か、かつぎつれ（以上、第九十集・女四題・大正八年二月頃）

前者は室町時代の公家記録『言継卿記《ときつぐきょうき》』紙背の小歌「身は小鼓、君は調べよ、川を隔てて、寝におりやる」に、その発想の淵源を求めることができる。近世に入ってからも『松の葉』巻一・三味線本手・浮世組に「我は小鼓、殿は調べよ、皮を隔ててのう、川を隔てて、寝に御座る、花の踊をのう、花の踊を一踊」と見え、常磐津「色餝《いろちど》寝覚床《りねざめのとこ》」といった邦楽詞章にも摂取された。夢二は『春の鳥』『露地のほそみち』の二集にこの歌を収録している。後者は『山家鳥虫歌』山城の歌に第二句目を「黒木売の娘」として見える。おそらく夢二が、この歌謡を一部改作したものであろう。『春の鳥』『露地のほそみち』の二集に改作後の歌詞で収録される。

四　『月刊夢二ヱハガキ』画賛の邦楽

『月刊夢二ヱハガキ』の中には、長唄、端唄、新内、清元といった邦楽に属する歌謡も書き入れられている。前節までと同様の形式によって掲出する。

○いやな世間に未練はないが、明烏「たとひ此身はあは雪と、共に消ゆるも厭はねど、此世の名残今一度」、逢ふて一言語りたい（新内入り）

○寝たり起きたり、起きたり寝たり、秋ノ夜「更けて待てども来ぬ人の、音する物は鐘ばかり」、一人寝る夜のいぢらしさ（端唄入り）

○あとにや引かれず、先きへは行けず、山帰リ「四谷て《（ママ）》はじめて逢ふたとき、すいたらしいと思ふたが」、死ぬに死なれぬ二人仲（清元入り）

○かならず行くよと知らせて寄越し、浅妻「その約束の宵の月、高くなるまで待たせてをいて」、ぢらす心が憎らしい（長唄入り）

（以上、第八十二集・小唄の女・大正七年六月頃）

これら四首は近世小唄調歌謡の前半二句と後半二句を二分して、その間に邦楽詞章の一節を挟み込んだものである。夢二は『たそやあんど』のなかで新内・中・清元・常盤津・義太夫などから一節を取り込む同じ趣向を用いている。一方、第八十二集所収四首の近世小唄調歌謡については、これまで典拠を見出すことができない。さらなる調査が必要であるが、いずれも夢二の創作である可能性が強い。

第一首目は途中に新内の「明烏夢泡雪《あけがらすゆめのあわゆき》」、第二首目は端唄の「秋の夜」、第三首目は清元の「山帰強桔梗《やまがえりまけぬききょう》」、第四首目は長唄の「月雪花名残文台《つきゆきはななごりのぶんだい》」のそれぞれ一節を挿入する。夢二の近世音曲への造詣の一端がつぶさに知られるであろう。

○妹がりゆけば、冬の夜の

（第八十六集・俗曲ヱハガキ・大正七年十月頃）

これは歌沢節「わがものと」の一節で、この歌謡はもと『拾遺和歌集』冬・二二四・紀貫之「思ひかね妹がりゆけば冬の夜の川風寒み千鳥鳴くなり」に拠っている。

五　『月刊夢二ヱハガキ』画賛の創作歌謡

『月刊夢二ヱハガキ』には次のような創作歌謡にかかわる画賛が書き入れられている。前節までと同様の形式によって掲出する。

○チンツン、くどけばなびく、チツツン、ツントン、相生の松、口三味線の足拍子、空気草履のやわらかさ、
肩のうへで花色の、日傘がまわる、絵がまはる

○行燈のかげに、とつおいつ、娘ごころのはづかしく、何と答へもしら紙の、膝のうへにて鶴を折る

図66　『月刊夢二ヱハガキ』第九十八集
「まてどくらせど…」

○雪のふる日のかなしさは、紅い木の実がたべたさに、そっと出てみるいぢらしら
○おもひあまりて籤をひけば、なんとせうぞの凶とでる、いっそうちあけ話さうか、ひとりで泣いてすまさうか、ま、なんとせう、
川柳
（以上、第二十三集・はやり唄・大正二年七月頃）

これらは詞章の部分部分に、江戸期の先行歌謡や邦楽詞章を置きながら、夢二が創作した歌謡と思われる。例えば第二首目の冒頭「行燈《あんどん》のかげに」は〝アイヤ節〟の「行燈の陰で、かわい様の帯くける」などを念頭に置きつつ、夢二が後続部分を接いだものであろう。

○もしやひとかと、山へ出てみれど、草の影さへ、みえもせず（第三十二集・山の小唄・大正三年四月頃）

この歌は夢二作詞、澤田柳吉作曲でセノオ楽譜として出版された創作歌謡「もしや逢かと」の歌詞の一部を替えたものである。

○まてどくらせど、こぬひとを、よひまちぐさの、やるせなさ、こよひは、つきもでぬそうな（小唄　待宵草）
○燈行影に文かけば、身につまされて燈心の、涙ぐみたる灯がゆらぐ、心からにはあらねども、「わすれてたも」とついかいて、われとなかるゝ春の宵（小唄　春の宵）
○もだ〳〵と、むすぼれとけぬ悲しみが、とけて流れて涙となりて、ほろり〳〵とまろびなば、かうわびしう

はあるまいに（小唄　涙）

○和蘭屋敷に提燈つけば、ロテのお菊さんはいそ〳〵と、羞恥草は窓の下、玉虫色の長椅に、やるせない袖うちかけて、サミセン弾けばロテも泣く（小唄　オランダ屋敷）

（以上、第九十八集・新らしい小唄・大正八年十月頃）（図66参照）

この四首は「新らしい小唄」と銘打たれるもので、夢二の創作による歌謡と考えてよい。第一首目の「待宵草」は別名「宵待草」とも称される、夢二の代表的創作歌謡に他ならない。この歌謡を賛した夢二自筆の色紙が多く残されている他、自ら『夢のふるさと』や『たそやあんど』[3]などに収録する。

第二・三・四首目は夢二『夢のふるさと』に、それぞれ「ふみ」「涙」「お菊」の表題で収録されており、うち第二首目と第四首目は『夜の露台』にも、「春の宿」「蘭燈」の表題で採られている。また、「蘭燈」は本居如月《もとおりにょげつ》の作曲でセノオ楽譜としても出版された。

六　『月刊夢二ヱハガキ』画賛の伝承童謡

『月刊夢二ヱハガキ』には次のような伝承童謡にかかわる画賛が書き入れられている。前節までと同様の形式によって掲出する。

○やれとべとんぼ、それとべとんび

○あがり目、さがり目、ぐるっとまはって猫の目

（以上、第十二集・コドモヱハガキ・大正元年八月頃）（図67・図68参照）

第一首目は伝承童謡で、夢二は伝承童謡撰である『日本童謡撰　あやとりかけとり』に「動物25」として収録

図67　『月刊夢二ヱハガキ』第十二集
「やれとべとんぼ…」

図68　『月刊夢二ヱハガキ』第十二集
「あがり目さがり目…」

した他、『ねむの木』『歌時計』にも収めている。
　第二首目は遊戯歌に属する著名な伝承童謡で、早く江戸期の『幼稚遊昔雛形《おさなあそびむかしひながた》』四三番歌、『熱田手毬歌盆歌童諺附』九〇番歌として見えている。明治時代になっても岡本昆石《おかもとこんせき》『あづま流行時代子供うた』や北原白秋『日本伝承童謡集成』（新潟・福井・鳥取・山口の遊戯歌）に採られた。夢二自身も『ねむの木』に収録している。

○WCHI NO KO―NO―KO WA
　ITU DEKITA?
SANGWATU SAKURA NO
SAKU TOKINI
DORI DE OKAO GA SAK
URAIRO.
　「家のこの子はいつできた?／三月、桜の
　咲く時に／道理でお顔が桜色」
○OSHIRO NO WE NO HOS
HI NO KO KA?

MINAMI NO WMI NO YASI NO MI KA?
［お城の上の星の子か?／南の海の椰子の実か?］
○NENNE SINASARE MADA HI WA TAKAI
KURERYA O—TERA NO KANE GA NARU.
［ねんねしなされ、まだ日は高い／暮れりゃお寺の鐘が鳴る］
○O—YAMA NO O—YAMA NO KOUSAGI WA,
NANIYUE MIMI GA NAGAI NO KA?
BIWA NO WAKABA O TABETA YUE, SOREYUE O—MIMI GA NA
GO GOZARU.
［お山のお山の子兎は、何故耳が長いのか?／枇杷の若葉を食べた故、それ故お耳が長ござる］
（以上、第二十九集・ヱハガキ子守唄・大正三年一月頃）

夢二は童謡をしばしばローマ字表記した。これもその例である。ローマ字表記を採用した理由は明確にはできないが、夢二はイギリスの伝承童謡『マザー・グース』の何編かを翻訳しており、『マザー・グース』に対応する表記を志したためとも考えられる。また、ローマ字表記自体に、子供に夢を与える一方法という意味付けをしていた可能性もある。

第一首目は白秋『日本伝承童謡集成』の関東地方の子守歌である。第二首目も子守歌として伝承された童謡で、夢二は『日本童謡撰　あやとりかけとり』に収めた他、『ねむの木』『小供の国』『春のおくりもの』所収「小曲馬師」にも採っている。

第三首目は西日本を中心に広く歌われた子守歌で、『日本伝承童謡集成』には滋賀・大阪・和歌山・兵庫・広島・徳島・福岡・長崎などで採集されている。夢二も『日本童謡撰　あやとりかけとり』に収めている。また、『凧』所収「月の散歩」には「ねんねしなされまだ夜は夜中、明けりゃお寺の鐘が鳴る」という異伝歌が見える。

第四首目は類歌を江戸期の『幼稚遊昔雛形』五四番歌に見出せる子守歌で、『日本伝承童謡集成』にも東京に類歌が見える。夢二は『ねむの木』『凧』『青い船』及び『絵ものがたり　京人形』に採っている。

○カリカリワタレ、オキナカリハサキニ、チイサナカリハアトニ、ナカヨクワタレ

（第三十集・揺籃・大正三年二月頃）

これは類歌が、早く江戸期に尾張地方で採集されていた遊戯歌である。『熱田手毬歌盆歌童諺附』八六番歌、『尾張童遊集』九八番歌の童諺《どうげん》として見える。『日本伝承童謡集成』には京都・兵庫・岡山・島根・大分の動植物唄として採集されている。

○かげやとうろくぢん、十三夜のぼた餅

○ねたら丹波へ、おきたら京へ、おめがさめたらお江戸まで

（以上、第三十一集・コドモヱハガキ・大正三年三月頃）

第一首目は『流行《あづま》時代子供うた』六八番歌に収録された影踏み遊び歌である。『日本伝承童謡集成』にも東京の遊戯歌として見える。夢二はこの童謡を『日本童謡撰　あやとりかけとり』に「十三夜」と「遊戯歌33」として二度にわたって掲載している。さらに、大正元年筆の肉筆絵画にこの絵はがきと似た構図の絵を描き、この童謡を画賛として入れている。この絵は現在東京の竹久夢二美術館所蔵であるが、他にも類作があるという。

第二首目は『日本伝承童謡集成』に神奈川及び近畿地方の子守歌として採集されている。夢二自身は『ねむの

木』に収めた。

○つくしんぼ、つくしんぼ、彼岸のいりに、袴はいて出やれ
○橙《だいだい》父《とう》さん、かやゝかさん、みかん姉さん、金柑小僧
○雀はちう〳〵忠二郎、烏はかあ〳〵勘三郎、鳶はとやまの鉦叩き、一日叩いて米一舛
（以上、第六十八集・子供の歌・大正六年四月頃）

第一首目は『流行《あづま》時代子供うた』の一五六番歌として見える伝承童謡である。『日本伝承童謡集成』には動植物唄として、関東地方から長野・愛知・奈良・大阪・兵庫・香川・福岡・長崎にかけての広い地域で採集されている。夢二は小異の童謡を『日本童謡撰　あやとりかけとり』及び『歌時計』に収録している。

第二首目も伝承童謡で、夢二『日本童謡撰　あやとりかけとり』に「遊戯唄その他」として収録する。

第三首目は早く『熱田手毬歌盆歌童諺附』八二番歌に収録され、『日本伝承童謡集成』の動植物唄として新潟（遊戯唄にも）・千葉・愛知・三重・兵庫で採集されている。類歌はさらに多い。夢二はこの童謡を『ねむの木』に収めている。

七　『月刊夢二ヱハガキ』画賛の創作童謡

『月刊夢二ヱハガキ』には次のような夢二創作の童謡と思われる画賛が書き入れられている。前節までと同様の形式によって掲出する。

○どんなに悲しいときにでも、日本男児はなきませぬ、泣くのは涙ばかりです
（第十二集・コドモヱハガキ・大正元年八月頃）

この画賛は厳密には歌謡、それも童謡に分類できるか否かは疑問が残るが、大正前期に夢二が描いた肉筆絵画「日本男児」は、この絵はがきと同じ構図と画賛を持つ作品である。

○UKIMI YATSUSHI TE ORUMONO NO YOSONO TOTOSAN KAKASAN GA KOISHI TO YUTE NAKU TOINO

［憂き身やつしておるものの、余所の父さん母さんが、恋しと言うて泣くといの］

○TOWAIE TABINO SORA TOKU SHIRANU TITI HAHA ARUDE NASHI URARE TA MI JATOTE AKIRAMETA

［とはいえ、旅の空遠く、知らぬ父母あるでなし、売られた身じゃとて諦めた］

○OSHIROI TSUKE TE BENI TSUKETE FURARI FURARI TO DETE KURU WA TONBO GAERI KA DOGEMONO

［白粉つけて、紅つけて、ふらりふらりと、出てくるは、蜻蛉返りか、道化者］

○KUSHIKI NEIRONI OMOSHIROKU UKIYO OKASHIKU circus NO OTOME GA HIKERU UTAWAINO

［奇しき音色に面白く、浮世おかしくサーカスの、乙女が弾ける歌わいの］

（以上、第七十二集・KODOMONOSEKAI・大正六年八月頃）

これら四首はサーカス団をテーマにした歌謡群で、夢二の指向した大正モダンの欧風趣味が顕著に示されている。表記も第二十九集と同様にローマ字表記としている。

○HIROI SORA KARA FURU AME WA MINNA NO WE NI FURU

KEREDO KODOMO NO WE NIWA FURI MASENU
SORE WO KODOMO NO KAASAN GA SHYYAPO O KISETE KUR
ERU KARA ―〝DONDUG〟YORI―
［広い空から降る雨は、みんなの上に降るけれど、子供の上には降りませぬ／それを子供の母さんが、シャ
ッポを着せてくれるから ―『どんたく』より―］

○ANO MONBAN GA SHINDA NARA ANO KAKI TOTTE TABEYO
MONO ―〝DONDUG〟YORI―
［あの門番が死んだなら、あの柿取って食べよもの ―『どんたく』より―］

○NAKUNA YOKIKOZO TOKU NEMURE
NOKI NO SUZUME MO SU NI KAERI, KOINU MO HAHA NO
FUTOKORO E SORORI TO HAITTE NETASONA ―〝DONDUG〟YO
RI―
［泣くなよき子ぞ、疾く眠れ／軒の雀も巣に帰り、子犬も母の懐へ、そろりと入って寝たそうな ―『どん
たく』より―］

○KOTORI DE SAEMO SUWA KOISHI
WASHI GA UMARETA YAMA KOISHI ―〝DONDUG〟YORI―
［小鳥でさえも、巣は恋し／わしが生まれた山恋し ―『どんたく』より―］

（以上、第八十集・ROMAZI EHAGAKI・大正七年四月頃）

これら四首は『どんたく』から自選したものである。二十九集、七十二集を踏襲してローマ字表記としている。
○きんのたあま、きいらきら、ぎんのたあま、ぎいらぎら、くるくるまはって、天まであがる、しゃぼんだま。
○ぽっぽぽっぽとゆくきしゃの、あとからすゞめがとんでゆく。きしゃとすゞめと、どっちがはやい。どっちがはやい。
○もうい、かい。まあだ。もうい、かい。まあだ。もうい、かい。いないよ。
○かとうきよまさなるときも、とうごうたいしょをするときも、いつも刀がいりまする。日ようのひるかあさんが、おみやにくれたこのかたな。

(以上、第九十四集・童謡・大正八年六月頃)

これらも夢二創作の童謡であろう。第四首目の「かとうきよまさ(加藤清正)」の名は『夢のふるさと』にも見える。

八　夢二肉筆絵画画賛の歌謡

夢二には肉筆絵画中にも歌謡が画賛として書き入れられている例が散見する。これに関しては既に若干の例を紹介しておいた(4)。そこでは次のような作品と画賛を取りあげた。

①「爪切り図」(画賛)しのぶともよそへしらゆな、添はぬがうき世、名こそおしけれ
②「ねたかねなんだか図」(画賛)ねたかねなんだかまくらにとへば、まくらものゆた、ねたとゆた
③「忘れ団扇図」(画賛)涙なかけそ春の夜の、紅の小袖はかざすとも、いつ乾くべき灯の影に、泣きそな泣きそ春の鳥

④「三味線図」（画賛）うそと誠のふた瀬川、だまされぬ気でだまされて、すへは野となれ山となれ、わしが思ひは君ゆへならば、三股川の船の内、心のうちをおんさつし

⑤「秋の夜図」（画賛）秋の夜は長いものとはまんまるに、……

⑥「夜の雨図」（画賛）夜の雨、もしや来るかと萱草……

⑦「お夏狂乱図」（画賛）清十郎殺さばお夏も殺せ、いきてうきめをみせうより

⑧野長瀬晩花「三味線をひく女図」（画賛〈夢二〉）生る、も育ちも知らぬ人の子をいとほしいは何の因果その

これらの他にも、本書のなかで既に次のような例に言及した。再度掲出しておく。

⑨「盆おどり図」（画賛）さんやあ、逢ひに来たれど、戸はた、かれず、唄の文句でさとらんせ

⑩「かげやとうろくじん図」（画賛）かげやとうろくじん《（ママ）》、十三夜のぼた餅

⑪「日本男児図」（画賛）どんなに悲しいときにでも、日本男児はなきませぬ、泣くのは涙ばかりです

さらに次のような例を追加することができる。

⑫「人には告げそ図」（画賛）人には告げそ、人に知らゆな、袖も扇も

⑬「美人図」（画賛）霊山御山の青道か、うすら情の榧《かや》の実か

⑭「この夜ごろ屛風」（画賛）格子の外にしのびよる、夜をまたせて化粧のひまに、昨日別れた人をまつ、逢ふた時いふことを独言してはづかしや、この夜ごろ

また、画賛はないものの、「かごめかごめ図」もある。これは現代においても比較的著名な遊戯歌を歌って遊ぶ子どもを描いた肉筆絵画作品である。今後さらに、同様の例が見出せるものと思われる。

九　夢二文芸中の歌謡研究序説

既に述べてきたように、夢二の歌謡集・童謡集には先行歌謡をそのまま収録した例、先行歌謡の一部を改変した例、先行歌謡を念頭において新たに創作した例など、様々なレベルの歌謡が混在している。特に『三味線草』には先行歌謡をそのまま摂取した例が多い。このことについては、既に長田幹雄氏が『初版本複刻　竹久夢二全集』（昭和60年・ほるぷ出版）の『三味線草』解題の中で若干の指摘を行っている。それは古代歌謡に属する四首の典拠を神楽歌一首（「我妹子と、一夜肌ふれ……」）、催馬楽《さいばら》一首（「あげまきや、とうとう……」）、風俗歌二首（「かのゆくは雁か鵠か……」「あはれや、阿武隈に霧たちわたり……」）と指摘したものであり、有意義である。また、具体例は挙げずに、「隆達節歌謡」からも二十余首を摂取していることを述べてもいる。筆者は「隆達節歌謡」研究をライフワークとしているが、十数年前に偶然にも夢二の歌謡集を見る機会を得た。それは長田氏の研究に出会う以前のことであったが、その折、夢二の歌謡に「隆達節歌謡」を初めとする中世小歌圏歌謡や、『松の葉』『山家鳥虫歌』などの近世流行歌・民謡の類が原典のまま、もしくはほぼ原典に近似した形で摂取された多くの例を見つけ、驚いたものであった。絵画とは直接にかかわらない問題なので、ここで具体的に指摘することは避けるが、いずれ具体的に検討したいと考えている。

以上、『月刊夢二ヱハガキ』の画賛歌謡の紹介を中心に、夢二における歌謡とのかかわりの一端を明らかにしてきた。『月刊夢二ヱハガキ』にはこの他にも歌謡を画賛とした例が相当数見受けられるが、それらは歌謡としての出典を確認できないものが多い。今後、出典の解明を進めるとともに、夢二の肉筆絵画画賛や夢二文芸にも焦点を合わせて具体的に論じていくことが要求されるであろう。

十　神保朋世絵はがき画賛の歌謡

最後の浮世絵師と渾名された神保朋世《じんぼうともよ》にも、歌謡画賛入りの絵はがきが存在する。朋世は明治三十四年（一九〇一）に東京日本橋薬研堀に生まれ、平成六年（一九九四）三月に逝去した。享年九十三歳。若くして江戸浮世絵の流れを汲む鰭崎英朋《えびさきひでとも》に入門、後に伊東深水《いとうしんすい》に師事した。終生、挿絵画家として活躍し、代表作は『オール讀物』連載の野村胡堂《のむらこどう》『銭形平次捕物控』の挿絵であった。なお、平成九年（一九九七）には東京文京区の弥生美術館で「神保朋世展」が開催された。

ところで、東京渋谷区立松濤《しようとう》美術館で一九九二年に開催されたフランスのフィリップバロスコレクション蔵品による「絵はがき芸術の愉しみ展」には、瀬古大成堂発行の朋世筆の絵はがきが数点出品された。そのなかには次のような注目すべき歌謡画賛を持つ二葉の絵はがきがあった。

○恋にこがれて泣く蟬よりも、泣かぬ螢が身をこがす

○辛苦島田に今朝ゆたかみも、様がみだしやる是非もなや

これら二首の歌謡はともに『山家鳥虫歌』に収録される近世の流行民謡を画賛に用いた例である。前者は山城の一首、後者は淡路の一首で、ともに周辺の歌謡集に多くの類歌が認められる著名な歌謡と言える。なお、前者の「恋にこがれて……」は夢二も第四十九集・新版小唄ゑはがきのうち一葉の画賛に選んでいる。

付　潮来名勝絵はがきの歌謡

先年入手した明治時代末から大正時代頃発行の八葉組の写真印刷による絵はがきがある。(5) 朱色の袋には「潮来

出島のまこもの中に、あやめさくとはしほらしや」という著名な潮来節の歌謡が印刷されている。写真は八葉のうち六葉までが、潮来の水郷の風景で占められ、残る二葉は潮来の揚屋のなかで、芸子たちが〝あやめ踊〟と潮来節を披露している場面を写したと見られる。また、水郷の風景のうち三葉と揚屋の一葉には画賛の形式で潮来節が刷り入れられている（図69・図70・図71・図72参照）。次に掲出しておく。

○潮来出島の真菰の中に、あやめ咲くとはしほらしや、あやめ咲くとはしほらしや、シヨンガイナ（潮来水郷の風景写真）

○主と別れて松原行けば、松の露やらなみだやら、松の露やらなみだやら、シヨンガイナ（潮来水郷の風景写真）

○向ふ通るは清十郎ジヤないか、傘もようにた清十郎がさ、傘もようにた清十郎がさ、シヨンガイナ（潮来水郷の風景写真）

○揃ふた〳〵お踊子が揃ふた、秋の出穂よりよく揃ふた、秋の出穂よりよく揃ふた、シヨンガイナ（芸子たちが〝あやめ踊〟を踊る姿の写真）

第一首目は夢二も絵はがきの画賛に用いていた江戸期を代表する流行歌謡で、『山家鳥虫歌』に冒頭部分の歌詞が共通する原歌が見られ、その後の複数の歌謡集に類歌が収録されていることは前述した。末尾の「シヨンガイナ」は潮来節の特徴的な囃子詞であり、替え歌にも必ずこの囃子詞を付けたので、これによって潮来節として享受されたことが判明する場合すらある。また、この歌の流行はもじりの替え歌の存在によっても知られる。例えば、恋川春町『化物大江山』に「無洒落の深山の中によ、うどんあるとはコリヤ露知らず」と見える。

第二首目も夢二絵はがきのなかに画賛として用いられた著名な歌謡である。

第三首目は通常、清十郎節と呼ばれる歌謡である。お夏清十郎の悲恋物語を題材にして一世を風靡した江戸期を代表する一大流行歌で、前述した夢二の肉筆絵画「お夏狂乱図」の画賛の歌謡とともに、江戸時代の人口に膾炙した。この歌謡はこのようにもと清十郎節であるが、囃子詞「ションガイナ」によって、潮来節の替え歌として享受されたことがわかる。

第四首目はこのなかで唯一、芸子の踊る姿の写真に入れられた画賛で、歌詞の前に「あやめ踊」と記される。歌謡としては音数律及び囃子詞の存在から、潮来節として享受されたものであろう。「揃った揃った……」と歌い出す歌謡は諸国の盆踊歌に散見する。この第四首目ももとはそれらと同軌の歌謡であろう。

おわりに

以上、夢二絵はがきの画賛歌謡を中心に、絵はがきと歌謡とがかかわる例を紹介してきた。この絵はがきと類似した例に、ぽち袋がある。ぽち袋にも種々な絵によってデザインされたものが残っているが、そのなかには歌謡が書き入れられた例が散見する。貴道裕子『ぽちぶくろ―江戸文化の粋』（平成11年・里文出版）を繙けば、「宇治は茶所茶は縁所、娘やりたや婿ほしや」「伊勢は津でもつ津はいせでもつ、尾張名古屋は城でもつ」「わたしや備前の岡山育ち、米のなる木はまだしらぬ」「土佐はよいとこ南をうけて、さつま嵐がそよそよと」「安芸の宮しま廻れば七里、浦は七浦七夷」「ここは播州舞子の浜よ、向ふに見ゆるが淡路島」「高い山から谷そこ見れば」「犬べらぼうな心なし」等々の例が散見する。江戸趣味の絵はがきやぽち袋に画賛の形式で江戸期の流行歌謡が書き入れられたことは、常に庶民の指向や流行とともにあった歌謡の面目躍如というところであろう。

潮來出島の
眞菰の中に
あやめ咲くとは
しほらしや
あやめ咲くとは
しほらしや
ションガイナ
（潮來名勝）
潮來河岸の汽船の往來

図69　潮来名勝絵はがき「潮来出島の…」

主と別れて
松原行けば
松の露やら
なみだやら
松の露やら
なみだやら
ションガイナ
（潮來名勝）
潮來河岸渡舟場の風景

図70　潮来名勝絵はがき「主と別れて…」

向ふ通るは
清十郎ジヤないか
傘もようにた清十郎傘
傘もようにた清十郎がさ
ションガイナ
（潮來名勝）見返柳

図71　潮来名勝絵はがき「向ふ通るは…」

あやめ踊
揃ふた〳〵
お踊子が揃ふた
秋の出穂よりよく揃ふた
秋の出穂よりよく揃ふた
ションガイナ
潮來名物あやめ踊の光景

図72　潮来名勝絵はがき「揃ふた…」

注

（1）吉田という地名には現在の豊橋市説と東京説がある。
（2）この歌は中世には「宇治の川瀬の水車」と歌われ、近世に入ると「淀の川瀬の水車」と歌い替えられたことが吾郷寅之進『中世歌謡の研究』（昭和46年・風間書房）のなかで指摘されている。
（3）「唄ひ女」の歌謡の一部として挿入される。
（4）「近世歌謡の絵画資料」（国文学研究資料館編・古典講演シリーズ4『歌謡─文学との交響─』〈平成12年・臨川書店〉所収）
（5）写真絵はがきの歌謡資料については、宮武外骨のコレクションを無視することができない。それは現在東京大学法学部の地下にある明治新聞雑誌文庫に収蔵された膨大なコレクションであるが、その中に「をどり」として分類整理された二〇六枚の絵はがきの大半は歌謡が印刷されており、ここに紹介した潮来名勝絵はがきと同一の性格を有している。今後の詳細な位置付けが待たれる。なお、一部については金丸弘美『宮武外骨絵葉書コレクション』（平成9年・無明舎出版）に掲載されている。

【表紙カバー図版解説】

いせ辰《たつ》江戸千代紙「かまわぬ（鎌〇ぬ）」

「かまわぬ（鎌〇ぬ）」は江戸期を代表する判じ物の意匠で、奴や侠客といったかぶき者の衣装の柄として見える。これは草を刈る鎌の絵と、丸い輪の絵と、平仮名の「ぬ」で、同音の「構わぬ」を表現したものである。自らの言動には一切「お構いなし」と虚勢を張った公言の表明と考えられる。古く江戸時代初期の明暦・万治年間（一六五五～一六六二）の版本『京童』『可笑記』『百物語』『竹斎狂哥物語』等の挿絵に散見する。その後、文化年間（一八〇四～一八一八）に至って山東京伝が自作の戯作の挿絵としてリバイバルさせ、京伝と親交のあった七代目市川団十郎が舞台上で「かまわぬ（鎌〇ぬ）」の意匠を用いて大当たりを取り、「三舛」と並ぶ団十郎のトレードマークとなった。

この「かまわぬ（鎌〇ぬ）」に代表される判じ物は享保年間（一七一六～一七三六）をひとつのピークとして大いに流行し、本書掲載の『はんじ物づくし　当世なぞの本』（図49・50）の例のように、歌謡詞章を判じ物に仕立てたものまで登場するに至った。同じ頃、菊屋《きくや》七郎兵衛《しちろべえ》・菱屋治兵衛《ひしやじへえ》・鶴屋喜右衛門《つるやきえもん》などの書肆が競うように判じ物の草子を刊行していることも見逃せない。（室町千代紙　成田屋かまわぬ　版権所有　いせ辰）

【口絵図版解説】

夢二《ゆめじ》「ねたかねなんだか」枕屏風

夢二の代表的な枕屏風。何点か現存するが、ここには夢二郷土美術館所蔵の一点を掲載した。この屏風には近世の流行歌「ねたかねなんだかまくらにとへば、まくらものゆた、ねたとゆた」を画賛に入れる。この歌謡は早く『鄙廼一曲』淡海（近江）の国杵唄《きねうた》、臼曳歌《うすひきうた》にも諷《うた》ふ唄に「寝たか寝ぬのは枕が証拠、枕もの言へ晴れやかに」と見え、また京都地方子守唄に「寝たか寝なんだか枕に問えば、枕もの言うた、寝たと言うた」などがある。江戸時代以来の愛唱歌である。夢二はこの歌謡を書き入れた屏風を愛好したようで、自らも使っていたようである。夢二の愛人であったお葉がこの枕屏風を背景に写っている写真が存在していることからもそれが知られよう。本書一九二頁参照。

夢二「お夏狂乱図」

夢二郷土美術館蔵。夢二にはこの図の類作「お夏清十郎図」もある。お夏清十郎の物語は当時の世間の耳目を集めた実話で、それを脚色した井原西鶴『好色五人女』所収の物語や、近松門左衛門『五十年忌歌念仏』は著名である。事の経緯は姫路の旅籠屋であった但馬屋の娘お夏と、手代の清十郎が叶わぬ恋をするところから始まる。二人は駈け落ちするが遂に捕えられ、清十郎は処刑となり、お夏は狂乱する。画賛には〝清十郎節〟と呼ばれる著名な歌謡「清十郎殺さばお夏も殺せ、いきてうきめをみせうより」が書き入れられている。本書一九三頁参照。

『七十一番職人歌合《しちじゆういちばんしよくにんうたあわせ》』所収「放下《ほうか》」

室町時代成立の絵巻『七十一番職人歌合』に見える放下師の絵。画中詞は「うつゝなのまよひや」とある。これは出典未詳ながら放下師が諸国遊行の際に歌い歩いた歌謡であろう。放下師の歌謡として著名なものに、『閑吟集』所収の「面白の」で始まる物尽くしの歌二首、他一首がある。本書四五頁参照。

『七十一番職人歌合』所収「鉢扣《はちたたき》」

『七十一番職人歌合』に見える鉢扣の絵。画中詞は「昨日みし人けふとへば」とある。これは『無常和讃』に「きのふみし人はいづくとけふとへば、谷ふくあらし、みねの松かぜ」とある他、和讃系の仏教歌謡に多い類型表現である。鉢扣は空也僧であるから、浄土教信仰に基づいたそれら和讃系歌謡を市中で歌い歩き、茶筅を売ったのである。本書四五頁参照。

白隠《はくいん》「おたふく女郎図《じよろうず》」

大阪教育大学小野研究室蔵の白隠禅画一軸。画賛は「おふくは鼻のひくひ代りに、瞼が高ふて好ひおなごじやの、なんのかのてゝ、いつかひおせわでござんす」であるが、通常この画賛を持つ「おたふく女郎粉引歌」の構図は、お福が座りながら石臼で粉を挽いている姿である。しかし、この絵のお福は立ち姿で、これから挽く穀物を笊に入れて両手で持っている姿を描く。これまでのところ他の類作が見当らない、きわめて珍しい特異なおたふく図と言える。お福の着物の紋は「寿」字であり、挽き臼の傍らには煙草入れと煙管が置かれているが、それらは遊女としてのお福を象徴するもので、白隠の描く他のお福図と共通している。本書八六頁参照。

仙厓《せんがい》「指月布袋図《しげつほていず》」

仙厓の禅画の中でももっとも著名な作品。出光美術館蔵。構図は布袋が子どもを連れたいわゆる携童図で、仏教の悟りの象徴である天空の月を指差す。画賛は「を月様幾つ十三七つ」という江戸期を代表するわらべうたの一節が書き入れられている。本書一〇八頁参照。

仙厓「鈴鹿峠図（乙）」

出光美術館蔵の仙厓の禅画。画賛は「坂は照る〳〵、鈴鹿は曇なし」であるが、これは江戸期の一大流行歌〝小室節〟の「坂は照る照る、鈴鹿は曇る、間《あひ》の土山雨が降る」をもとにしている。絵は鈴鹿の馬子が三人の人を乗せた馬を曳く構図をとる。『月刊夢二ヱハガキ』第十六集「諸国名所ゑはがき」の一葉にこの歌謡を画賛に書き入れた例が見られる。本書一〇五頁参照。

仙厓「牛若弁慶五条橋図」

出光美術館蔵の仙厓の禅画。画賛は「蝶々とまれ、なたねの花こふてくわしよ」である。これは江戸時代の元文年間（一七三六～四一）頃からのわらべうたで、今日でも入口に膾炙した「蝶々とまれ、菜の葉にとまれ、菜の葉が（に）飽いたら桜（木・手）にとまれ」をもとにした画賛である。本書一〇九頁参照。

ぽち袋「宇治は茶所…」

ぽち袋とは小型の御祝儀袋のことで、主として関西で用いられる語である。「ぽち」は少量を意味する「ぽっちり」に語源があるものと言われる。今日では正月にお年玉袋として用いられるものがこれに近い。江戸時代末期から明治、さらには戦前にかけて多くのぽち袋が摺られた。

ぽち袋には絵とともに文字が摺られた例も多いが、その中には歌謡も散見する。ここには「宇治は茶所、茶は縁所、娘やりたや、婿ほしや」という江戸時代の流行歌謡が摺り込まれている。これに近似する歌詞は『麓廼塵』や『浮れ草』に収録されているが、白隠の「円相図」の画賛としても類歌が記された例がある。また、「月刊夢二ヱハガキ」第三十二集「山の小唄」の一葉にもこの歌謡を画賛とした例が見られる。詳細は本書九三頁・一七九頁及び一九七頁参照。（里文出版『ぽち袋―江戸文化の粋』より転載）

ぽち袋「伊勢は津でもつ…」

このぽち袋には「伊勢は津でもつ、津はいせでもつ、尾張名古やは城でもつ」とある。これは今日でも人口に膾炙した伊勢音頭の歌詞に他ならない。伊勢音頭は伊勢神宮から発して全国に広がった歌謡。もとは伊勢神宮の二十年に一度の式年遷宮の際に材木を運ぶ木遣唄の系統を引くものらしい。（里文出版『ぽち袋―江戸文化の粋』より転載）

ぽち袋「わたしや備前の…」

このぽち袋には「わたしや備前の岡山育ち、米のなる木はまだしらぬ」とある。これは岡山県都窪郡地方の民謡で、「米のなる木」と称される歌である。伝承によれば藩主の池田光政が備前藩の威勢を誇示するために、参勤交代の道中に一行の者たちに歌わせたという。このパターンの歌謡は各地の民謡として定着している。山形の石切唄に「わたしや羽前《うぜん》の山形育ち、石も硬いが手も硬い」、串本節に「わたしや串本両浜育ち、色の黒いは御免なれ」、大島節に「わたしや大島、御神火育ち、胸に煙は絶えはせぬ」、牛飼節に「わたしや三原の山家の育ち、小牛育てて日を送る」、三春甚句《みはるじんく》に「わたしや三春町五万石育ち、お国自慢の盆踊」など枚挙にいとまがない。（里文出版『ぽち袋―江戸文化の粋』より転載）

「しんぱんちんはん（ママ）づくし」

大阪教育大学小野研究室蔵のおもちゃ絵。錦絵の一枚摺りで、上部に「しんパんちんハンづくし」というタイトルが見える。山口版。横に五コマを縦に七段組とした全三十五コマに絵と歌謡を割り付ける。絵及び歌詞は〝ちんわん節〟の中でも古態を留める一品である。本書一三九頁参照。

『月刊夢二ヱハガキ』第八集「親は他国に…」

明治45年4月頃の発行と推定される『月刊夢二ヱハガキ』第八集「小唄ゑはがき」の一葉。「小唄ゑはがき」は前月の第七集に引き続きこの第八集でも採用された。この一葉の画賛は「親は他国に、子は島原に、さくら花かや、ちり〴〵に」とある。これは元禄年間（一六八八〜一七〇四）から享保年間（一七一六〜一七三六）にかけて流行した歌謡で、『松の葉』に収録されている。本書一七四頁参照。

『月刊夢二ヱハガキ』第八集「山がたかうて…」

明治45年4月頃の発行と推定される『月刊夢二ヱハガキ』第八集「小唄ゑはがき」の一葉。この一葉の画賛は「山がたかうて、あの家がみえぬ、あのやかあいや、山にくや」である。これは第二句目を「故郷がみえぬ」として人口に膾炙した歌謡で、その替え歌が〝山中節〟〝山々くずし〟などとして伝承されてきた。本書一七四頁参照。

『月刊夢二ヱハガキ』第十六集「二度とゆくまい…」

大正元年12月頃の発行と推定される『月刊夢二ヱハガキ』第十六集「諸国名所ゑはがき」の一葉。この一葉の画賛は「二度とゆくまい、丹後の宮津、縞の財布が、空になる」である。これは〝宮津節〟としてよく知られた民謡であるが、『山家鳥虫歌』所収の「又と行くまい、湯原の湯へは、三坂三里が憂い程に」が元歌と思われる。本書一七六頁参照。

『月刊夢二ヱハガキ』第十六集「坂は照る〲…」

大正元年12月頃の発行と推定される『月刊夢二ヱハガキ』第十六集「諸国名所ゑはがき」の一葉。この一葉の画賛は「坂は照る〲、鈴鹿はくもる、間の土山、雨が降る」である。これは〝小室節〟〝鈴鹿馬子唄〟として著名な歌である。なお、仙厓にはこの歌謡をアレンジした画賛を持つ「鈴鹿峠図」が存在する。本書一〇五・一七六頁参照。

『月刊夢二ヱハガキ』第十六集「箱根八里は…」

大正元年12年頃の発行と推定される『月刊夢二ヱハガキ』第十六集「諸国名所ゑはがき」の一葉。この一葉の画賛は「箱根八里は、馬でも越すが、越すに越されぬ、大井川」である。これは〝箱根長持唄〟〝箱根雲助唄〟などと称された著名な歌謡で、東海道を旅する人々の間で有名な難所二箇所を歌ったものである。『延享五年小哥しやうが集』『春遊興』などの歌謡集の他、『俚言集覧』『譬喩尽』などの俚諺集にも見え、一種の慣用句としても人口に膾炙していたことがわかる。本書一七六頁参照。

『月刊夢二ヱハガキ』第三十二集「ふじのしら雪…」

大正３年４月頃の発行と推定される『月刊夢二ヱハガキ』第三十二集「山の小唄」の一葉。この一葉の画賛は「ふじのしら雪、あさひでとける……」である。今日この歌謡は伊豆三島の民謡〝農兵節〟として知られる。古くは貞享年間（一六八四〜一六八八）の歌舞伎狂言「椀久浮世十界」の出端名のりのせりふの詞にも見える。また、『山家鳥虫歌』『春遊興』『浮れ草』などの江戸期民謡集にも収録されている。本書一七八頁参照。

『月刊夢二ヱハガキ』第三十二集「宇治は茶どころ…」

大正３年４月頃の発行と推定される『月刊夢二ヱハガキ』第三十二集「山の小唄」の一葉。この一葉の画賛は「宇治は茶どころ、ちやは縁どころ、娘やりたや、婿ほしや」である。これは江戸時代の流行歌謡に他ならない。これに近似する歌詞は『麓廼塵』や『浮れ草』に収録されているが、白隠の「円相図」の画賛としても類歌が記された例がある。なお、ぽち袋にもこの歌謡が摺り込まれたものを見ることができる。本書一七九頁参照。

『月刊夢二ヱハガキ』第四十九集「恋にこがれて…」

大正4年9月頃の発行と推定される『月刊夢二ヱハガキ』第四十九集「新版小唄ゑはがき」の一葉。この一葉の画賛は「恋にこがれて、泣く蟬よりも、なかぬ蛍が身を焦す」である。これは『山家鳥虫歌』山城に収録される古い歌謡で、その淵源は室町小歌に求めることができる。本書一八一頁参照。

「ちんわんぶし（仮称）」

大阪教育大学小野研究室蔵のおもちゃ絵。錦絵の一枚摺りで、縦七コマを横に六列組とした全四十二コマに絵と歌謡を割り付ける。コマ部分の上には越後獅子の軽技芸が描かれている。左端には「明治廿一年二月五日印刷　麻布区飯倉町五丁目四十八番地　印刷者小川敬蔵」「明治廿一年二月十一日出版　著作兼発行者　日本橋区通三丁目一番地　石島八重」とある。絵及び歌詞は本書で紹介した芳藤画・文正堂版の〝ちんわん節〟に近似しており、その影響下に成立したものと考えられる。本書一三九頁参照。

【本文図版解説】

図1　『高窠帖《たかまつじょう》』所収「梁塵秘抄切《りょうじんひしょうぎれ》」（4頁）

［翻字］　たをうたはせたまふといひけるとき／きてよもあらしものをことになけ／たるところきけとてやをらゆきて／たちきくにこのこゑやますうたひ

［解説］　三井文庫蔵の手鑑『高窠帖』に押された『梁塵秘抄』の断簡一葉で、その編者である後白河院宸筆と伝えられる。『梁塵秘抄』は今日では、そのごく一部分しか伝存していない幻の歌謡資料として貴重である。元来は平安時代末期に流行した今様とその他の雑芸歌謡の詞章（歌詞）を収録した十巻と、当時の歌謡をめぐる説話や歌い方の奥義を記す十巻の合計二十巻から構成されていたとされる。この断簡はそのうち、『梁塵秘抄口伝集』と称される後者の一節に当たるものと推定される。「た」は歌謡の名称が「た」で終わる神歌、長歌、田歌、早歌のいずれかの雑芸歌謡（広義の今様）のことであろう。その歌謡の歌い方は「なけ（げ）たるところ」とあることか

ら、後代の投節のように音を投げて歌ったことが推定される。この断簡のツレには『高窠帖』所収断簡と同様の鳥・蝶・宝相華《ほうぞうげ》唐草《からくさ》の金泥下絵を持つ本願寺蔵手鑑所収断簡、穂久邇文庫蔵断簡、上野学園日本音楽資料室蔵断簡がある。

図2「隆達節歌謡《りゅうたつぶしかよう》」（慶長十年九月本）末尾断簡（6頁）

［翻字］　一あちきない物しやしのはすに／そはひて／一行もあらしもとるもあら／しあせうしと花の散候／一夏衣我はひとへにおもへと／も人の心のうらやあるらん／一うつゝなやおもふましとは／おもへとも君のなさけのふ／かけれは／一つゝめともかくれなき身は／夏むしのみよりあまれる思ひ哉／一後生をねかひうき世もめ／されの朝顔の華の露より／あたな身を／一見めかよけれは心もふかしは／なにゝほひのあるもことはり／一そとしめてたまふれの手／跡のついて名のたつに／一よしやおもはしとはおも／へとも心まかせにならぬよの／自菴／慶長十年九月日　隆達／茶屋／又四郎殿

［解説］　安土桃山時代から江戸初期にかけての代表的流行歌謡の「隆達節歌謡」の歌本の断簡。「隆達節歌謡」は堺に住した高三隆達が室町小歌の流れを汲む詞章に独特の節付けをして歌い出した歌謡で、戦国の世に生きる人々の愛唱するところとなった。この断簡は本来「慶長十年九月伝角倉素庵筆茶屋又四郎宛百首本」と称すべき百首から成る歌本であった。光悦本または嵯峨本と呼ばれる本阿弥光悦の意匠による金銀泥下絵入りの豪華料紙が用いられている。その百首の巻子本が後代に切断され、今日では焼失したものも含めて七種の断簡が確認できる。しかし、配列から検討してさらに三種程の未発見の断簡が存在するものと推定される。ここに掲載した断簡は、それらの最末尾に当たるもので、角倉素庵筆と言われる「隆達節歌謡」九首と隆達自筆の署名・年紀（慶長十年〈一六〇五〉）・宛名が記されている。この九首は「外百首」と称された「隆達節歌謡」の中では比較的例の少ない歌群である。（講談社『水墨美術大系』十巻より転載）

図3『絵本倭詩経《えほんやまとしきょう》』第一首目（11頁）

［翻字］　本文中に掲出。

［解説］　江戸時代には多くの庶民教訓の歌謡が創作され、また歌謡集も刊行された。『絵本倭詩経』はそのひとつで、明和七年（一七七〇）冬に編者の馬山樵夫なる人物が序文を記し、翌年正月に大坂呉服町の池田屋岡田三郎右衛門から出版された。全三冊で、見開きの各丁に絵を大きく描き、画賛の形式で近世小唄調（三・四／四・三／

三・四／五）の教訓歌謡を書き入れる。さらに左右のいずれかにその歌謡にかかわる註解を付している。註解には多くの漢籍が引用され興味深い。ここでは架蔵本を用いた。この写真は第一首目を掲載する見開き頁である。その歌謡は親孝行を説く教訓歌謡で、『易経』『淮南子』を引用した註解を付ける。

図4　『絵本倭詩経《えほんやまとしきよう》』第十首目（11頁）

［翻字］　竹《たけ》の／丸橋《まるはし》／様《さま》と／なら／渡《わた》／ろ／落《おち》て／死《し》／ぬる／と／もろ／とも／に

（註解）白氏《はくし》長慶集《ちやうけいしう》長恨歌《ちやうこんか》云《にいわく》在《あらば》レ天《てんに》願《ねがわくは》作《なり》二比翼《ひよくの》鳥《とりと》一在《あらば》レ地《ちに》願《ねがわくは》為《ならん》二連理枝《れんりのゑだと》一是は玄宗皇帝《げんそうくはうてい》／楊貴妃《やうきひ》と天宝《てんはう》十年七月七日牛女《たなばた》の事に感《かん》じて夫婦《ふうふ》の誓《ちかひ》をなしたまふ詞《ことば》なり／大鏡《おほかゞみ》に曰《いわく》村上天皇宣耀殿《むらかみてんわうせんゑうでん》の女御《にようご》に給《たまは》る歌《うた》にいきての世《よ》しゝての後《のち》の後の世も羽《はね》を比《ならぶ》る／鳥《とり》となりなん女御の返《かへ》しにあきになすことのはだにもかはらずば我《われ》もかはせる枝《ゑだ》と／なりなん弘法大師《こうぼうだいし》も夫妻《ふさい》猶《はなを》如《ごとし》レ瓦《かわらの》　夫婦の間は水ももらぬやうに懇《ねんごろ》にすべしと／のたまへり誠《まこと》に夫婦《ふうふ》の契《ちぎり》かくむつまじくあるべき事にや

［解説］　図3と同じ架蔵本『絵本倭詩経』上巻の第十首目掲載の見開き頁。第十首目は偕老同穴を歌う祝言歌謡で、註解には『長恨歌』や『大鏡』などの和漢の古典を引用する。

図5　『山家鳥虫歌《さんかちようちゆうか》』挿絵（12頁）

［翻字］　本文中に掲出。

［解説］　明和八年（一七七一）冬に天中原長常南山が序を付し、翌年に刊行した近世民謡集。国別に日本全国の民謡を集成するが、そこに採られた歌は労作歌のようなものはほとんどなく、大半は当時の流行歌である。都市の流行歌のうちのどれくらいの数量が地方に伝播したかを知る意味でも格好の資料と言える。また、各国の風俗や人情について『人国記』をもとにして記した部分もあり、江戸時代の風土記的性格も有する。刊本の他に『諸国盆踊唱歌』という外題の写本で伝わる異本系統もあり、江戸時代末には柳亭種彦が所持していたことで知られる。刊本は高木市之助氏旧蔵本が知られ、写本は東洋文庫（岩崎文庫）蔵本他がある。この写真は山城国と大和国の歌謡群の間にある挿絵の祝言歌謡で、絵は川岸で舞う二人の千秋万歳法師を描く。（岩波文庫『山家鳥虫歌』より転載）

図6　『潮来絶句《いたこぜつく》』第七丁裏～第八丁表（14頁）

［翻字］　ひくれ〳〵に／あなたの／そらを／見ては／おもはす／そてしほる／日‐日《じつ〳〵》 翠‐楼‐夕《すいらふのゆふべ》／妾‐上 望《しやうはのぼつてのぞ》‐依‐依《みい、たり》。／只有《たゞあり》二相《あひ》‐思‐切《おもふのせつなる》一。／不《おほへ》レ覚涙 霑《ずなんだうるをす》レ衣《ころもを》。／すそ

を／とらへてこれ／きかしやんせ／じつしや／まことしや／うそしやない／欲《ほっして》レ別《わかれんと》率《ひく》二郎《ろふか》-裳《もすそを》一／郎《ろふ》聴《きけ》二心《しん》-中《ちうの》一事《ことを》一。／唯《たゞ》妾《せうは》実《じつと》与レ真《まことのみ》。／何為《なんすれぞ》言《いはん》二虚《きよ》-偽《き》一。

［解説］　享和二年（一八〇二）正月に刊行された葛飾北斎画の流行歌謡集。編者は富士唐麿（藤堂良直）で、江戸吉原仲の町の難波屋の芸妓たちの得意とした流行歌の潮来節の歌詞とその歌意を五言絶句に仕立てた本文を絵の画賛のように配置し編集したもの。本書は幕府から発禁処分を言い渡され、遂には絶版に至った。今日その完本を得ることは難しいとさえ言われる幻の歌謡集である。国立国会図書館、葛飾北斎美術館等所蔵。写真はそのうち国立国会図書館本の第七丁裏と第八丁表の見開きで、二首の潮来節とその意味に基づいた五言絶句を収録している。

図7　『幼稚遊昔雛形《おさなあそびむかしひながた》』挿絵（16頁）

［翻字］　本文中に掲出。

［解説］　天保年間（一八三〇～一八四四）に刊行された江戸期の絵入童謡集。万亭応賀の編著で、絵は静斎英一が担当。子どもの遊戯の様子を大きく描き、その際に歌われる童謡を脇に収録する。江戸後期の子どもの遊びの実態を教えてくれる貴重な歌謡集。西尾市立図書館岩瀬文庫所蔵。この挿絵は江戸時代を代表する子どもの遊び「子をとろ子とろ」を絵画化し、その遊び方と歌を文字によって書き入れている。（柳原書店『近世童謡童遊集』日本わらべ歌全集27より転載）

図8　曼殊院《まんしゅいん》本『是《ぜ》害房絵《がいぼうえ》』下巻第一図（23頁）

［翻字］　本文中に掲出。

［解説］　作者未詳の中世成立着彩絵巻。鎌倉時代末期には既に成立していたと考えられる。内容は主人公の唐の国の天狗是害房（善界坊とも表記）が来日して術くらべの勝負を挑むが、ことごとく敗れ、湯治の後帰国するといういきわめて説話的なものである。絵の画中詞として多くの謡い物が記され、歌謡資料としても貴重である。ここに挙げた部分は曼殊院蔵絵巻の下巻第一図で、天狗の謡い物四首がカタカナ表記の画中詞として見える。（角川書店『天狗草子・是害房絵』新修日本絵巻物全集27より転載）

図9　東京国立博物館本『鼠《ねずみ》の草子《そうし》』第四図（40頁）

［翻字］　（上段右から）そう奉行人／ひこのかみ／あすはとの、／よねつき／あねこ／ぬきあけ／ぬきをろし／とつち〳〵と／つかふよ／よね／めつらしき／うへさまへ／あけ申へき／ために／たき、に／花を／おり／そへて

／まかり／かへるなり／あらくたひれ／このみは／あたらしくて／ふかれ申さぬそ／ねいろ〱ねゝつこ／ないてねうに／とられるな／もりやゝこ／いかにやゝことも か／さきにて／よね／いそけとも／はやこしか／かゝみて／ならないそ／かうはいとの／水か／にこり／くまれぬそ／ねゝ／にこりは／かはつの／わさ／よな／あれ〱／なにこと／するかな／かうはい／こひし／ゆかしと／やる文を／せたの／なかはして／おとした／あらなさけ／なの文の／つかひや／ちよとも／をれも／こひしと／いふふみを／とこそ／やらにて／をとした／をとめ

［解説］『鼠の草子』は室町時代物語のなかでも比較的よく知られた異類譚をもとにした着彩の絵巻である。この絵巻には東京国立博物館蔵本、サントリー美術館蔵本、桜井慶二郎氏蔵本、天理図書館蔵本、同別本などがあり、それぞれ本文や画中詞に小異がある。ここでは東京国立博物館蔵本第四図を掲載した。下段には『閑吟集』に類歌のある著名な室町小歌「こひ（恋）しゆかしとや（遣）る文をせた（瀬田）のなかはし（長橋）てお（落）としたあらなさけな（情無）の文のつかひ（使）や」が画中詞として見える。

図10 『七十一番職人歌合《しちじゆういちばんしよくにんうたあわせ》』白拍子《しらびようし》・早歌《そうが》うたひ（45頁）

［翻字］ 本文中に掲出。

［解説］ 中世になると雅とは異なる俗への関心も次第に強まっていった。そのひとつが職人への関心であった。職人の詠じる短歌形式の歌、それは和歌とは次元を異にする狂歌であったが、それを歌合の形式に準えて番え、職人の絵とともに絵巻とした作品が生み出された。『東北院職人歌合』や『鶴岡放生会職人歌合』、『三十二番職人歌合』がそれであった。そして遂には絵の傍に書き入れる画中詞に職人の日常の口語を置く作品が誕生した。それが『七十一番職人歌合』であった。ここに取り上げられた職人の中にはいわゆる芸能者も多く含まれ、その芸態を知るうえでも貴重である。『七十一番職人歌合』は群書類従にも収録され、その版本として刊行された。ここでは架蔵の群書類従版本を用いた。白拍子は白装束を着し、右立て膝をして右手に扇を持つ。また小鼓を傍らに置く。早歌うたひは黒装束で坐し、帯刀している。また白拍子と同様に右手に扇を持つ。

図11 『おどりの図』住吉踊《すみよしおどり》（52頁）

［翻字］ 住よしおとり／すみよしの／きしの／姫松／めてたさよと／うたひおさまり／し代に／大伴家持／すへらきの／御代さか／へんと／あつまなる／みちのく山に／金花さく／此御代より／よすか／よかるへき／これの

おうらに／いとほれは／水はわかいてかねかわく

［解説］　国立国会図書館蔵『おどりの図』は近世前期の風流踊の様子を描く彩色絵巻で、元禄年間頃の成立と言われる。類本は他に奈良県立美術館蔵『踊り絵巻』、センチュリー文化財団蔵『踊尽草紙』があり、さらに今日所在不明の『思文閣墨蹟資料目録』第百六十六号（昭和61年5月）掲載絵巻がある。ここに挙げた住吉踊には金地の団扇を右手に持って踊る十二人の踊衆の姿が描かれている。詞書の「きし(岸)の姫松めでたさよ」がその踊歌の歌詞の一節である。

図12　『おどりの図』唐子踊《からこおどり》（52頁）

［翻字］　から子おとり／太鼓かつこ／てん〳〵／から子と／打おさ／まりし／おほん代の／めくみ／久かたの／雲井／はるかに／吹あくる／笛の音／ことにおもしろく

［解説］　図11と同じ国立国会図書館蔵『おどりの図』の唐子踊の部分。唐子踊は中国風の装いの総勢十四人の人物を描く。

図13　『おどりの図』泡斎踊《ほうさいおどり》（53頁）

［翻字］　ほうさいおとり／ねんふつ／おとりは／かふの／ほさつの／まねにや／あらん／しゆしやうなる／折からに／見物の／中より／口のよき人／出て此うちに／あほうさい坊の

［解説］　図11以下と同じ国立国会図書館蔵『おどりの図』の泡斎踊の部分。泡斎踊は念仏踊の一種で、法衣を着た十三人の僧形の人物が画面に描かれている。

図14　『おどりの図』指物踊《さしものおどり》（53頁）

［翻字］　さし物おとり／大男の／あらしゆつ／なやと／かほ／うち／しかめ／ちからの／有ほと／つくし成／さし物／おとり／思ひ心地／なんし／けり（冒頭の「うちわらいし／おかしさ」は前掲泡斎踊の末尾の詞章）

［解説］　図11以下と同じ国立国会図書館蔵『おどりの図』の指物踊の部分。指物踊は背に三本の旗指物を立て胸に大太鼓を提げた五人の男衆を中心に描かれる。

図15　「名所《めいしょ》花《はな》紅葉《もみじ》図《ず》」（66頁）

［翻字］　本文中に掲出。

［解説］　近世初期風俗画。寛文・延宝年間（一六六一～一六八一）頃成立か。昭和五十年（一九七五）正月開催の「古書逸品展示大即売会」に出品され、同即売会目録に写真が掲載された。ツレの絵から判断して大きさは縦横二〇糎程度の小型の風俗画と推定される。「名所花紅葉図」は最上段に紅葉の高尾山を、中段に桜の吉野山を、そして下段右には藤の野田を描く。そして下段左には四

人の人物が見えるが、そのうち右から二人目が若衆風の人物で、歌詞の「様の立ち姿」にふさわしい人物と思われる。（笠間書院『近世歌謡の諸相と環境』より転載）

図16「かぶろ図」（69頁）

［翻字］本文中に掲出。

［解説］近世初期風俗画。寛文・延宝年間頃成立か。昭和四十九年（一九七四）正月と昭和五十一年（一九七六）正月に開催された「古書逸品展示大即売会」に出品され、同即売会目録にそれぞれ写真が掲載された。この絵は近年また市場に姿を見せた。すなわち平成九年（一九九七）十一月開催の「古典籍下見展観大入札会」に出品されたのである。同入札会目録では、大きさが縦二〇・五糎、横一七・五糎と記され、小型の風俗画であることが判明した。「かぶろ図」は邸内の女がかぶろと対面している際に、来訪した男（殿）を左に描く。（笠間書院『近世歌謡の諸相と環境』より転載）

図17「宇治川図《うじかわず》」（72頁）

［翻字］本文中に掲出。

［解説］近世初期風俗画。寛文・延宝年間頃成立か。昭和四十九年（一九七四）正月開催の「古書逸品展示大即売会」に出品され、同即売会目録に写真が掲載された。ツレの絵から判断して大きさは縦横二〇糎程度の小型の風俗画と推定される。「宇治川図」は川の洲崎で布を晒す労働に従事する女性たちと、漁をする小舟を描く。（臨川書店『歌謡―文学との交響―』より転載）

図18「野菊図《のぎくず》」（73頁）

［翻字］本文中に掲出。

［解説］図17と同じ即売会に出品された。「野菊図」は画面下に野菊と薄を入れ、一組の男女がそれぞれ供の者とともに出逢う場面を描いている。（臨川書店『歌謡―文学との交響―』より転載）

図19「太夫弾琴図《たゆうだんきんず》」（79頁）

［翻字］本文中に掲出。

［解説］京都の花街であった島原の揚屋の饗宴の文化をいまに伝える角屋保存会には何点かの絵画が残されている。その中に楽器を演奏する太夫の図が二点存在するが、その演奏に合わせて歌ったと思われる歌謡の詞章が画賛として記される。「太夫弾琴図」は太夫が琴を弾く優美な姿を右下がりの構図で描き、画賛を散らし書きで入れる。

図20「三味線《しゃみせん》をひく太夫図《たゆうず》」（80頁）

［翻字］本文中に掲出。

［解説］図19と同じく楽器を演奏する太夫の図。「三味

線をひく太夫図」は鉢巻に襷掛けの太夫が椅子の上で三味線をひく姿を右斜めからの構図で捉える。

図21「鮭《さけ》と鳥図《とりず》」（84頁）

［翻字］本文中に掲出。

［解説］江戸時代中期に出て臨済宗中興の祖とも呼ばれた白隠慧鶴（貞享二年〈一六八五〉～明和五年〈一七六八〉）は、多くの書・画を残した。白隠の絵画には禅機画以外に、戯画と言うべきものが相当数存在する。それらの画賛のほとんどすべてに漢文の偈、和文の世語が書き入れられている。世語にはしばしば歌謡の断片や翻案と見られる例が認められるが、それは白隠が庶民教化のために教訓歌謡を創作したことと軌を一にしている。「鮭と鳥図」は瀬を泳ぐ二匹の鮭と、樹下に留まる一羽の鳥によって画賛の歌謡「鮭は瀬に住む、鳥は木にとまります、人は情の下たにすむ」を表現する。（グラフィック社『白隠　書と画の心』より転載）

図22「お福団子《ふくだんご》図《ず》」（86頁）

［翻字］本文中に掲出。

［解説］図21と同じく白隠の禅画。白隠がしばしば寓意像として用いたお福が囲炉裏で団子五串を焼く絵が描かれる。（グラフィック社『白隠　書と画の心』より転載）

図23「皿回《さらまわ》し布袋図《ほていず》（甲）」（87頁）

［翻字］本文中に掲出。

［解説］図21以下と同じく白隠の禅画。布袋が器用に口を使って棒を操り皿を回している。当時の曲芸師豆蔵の芸を、寓意像の布袋に担当させている。

図24「布袋重《ほていおも》い杵図《きねず》」（90頁）

［翻字］本文中に掲出。

［解説］図21以下と同じく白隠の禅画。布袋が重い杵を右肩に担ぐ絵。重い杵で、恋の「思ひ」をたち「き」るという地口のことば遊びによる。

図25「重い杵図」（90頁）

［翻字］本文中に掲出。

［解説］図21以下と同じく白隠の禅画。図24の布袋を「寿」の字紋の入った着物を着た農夫に替えた絵。地口も同様に用いられている。（筑摩書房『白隠』より転載）

図26「廓巨孝養図《かつきよこうようず》」（91頁）

［翻字］昔し廓巨と云ひし人老ひたる母を／養ひしに今は老ひ木の葉も落ちて物参らせん／様もなく乳房を含め育みしに一子あり／ひむつかれはしよせん此子をうつまんと／夫婦泣〳〵云ひ合せ打込む鋤の下よりも／金ねの釜を掘り出し栄《さ》かゆく末を聞く／からに親は浮世の福田

と仏の教へぞ／有難きそこで松坂越へたゑ松坂／こへてよんやさ

［解説］　図21以下と同じく白隠の禅画。中国の『二十四孝』にも見える郭（廓）巨の逸話をもとにした画賛が入れられ、絵にも郭巨と妻、子どもの三人が、掘り出した金の釜と鋤に向かって合掌する姿が描かれている。（筑摩書房『白隠』より転載）

図27「傀儡師図《くぐつず》」（92頁）

［翻字］　昔郭巨と云ひし人老たる母を／いたわりて乳房を含め養ひしに／一子争いむつかれはしよせむ此子を埋ま／むと夫婦諸とも泣きしつみ穴浅猿と打つ／鑊に金の釜をほてけり栄ゆく末を聞／しに親は憂き世の福田と仏の／教へそ有難きそこて松坂こへたえ／松坂こへてよんやさ

［解説］　図21以下と同じく白隠の禅画。「山猫まはし」とも呼ばれた人形使いの傀儡師の絵。首に掛けた箱の上で演じる話は、図26に見える郭巨の孝行譚である。（グラフィック社『白隠　書と画の心』より転載）

図28「円相図《えんそうず》」（92頁）

［翻字］　本文中に掲出。

［解説］　図21以下と同じく白隠の禅画。禅僧には円相の作例が多いが、白隠に限っては「円相図」の遺品は少ない。画賛の冒頭の国名「遠州」は円と同音から置かれたものであるが、当時の人口に膾炙した流行歌謡を引き出すことに成功している。（芸立出版『白隠の芸術』より転載）

図29「観音図《かんのんず》」（94頁）

［翻字］　本文中に掲出。

［解説］　図21以下と同じく白隠の禅画。白隠は「観音図」の作例も多い。この図の画賛は著名な清十郎節の一節が記され興味深い。

図30「皿回《さらまわ》し布袋図《ほていず》（乙）」（94頁）

［翻字］　本文中に掲出。

［解説］　図21以下と同じく白隠の禅画。図23と同じく布袋が器用に口を使って棒を操り皿を回しているが、こちらは同時に三個の手玉も描かれ、その技はより高度化している。画賛は著名な江戸期の手毬歌の一部である。

図31「猿曳《さるひき》の翁図《おきなず》」（97頁）

［翻字］　本文中に掲出。

［解説］　図21以下と同じく白隠の禅画。当時の大道芸のひとつ猿曳の絵。画賛は図30と同じ手毬歌の一節が書き入れられている。（筑摩書房『白隠』より転載）

図32「布袋携童図《ほていけいどうず》」（97頁）

［翻字］　本文中に掲出。

［解説］　図21以下と同じく白隠の禅画。布袋が唐子姿の童を伴っている絵。画賛の歌謡は子どもを歌った著名な狂言歌謡「七つに成る子」の一節。（『禅文化』百六十八号より転載）

図33「大黒天図《だいこくてんず》」（99頁）

［翻字］　本文中に掲出。

［解説］　図21以下と同じく白隠の禅画。二俵の米俵に騎り槌を振るう大黒天を描く。画賛は大黒天ゆかりの名歌「大黒舞」の歌で、後世数え歌形式の手毬歌として人口に膾炙した。（筑摩書房『白隠』より転載）

図34「布袋春駒図《ほていはるこまず》」（101頁）

［翻字］　春の／初めの／はるこま／なんと／夢に見てさい／好ひとや／申す

［解説］　図21以下と同じく白隠の禅画。布袋が正月の門付芸である春駒を行う絵。画賛も春駒で用いられた歌謡が書き入れられている。

図35「布袋《ほてい》すたすた坊主図《ぼうずず》」（102頁）

［翻字］　本文中に掲出。

［解説］　図21以下と同じく白隠の禅画。布袋が門付芸人のすたすた坊主に扮しているところを描く。画賛はすたすた坊主が歌う歌謡である。

図36「桜《さくら》に駒図《こまず》」（104頁）

［翻字］　本文中に掲出。

［解説］　江戸時代後期に出た臨済宗僧の仙厓義梵（寛延三年〈一七五〇〉～天保八年〈一八三七〉）は、白隠と並ぶ禅画の大家であった。仙厓の禅画の大半は戯画と呼ぶべきもので占められ、それらの画賛のほとんどすべてに漢文の偈、和文の世語が書き入れられている。世語には諺や歌謡の断片と見られる例が散見する。この絵は桜の木に繋がれた馬を描く。画賛はもと酒宴歌謡と言われる「咲(い)た桜になぜこま(駒)繋(ぐ)、駒がいさめば花が散る」である。

図37「芸者図《げいしゃず》」（107頁）

［翻字］　本文中に掲出。

［解説］　図36と同じく仙厓の禅画。三味線をひく芸者が描かれる。画賛には潮来節の代表歌が入れられている。

図38「兎餅搗《うさぎもちつ》き図《ず》」（107頁）

［翻字］　本文中に掲出。

［解説］　図36・図37と同じく仙厓の禅画。餅を搗く兎の絵。卯歳に描かれた祝言性の高い作例で、画賛にも祝言

歌謡の「めでためでたの若松さま」が用いられている。（笠間書院『近世歌謡の諸相と環境』より転載）

図39　「定上座接雪巌欽図《ていじょうざせつせつがんきんず》」（111頁）

［翻字］　岩頭為無位真人不／少漏逗何人得意／茲に京橋大文字やの／かほちやとて其名を市兵衛と／申ますせいかひくうても／ほんに猿眼哉

［解説］　遂翁元盧（享保二年〈一七一七〉～寛政元年〈一七八九〉）の描いた禅機画。永青文庫蔵で、大きさは縦三一・〇糎×横四六・五糎。星定元志によって入れられた画賛は、当時の流行歌謡「大文字屋かぼちゃ」の歌詞が見える。（『墨美』第百号、臨川書店『歌謡―文学との交響―』より転載）

図40　文字絵《もじえ》「大文字屋《だいもんじや》」（111頁）

［翻字］　本文中に掲出。

［解説］　明和三年（一七六六）刊の文字絵の版本『新文字絵づくし』所収。向かって右の人物が「大もんじやのかぼちや」の文字によって形作られる大文字屋かぼちゃである。文字絵の版本には江戸時代前期の貞享二年（一六八五）という早い時期に成立した園果亭義栗の『文字ゑづくし』があり、『新文字絵づくし』はそれを継承して大きく発展させた書として注目される。（臨川書店『歌謡―文学との交響―』より転載）

図41　「富士《ふじ》の白雪図《しらゆきず》」（113頁）

［翻字］　本文中に掲出。

［解説］　白隠の法系を継ぐ江戸末期の禅僧象匏文雅（安永八年〈一七七九〉～天保十一年〈一八四〇〉）の禅画。画賛は伊豆三島から起こった流行歌謡の一節が書き入れられる。（笠間書院『近世歌謡の諸相と環境』より転載）

図42　「富士《ふじ》山図《さんず》」（114頁）

［翻字］　本文中に掲出。

［解説］　山岡鉄舟（天保七年〈一八三六〉～明治二十一年〈一八八八〉）は勝海舟・高橋泥舟とともに、幕末の三舟の一人として知られる。政治家で剣客であったが、伊豆三島の龍沢寺に参禅して禅画も残した。ここに挙げた絵には「お前百迄、わしや九十九迄」という江戸期を代表する流行祝い歌の一節が記されている。（笠間書院『近世歌謡の諸相と環境』より転載）

図43　「遊船図《ゆうせんず》」（118頁）

［翻字］　本文中に掲出。

［解説］　江戸時代初期の医者にして俳人、狂歌師でもあった半井卜養（慶長十二年〈一六〇七〉～延宝六年〈一六七八〉）の狂歌巻物の断簡。大きさは縦二五糎×横三七

糎。平成四年（一九九二）十一月開催の古典籍下見展観大入札会に出品された。この絵の賛には当時流行していた唐人歌「のんせんふうらんら…」（のんせん踊）が書き入れられている。（笠間書院『近世歌謡の諸相と環境』より転載）

図44　「朝妻舟図《あさづまぶねず》」（122頁）
［翻字］　本文中に掲出。
［解説］　江戸中期の絵師英一蝶（承応元年〈一六五二〉〜享保九年〈一七二四〉）の代表作で、この絵が時の将軍綱吉の寵愛したお伝の方をモデルにして描いたことにより譴責を受け、一蝶は三宅島に流罪になったという俗説が後代に語られるに至った。画賛には「隆達節歌謡」の誤伝歌「破れ菅笠しめ緒…」が入れられる。「朝妻舟図」には多くの類作が伝残しているが、ここでは東京板橋区立美術館蔵の一幅によった。

図45　扇面《せんめん》「隆達画像《りゅうたつがぞう》」（125頁）
［翻字］　本文中に掲出。
［解説］　英一蝶の描いた隆達画像を曾孫の一珪（寛延元年〈一七四八〉〜天保十四年〈一八四三〉）が扇面に模写したもの。画賛には節付けのある「隆達節歌謡」の一首「月かくす山又雪にうつもれてなにのうへにもむくゐあるもの」が書き入れられている。（笠間書院『「隆達節歌謡」の基礎的研究』より転載）

図46　『音曲竹《おんぎょくたけ》の一節《ひとふし》』挿絵（125頁）
［翻字］　浄瑠璃中興作者近松門左衛門／夫辞《それじ》世去《せいさる》ほど／さても／その後に／のこる桜《さくら》の／はなし／匂ばゝ／浄瑠璃大夫邦三絃元祖角沢検校／花／なら／ば／さぐり／ても／見んけふの月／都々一節元祖堺隆達／すみの江の／岸辺《きしべ》に／あさる蘆田鶴《あしだづ》の／あゆみのとけき／春《はる》の日の影《かげ》
［解説］　竹草庵の編、長谷川貞信の画で嘉永六年（一八五三）に大坂（阪）金随堂から上梓された音曲概説書。本書の隆達画像はもと英一蝶が描き、それを英一珪が模写したとされるものと酷似している。ここでは都立中央図書館加賀文庫蔵本によった。隆達の絵に書き入れられた賛は、今日では「隆達節歌謡」に見られない一首であるが、短歌形式の歌で未発見の隆達の歌謡である可能性も残る。

図47　「隆達画像《りゅうたつがぞう》」（英一蝶《はなぶさいっちょう》　原画）（126頁）
［翻字］　本文中に掲出。
［解説］　隆達ゆかりの堺にある古刹顕本寺所蔵の隆達画像一幅。大槻修二（如電）が大正二年（一九一三）九月に英一蝶の隆達画像を模写した旨の落款が見える。画賛

には一蝶が「朝妻舟図」にも記した「隆達節歌謡」の誤伝歌が、「破れ菅笠しめ緒が切れてエ、着もせず、捨もせず」とより長い詞章で記されている。

図48 「隆達画像《りゅうたつがぞう》」（酒井《さかい》抱一《ほういつ》原画）（126頁）

［翻字］ 本文中に掲出。

［解説］ 鬼洞文庫旧蔵の隆達画像一幅。図47と同様に大槻修二（如電）が大正二年（一九一三）九月に酒井抱一（宝暦十一年〈一七六一〉～文政十一年〈一八二八〉）の隆達画像を模写した旨の落款が見える。画賛には「隆達節歌謡」の一首「いつも見たきは花の夕はえ、雪のあけほの、すまや明石の月と君とナウ」が書き入れられている。（笠間書院『「隆達節歌謡」の基礎的研究』より転載）

図49 『はんじ物《もの》づくし　当世《とうせい》なぞの本』二七番（134頁）

［翻字］ 本文中に掲出。

［解説］ 江戸期に刊行された赤本の判じ物の本。赤本は子ども向けの児童書で、昔話やことば遊びの内容のものが多く出版された。本書は子どもの耳に親しまれた歌謡を、絵によるクイズとも呼べる判じ物に仕立てたものである。この二七番の判じ物は謡曲「松風」の一節「あら恋しや、さるにても此」に該当する。（大東急記念文庫所蔵、岩波書店『近世子どもの絵本集　江戸篇』より転載）

図50 『はんじ物《もの》づくし　当世《とうせい》なぞの本』二九番（134頁）

［翻字］ 本文中に掲出。

［解説］ 図49と同じ『はんじ物づくし　当世なぞの本』所収の判じ物。この二九番は「与作丹波の馬方なれど、今はお江戸の二本差しじゃ」という著名な小室節の一首の歌詞を表す。（大東急記念文庫所蔵、岩波書店『近世子どもの絵本集　江戸篇』より転載）

図51 「しん板《ばん》ちんわんぶし」（141頁）

［翻字］ 本文中に掲出。

［解説］ 江戸時代末期から明治時代初期にかけて、「おもちゃ絵」と呼ばれる子ども向けの大判錦絵の一枚物が巷間に広く出回った。その中に、縦横に細かくコマを割り、歌謡の詞章の一節ずつを各コマに順番に記し、それに対応する絵を描いた形式のものがある。それらの歌謡は、流行歌謡・手毬歌・遊戯歌など当時の子どもが遊びの際に歌った伝承童謡であり、各段ごとに切り抜いて繋ぎ合わせることにより豆本に仕立てることができた。この「しん板ちんわんぶし」には最初のコマに表紙が、末尾のコマに裏表紙が摺られ、豆本に仕立てるのに格好の「おもちゃ絵」となっている。（富士出版『よし藤子ども浮世絵』より転載）

図52　「新板《しんぱん》まりうたづくし」（143頁）

［翻字］　本文中に掲出。

［解説］　図51と同様のおもちゃ絵。冒頭と末尾に表紙と裏表紙のコマを持つ。五首の短編の手毬歌を収録する。

図53　「しん板手《ばんて》まり唄《うた》」（144頁）

［翻字］　本文中に掲出。

［解説］　図51以下と同様のおもちゃ絵。上段に大きな一構図を置き、その下に四段三二コマを擁する。冒頭と末尾に表紙と裏表紙のコマを持つ。長編の手毬歌一首を収録する。

図54　「江戸絵《えどえ》草子《ぞうし》一《いち》　しん板手《ばんて》まり歌《うた》」（149頁）

［翻字］　本文中に掲出。

［解説］　図51以下と同様のおもちゃ絵。一段六コマ、六段の三六コマから成り、都合四首の短編の手毬歌を収録する。

図55　「しん板子《ばんこ》供哥《どもうた》づくし」（153頁）

［翻字］　本文中に掲出。

［解説］　図51以下と同様のおもちゃ絵。一段七コマ、六段の四二コマから成り、都合五首の短編の遊戯歌を収録する。「ずいずいずころばし」「かあごめかごめ」「ののさんいくつ」など人口に膾炙した伝承童謡が見える。

図56　「新板子《しんぱんこ》供哥尽《どもうたづくし》」（154頁）

［翻字］　本文中に掲出。

［解説］　図51以下と同様のおもちゃ絵。一段七コマ、六段の四二コマから成り、表紙と裏表紙のコマを持つ。ここには都合一三首の短編の遊戯歌を収録する。「ううさぎうさぎ」「ゆうやけこやけ」など人口に膾炙した伝承童謡が見える。

図57　「流行《りゅうこう》しりとりうた」（160頁）

［翻字］　本文中に掲出。

［解説］　図51以下と同様のおもちゃ絵。一段八コマ、六段の四八コマから成り、「ぼたん（牡丹）にからじし（唐獅子）、たけ（竹）にとら（虎）」から始まる著名な尻取り歌を収録する。

図58　「しん板鈴木《ばんすずき》もんど白糸《しらいと》もんく」（162頁）

［翻字］　本文中に掲出。

［解説］　図51以下と同様のおもちゃ絵。一段八コマ、六段の四八コマから成り、著名な口説き音頭「鈴木主水白糸もんく」の前半部分を収録する。

図59　『月刊夢二《げつかんゆめじ》ヱハガキ』第五十六集「逢ふてたつ名が…」（170頁）

［翻字］　本文中に掲出。

［解説］『月刊夢二ヱハガキ』は明治四十四年（一九一一）九月に「つるや」から月刊企画として始められた。夢二の描く絵はがき四枚を毎月袋入りで刊行する企画で、九年間にわたって発行された。夢二にとっては二十八歳から三十七歳というもっとも油ののった時期の刊行であった。画賛には流行歌謡、伝承歌謡、創作歌謡などの多くの歌詞が記入されている。この図59の画賛には室町小歌の流れを汲む歌謡が印刷されている。

図60『月刊夢二ヱハガキ』第五十六集「たゞおいて霜にうたせよ…」（170頁）

［翻字］本文中に掲出。

［解説］図59と同じ『月刊夢二ヱハガキ』の一葉。この絵はがきの画賛も『閑吟集』以来の室町小歌に遡ることができる。

図61『月刊夢二ヱハガキ』第九十七集「誰かはじめし…」（170頁）

［翻字］本文中に掲出。

［解説］図59以下と同じ『月刊夢二ヱハガキ』の一葉。この絵はがきの画賛も遥か室町小歌に類歌を認めることができる古い歌謡である。

図62『月刊夢二ヱハガキ』第七集「沖のくらいのに…」（173頁）

［翻字］本文中に掲出。

［解説］図59以下と同じ『月刊夢二ヱハガキ』の一葉。画賛は〝紀州蜜柑取歌〟と呼ばれる江戸時代末期流行の著名な歌謡が書き入れられている。この歌謡は後に〝かっぽれ〟の一部としても摂取された。

図63『月刊夢二ヱハガキ』第七集「おくりましよかえ…」（173頁）

［翻字］本文中に掲出。

［解説］図59以下と同じ『月刊夢二ヱハガキ』の一葉。画賛の歌謡は末尾を様々に歌い替えたようで、多くの類歌が認められる。夢二はこの歌を『春の鳥』にも収録している。

図64『月刊夢二ヱハガキ』第七集「君とねよふか…」（173頁）

［翻字］本文中に掲出。

［解説］図59以下と同じ『月刊夢二ヱハガキ』の一葉。画賛は江戸期を代表する著名な流行歌で、その源は文化年間（一八〇四～一八一八）に遡ることができるという。

図65『月刊夢二ヱハガキ』第七集「君とわかれて…」（173頁）

［翻字］本文中に掲出。

［解説］図59以下と同じ『月刊夢二ヱハガキ』の一葉。

画賛の歌謡は潮来節の替え歌の一首で、元歌は「潮来出島の真菰の中にあやめ咲くとはしほらしや」という著名な歌詞である。

図66『月刊夢二ヱハガキ』第九十八集「まてどくらせど…」（184頁）

［翻字］本文中に掲出。

［解説］図59以下と同じ『月刊夢二ヱハガキ』の一葉。画賛は夢二の創作小唄の中でも特に著名な一首で、「宵待草」もしくは「待宵草」という題で知られる。

図67『月刊夢二ヱハガキ』第十二集「やれとべとんぼ…」（186頁）

［翻字］本文中に掲出。

［解説］図59以下と同じ『月刊夢二ヱハガキ』の一葉。画賛には夢二自身が『日本童謡撰　あやとりかけとり』にも収録した伝承童謡が見える。

図68『月刊夢二ヱハガキ』第十二集「あがり目さがり目…」（186頁）

［翻字］本文中に掲出。

［解説］図59以下と同じ『月刊夢二ヱハガキ』の一葉。画賛は江戸期の童謡集にも収録された著名な遊戯歌である。

図69　潮来名勝《いたこめいしょう》絵はがき「潮来出島の…」（198頁）

［翻字］本文中に掲出。

［解説］この写真絵はがきは刊年不詳であるが、明治末期から大正年間頃のものと推定される。朱色の袋が付属しており、その表面には「潮来出島のまこもの中にあやめさくとはしほらしや」と印刷してある。ここでは仮に「潮来名勝絵はがき」と銘打った。潮来（茨城県行方郡潮来町）は香取・鹿島両神宮に詣でる人々の宿泊地として栄え、また奥州諸藩がその産米を江戸に輸送する際の経由地でもあったので、多くの妓楼や茶屋で賑わった。潮来で始まった潮来節やあやめ踊は全国に普及することとなったが、この絵はがきにはそれら歌謡の代表的歌詞が写真とともに刷り込まれていて注意される。図69は潮来水郷の風景写真を背景に潮来節の代表歌「潮来出島の真菰の中にあやめ咲くとはしほらしや、ショヨンガイナ」が印刷されている。

図70　潮来名勝絵はがき「主と別れて…」（198頁）

［翻字］本文中に掲出。

［解説］図69と同じ潮来名勝絵はがきの一葉。画賛は「主と別れて松原行けば松の露やら涙やら……」という潮来節の一首が印刷されている。この歌は夢二絵はがきにも画賛に用いられている。

図71　潮来名勝絵はがき「向ふ通るは…」（199頁）

［翻字］　本文中に掲出。

［解説］　図69と同じ潮来名勝絵はがきの一葉。画賛は著名な清十郎節で、潮来節の替え歌として歌われたものであろう。

図72　潮来名勝絵はがき「揃ふた…」（199頁）

［翻字］　本文中に掲出。

［解説］　図69と同じ潮来名勝絵はがきの一葉。写真は芸子たちがあやめ踊を踊る姿で、画賛として印刷されているのはその時に歌われたあやめ踊の歌詞である。

【年表】

時代	本書図版資料 年	本書図版資料 事項	日本歌謡史 年	日本歌謡史 事項
平安時代	一一八〇～八五 治承四年～文治元年頃	「梁塵秘抄切」（図1・4頁）の原本『梁塵秘抄口伝集』（後白河院撰）成立	九八一 天元四年	『琴歌譜』現存本書写成立
			一〇九九 承徳三年	『承徳本古謡集』書写成立
			一一二五 天治二年	『天治本催馬楽抄』書写成立
鎌倉時代	一三三三 元弘三年以前	曼殊院本『是害房絵』（図8・23頁）成立	一二三二 寛喜四年	『因空本朗詠要抄』の祖本成立
			一二六二 弘長二年	『三帖和讃』成立
			一三〇一 正安三年	『宴曲集』『宴曲抄』『究百集』成立
室町時代	一五〇〇～一 明応九年～十年	『七十一番職人歌合』（図10・45頁）成立	一四一八 応永二十五年	『後崇光院本朗詠九十首抄』書写成立
	一五七三～九二 天正年	東京国立博物館本『鼠の草子』（図9・40	一五一八 永正十五年	『閑吟集』成立

時代	年代	事項
	間以前	頁)成立
安土桃山時代		
江戸時代	一六〇五　慶長十年	「隆達節歌謡」の一伝本「慶長十年九月伝角倉素庵筆茶屋又四郎宛百首本」(図2・6頁)成立
江戸時代	一六四〇～四四　寛永年間末頃	角屋保存会蔵「太夫弾琴図」(図19・79頁)、「三味線をひく太夫図」(図20・80頁)成立
江戸時代	一六六一～七三　寛文年間頃	半井卜養「遊船図」(図43・118頁)成立
江戸時代	一六六一～八一　寛文～延宝年間頃	「名所花紅葉図」(図15・66頁)、「かぶろ図」(図16・69頁)、「宇治川図」(図17・72頁)、「野菊図」(図18・73頁)成立
江戸時代	一六八八～一七〇四　元禄年間頃	国立国会図書館本『おどりの図』(図11・52頁、図12・52頁、図13・53頁、図14・53頁)成立。
江戸時代	一七二四　享保九年以前	英一蝶「朝妻舟図」(図44・122頁)成立
安土桃山時代	一五九二～一六一五　文禄～慶長年間頃	「隆達節歌謡」の流行
江戸時代	一六三五　寛永十二年	『寛永十二年跳記』成立
江戸時代	一六六四　寛文四年	『糸竹初心集』刊
江戸時代	一六七一　寛文十一年	『ぬれほとけ』刊
江戸時代	一六七二　寛文十二年以前	『吉原はやり小哥そうまくり』刊
江戸時代	一六七六　延宝四年	『淋敷座之慰』成立
江戸時代	一六八五　貞享二年	『大幣』刊
江戸時代	一七〇三　元禄十六年	『松の葉』刊
江戸時代	一七〇四　宝永元年	『落葉集』刊

江戸時代	
一七一六～三六 享保年間頃	『はんじ物づくし　当世なぞの本』（図49・134頁、図50・134頁）成立
一七六八 明和五年以前	白隠慧鶴「鮭と鳥図」（図21・84頁）、「お福団子図」（図22・86頁）、「皿回し布袋図（甲）」（図23・87頁）、「布袋重い杵図」（図24・90頁）、「重い杵図」（図25・90頁）、「廓巨孝養図」（図26・91頁）、「傀儡師図」（図27・92頁）、「円相図」（図28・92頁）、「観音図」（図29・94頁）、「皿回し布袋図（乙）」（図30・94頁）、「猿曳の翁図」（図31・97頁）、「布袋携童図」（図32・97頁）、「大黒天図」（図33・99頁）、「布袋春駒図」（図34・101頁）、「布袋すたすた坊主図」（図35・102頁）成立
一七六六 明和三年	文字絵「大文字屋」（図40・111頁）を収録する『新文字ゑつくし』刊
一七七一 明和八年	『絵本倭詩経』（図3・11頁、図4・11頁）刊
一七七二 明和九年	『山家鳥虫歌』（図5・12頁）刊
一七八九 寛政元年以	遂翁元盧「定上座接雪巌欽図」（図39・111

一七四八 延享五年	『延享五年小哥しやうが集』成立
一七六七 明和四年	『春遊興』刊
一七七四 安永三年	『弦曲粋弁当』（第一編）刊
一七七六 安永五年	『艶歌選』刊

江戸時代		
前		頁)成立
一八〇二	享和二年	『潮来絶句』(図6・14頁)刊
一八三七	天保八年以前	仙厓義梵「桜に駒図」(図36・104頁)、「芸者図」(図37・107頁)、「兎餅搗き図」(図38・107頁)成立
一八四〇	天保十一年以前	象匏文雅「富士の白雪図」(図41・113頁)成立
一八四三	天保十四年以前	英一珪筆扇面「隆達画像」(図45・125頁)成立
一八三〇～四四	天保年間	『幼稚遊昔雛形』(図7・16頁)刊
一八五三	嘉永六年	『音曲竹の一節』(図46・125頁)刊
一八六七	慶応三年	「しん板ちんわんぶし」(図51・141頁)、「流行しりとりうた」(図57・160頁)刊
一八七〇	明治三年	「新板まりうたづくし」(図52・143頁)刊
一八八一	明治十四年	「しん板鈴木もんど白糸もんく(求版)」

一八〇六	文化三年	『童謡古謡』(行智)成立
一八〇八	文化五年	『御船唄留』書写成立
一八〇九	文化六年頃	『鄙廼一曲』成立
一八三三	天保四年	『尾張童遊集』成立
一八三五	天保六年	『巷謡篇』成立
一八三九	天保十年	『声曲類纂』成立
一八六二	文久二年	『粋の懐』刊
一八六七	慶応三年	『松のみどり』刊
一八八一	明治十四年	『小学唱歌集』(初編)刊

明治時代	
一八八三 明治十六年	（図58・162頁）刊
一八八四 明治十七年	「しん板子供哥づくし」（図55・153頁）刊
一八六八～八五 明治初期頃	「新板子供哥尽」（図56・154頁）刊 「しん板手まり唄」（図53・144頁）、「江戸絵草紙一 しん板手まり歌（原本）」（図54・149頁）刊
一八八八 明治二十一年以前	山岡鉄舟「富士山図」（図42・114頁）成立
一九一二 明治四十五年頃	『月刊夢二ヱハガキ』第七集（図62・173頁、図63・173頁、図64・173頁、図65・173頁）刊
一九〇〇～一五 明治時代末期～大正時代初期頃	「潮来名勝絵はがき」（図69・198頁、図70・198頁、図71・199頁、図72・199頁）刊
一八八八 明治二十一年	小中村清矩『歌舞音楽略史』刊
一八九二 明治二十五年	上原六四郎『俗楽旋律考』刊
一八九四 明治二十七年	岡本昆石『あづま流行時代子供うた』刊
一八九八 明治三十一年	大和田建樹『日本歌謡類聚』刊
一九〇七 明治四十年	前田林外『日本民謡全集』『日本民謡全集続篇』刊 童謡研究会『諸国童謡大全』刊

大正時代

一九一二	大正元年	『月刊夢二ヱハガキ』第十二集（図67・186頁、図68・186頁）刊
一九一三	大正二年	大槻如電模写「隆達画像（英一蝶原画）」（図47・126頁）、「隆達画像（酒井抱一原画）」（図48・126頁）成立
一九一六	大正五年	『月刊夢二ヱハガキ』第五十六集（図59・170頁、図60・170頁）刊
一九一九	大正八年	『月刊夢二ヱハガキ』第九十七集（図61・170頁）、第九十八集（図66・184頁）刊

一九一四	大正三年	文部省文芸委員会『俚謡集』刊
一九一五	大正四年	高野辰之・大竹紫葉『俚謡集拾遺』刊
一九一六	大正五年	田辺尚雄『日本音楽講話』刊

【参考文献】

I 『平家納経』――表紙絵・下絵・挿絵と歌謡

梅津　次郎　「「子とろ子とろ」の古図―法然寺蔵地蔵験記絵巻補記―」（『MUSEUM』第五十号〈昭和30年5月〉）

亀田　孜　「平家納経の絵と今様の歌」（『仏教芸術』第百号〈昭和50年2月〉）

都築　悦子　「慶長年間の料紙装飾における紙師宗二の役割」（『美学・芸術学』第七号〈平成4年3月〉）

鈴木　道子　「尾張で「道成寺」と称せられた子をとろ遊び―遊び・祭祀・芸能の連関をみる―」（『風俗史学』改題第三号〈平成10年6月〉）

福島　和夫　「上野学園日本音楽資料室蔵「梁塵秘抄断簡」について」（『日本音楽史研究』第二号〈平成11年3月〉）

古谷　稔　「伝久我通光筆「梁塵秘抄断簡」と後白河法皇の書」（『日本音楽史研究』第二号〈平成11年3月〉）

飯島　一彦　「新出の『梁塵秘抄』今様断簡について」（『日本音楽史研究』第二号〈平成11年3月〉）

古谷　稔　「後白河法皇の仮名書法と「梁塵秘抄断簡」―書の〝ゆらぎ〟と筆跡考証の視点―」（『MUSEUM』第五百六十三号〈平成11年12月〉）

小野　恭靖　「表紙絵・下絵・挿絵と歌謡」（『大阪教育大学紀要（第I部門）』第四十九巻第二号〈平成13年1月〉）

*

山根　有三　『光悦・宗達・光琳』（昭和50年・講談社）

小松　茂美　『平家納経の研究』（昭和51年・講談社）

三井文庫監修　『三井文庫蔵重要文化財手鑑　高㝡帖』（平成2年・貴重本刊行会）

尾原　昭夫　『近世童謡童遊集』（平成3年・柳原書店）

II 『是害房絵』――中世物語絵巻と歌謡

楢崎　宗重　「新出『遊女絵物語』と白描挿絵について」（『国華』第八百三十一号〈昭和35年〉）

梅津　次郎　「天狗草紙考察」（『絵巻物叢考』〈昭和43年・中央公論美術出版〉）

梅津　次郎　「魔仏一如絵詞考」（『絵巻物叢考』〈昭和43年・中央公論美術出版〉）

岡見　正雄「御伽草子絵について—十二類合戦絵巻・福富草紙・道成寺縁起絵巻を通じて—」（『日本絵巻物全集』第十八巻〈昭和43年・角川書店〉）
梅津　次郎「天狗草紙について」（『新修日本絵巻物全集』第二十七巻〈昭和53年・角川書店〉）
真鍋　昌弘「室町期物語に見える歌謡」（『文学・語学』第八十・八十一合併号〈昭和53年3月〉）
友久　武文「『是害房絵』の歌謡」（『中世文学の形成と展開』〈平成8年・和泉書院〉）
渡辺　匡一「『鼠の草子』—絵と詞書、画中詞の関係から—」（『国文学　解釈と鑑賞』第十一巻第五号〈平成8年5月〉）
小野　恭靖「物売り歌謡研究序説—〝売り声の歌〟と〝物売りの歌〟—」（『藝能史研究』第百四十一号〈平成10年4月〉）
青木　祐子「『藤の衣物語絵巻』にみる遊女と歌謡」（『日本歌謡研究』第四十号〈平成12年12月〉）
小野　恭靖「中世物語絵巻と歌謡」（『大阪教育大学紀要〈第I部門〉』第四十九巻第一号〈平成12年8月〉）

＊

真鍋　昌弘『中世近世歌謡の研究』（昭和57年・桜楓社）
徳江　元正『室町藝能史論攷』（昭和59年・三弥井書店）
徳田　和夫『お伽草子研究』（昭和63年・三弥井書店）
伊東　祐子『藤の衣物語絵巻（遊女物語絵巻）影印・翻刻・研究』（平成8年・笠間書院）
小野　恭靖『中世歌謡の文学的研究』（平成8年・笠間書院）

Ⅲ『おどりの図』——風流踊絵と歌謡

佐々木聖佳「国立国会図書館蔵『おどりの図』—江戸初期盆踊の絵画資料—」（『藝能史研究』第百六号〈平成元年7月〉）
佐々木聖佳「『おどりの図』所載歌謡考」（『日本歌謡研究』第三十号〈平成2年12月〉）
関口　静雄「センチュリー文化財団蔵「踊尽草紙」をめぐりて」（『水茎』第八号〈平成2年3月〉）

＊

古筆学研究所『過眼墨宝撰集』第二巻（昭和63年・旺文社）

Ⅴ「若衆図」——近世美人画と歌謡

小林　　忠『江戸庶民の絵画』（昭和54年・学習研究社）
角屋保存会『角屋名品図録』（平成4年・角屋文芸社）

Ⅵ　白隠と仙厓――禅画と歌謡
波木井皓三「吉原私記（一）～（四）」（『江戸っ子』第六号〈昭和50年11月〉～第十号〈昭和51年7月〉）
重松宗育「白隠さんの世語のこころ」（『淡交』第三十九巻第三号〈昭和61年3月〉）
亀山卓郎「俚謡・俚諺を賛した白隠の画」（『禅文化』第百二十九号〈昭和63年7月〉）
芳澤勝弘「白隠禅師仮名法語・余談（四）―「大文字屋かぼちゃ」のこと―」（『禅文化』第百六十六号〈平成9年10月〉）
＊
淡川康一『白隠』（昭和31年・マリア画房）
クルト・ブラッシュ『禅画』（昭和37年・二玄社）
竹内尚次『白隠』（昭和39年・筑摩書房）
クルト・ブラッシュ『禅画と日本文化』（昭和50年・木耳社）
福島俊翁・加藤正俊『禅画の世界』（昭和53年・淡交社）
古田紹欽『白隠　禅とその芸術』（昭和53年・木耳社）
山内長三『白隠　書と画の心』（昭和53年・グラフィック社）
棚橋一晃『白隠の芸術』（昭和55年・芸立出版）
山内長三『白隠さんの絵説法』（昭和59年・大法輪閣）
亀山卓郎『白隠禅師の画を読む』（昭和60年・禅文化研究所）
日貿出版社編集部『白隠の禅画　大衆禅の美』（昭和60年・日貿出版社）
富岡美術館『白隠の描く観音図』（昭和62年・富岡美術館）
出光美術館『仙厓』（昭和63年・平凡社）

Ⅶ「隆達画像」――江戸期絵画と歌謡
藤田徳太郎『近代歌謡の研究』（昭和12年・人文書院）
板橋区立美術館『英一蝶』（昭和59年・板橋区立美術館）
小林忠『英一蝶（日本の美術二六〇）』（昭和63年1月・至文堂）

Ⅷ『はんじ物づくし　当世なぞの本』――赤本の判じ物と歌謡
鈴木重三・木村八重子『近世子どもの絵本集（江戸篇）』（昭和60年・岩波書店）

Ⅸ　ちんわん節――おもちゃ絵と歌謡
小野恭靖「〝ちんわんの歌謡〟続考」（『学大国文』第四

十三号〈平成12年2月〉）

＊

山田徳兵衛『日本のおもちゃ』（昭和43年・毎日新聞社）
鈴木　棠三『ことば遊び』（昭和50年・中央公論社）
上野晴朗・前川久太郎『江戸明治おもちゃ絵』（昭和51年・アドファイブ東京文庫）
瀬田　貞二『落穂ひろい』（昭和57年・福音館書店）
中村　光夫『よし藤　子ども浮世絵』（平成2年・富士出版）
尾原　昭夫『近世童謡童遊集』（平成3年・柳原書店）

X　竹久夢二——絵はがきと歌謡

小野　恭靖「『月刊夢二ヱハガキ』の歌謡」（『日本アジア言語文化研究』第七号〈平成12年3月〉）

＊

吾郷寅之進『中世歌謡の研究』（昭和46年・風間書房）
長田　幹雄『初版本複刻　竹久夢二全集』（昭和60年・ほるぷ出版）所収『三味線草』解題
酒井不二雄『夢二えはがき帖』（平成5年・日貿出版社）
日下四郎・岡部昌幸『竹久夢二　愛と哀しみの詩人画家』（平成7年・学習研究社）
貴道　裕子『ぽちぶくろ—江戸文化の粋』（平成11年・里文出版）

全編に関わる参考文献

小野　恭靖「近世歌謡の絵画資料」（国文学研究資料館編・古典講演シリーズ4『歌謡—文学との交響—』〈平成12年・臨川書店〉）

＊

小野　恭靖『「隆達節歌謡」の基礎的研究』（平成9年・笠間書院）
小野　恭靖『ことば遊びの文学史』（平成11年・新典社）
小野　恭靖『近世歌謡の諸相と環境』（平成11年・笠間書院）

索引

『新文字ゑつくし』《しんもじえつくし》 112

す

遂翁元盧《すいおうげんろ》 109 115
『酔笑庵之記　并風景』《すいしょうあんのきならびにふうけい》 119
『粋の懐』《すいのふところ》 180
すげ笠ぶし《すげがさぶし》 121 127
角倉素庵《すみのくらそあん》 5
住吉踊《すみよしおどり》 51 52 54 55 58 60 62

せ

世阿弥《ぜあみ》 39
『声曲類纂』《せいきょくるいさん》 99
清十郎節《せいじゅうろうぶし》 93 95 196 197
星定元志《せいじょうげんじ》 110
『是害房絵』《ぜがいぼうえ》 22 23 43
『施行歌』《せぎょううた》 85 115
『摂津名所図会』《せっつめいしょずえ》 67
仙厓義梵《せんがいぎぼん》 83 103～106 108 109 115 155
「千手」《せんじゅ》(謡曲) 35 36

そ

『宗安小歌集』《そうあんこうたしゅう》 77 79 169 171 181
『箏曲大意抄』《そうきょくたいいしょう》 98
象匏文雅《ぞうほうぶんが》 109 113 115 179
『草木太平記』《そうもくたいへいき》 42
『続飛鳥川』《ぞくあすかがわ》 102
『続教訓抄』《ぞくきょうくんしょう》 31
『俗耳鼓吹』《ぞくじこすい》 172
『足薪翁記』《そくしんおうき》 74
『そぞろ物語』《そぞろものがたり》 82

た

『大黒舞』《だいこくまい》 100
『大道ちょぼくれ』《だいどうちよぼくれ》 103
『田植歌略本』《たうえうたりやくほん》 33
高三隆達《たかさぶりゅうたつ》 121 123～127 129
『高簗帖』《たかまつじょう》 4
滝沢馬琴《たきざわばきん》 135 137
竹久夢二《たけひさゆめじ》 167～190 192～194
『只今御笑草』《ただいまのおわらいぐさ》 102 106 175
『伊達家治家記録躍歌』《だてけちけきろくおどりうた》 63
伊達政宗《だてまさむね》 63
『譬喩尽』《たとえづくし》 177
『七夕後日記』《たなばたのちのにつき》 172
「田村」《たむら》(謡曲) 48
俵屋宗達《たわらやそうたつ》 6
『短冊の縁』《たんざくのえにし》 42
『丹波与作待夜の小室節』《たんばよさくまつよのこむろぶし》 105 135 176

ち

近松門左衛門《ちかまつもんざえもん》 71 105 124 135
竹草庵《ちくそうあん》 124
茶屋又四郎《ちややまたしろう》 5
『長恨歌』《ちょうごんか》 10
『長府藩御船歌』《ちょうふはんおふなうた》 70
ちんわん節《ちんわんぶし》 138～140 165 166

つ

角澤検校《つのさわけんぎょう》 124
『露殿物語』《つゆどのものがたり》 48
『鶴亀物語』《つるかめものがたり》 42

て

『蹄渓随筆』《ていけいずいひつ》 130～133
手柄岡持《てがらのおかもち》 110
『手まりうた』《てまりうた》 96
『天狗草紙』《てんぐそうし》 20～22

『東勝寺鼠物語』《とうしょうじねずみものがたり》　34
唐人歌《とうじんうた》　59　60
『唐人踊』《とうじんおどり》　119　120
唐人踊《とうじんおどり》　58〜60　62
『当世投節』《とうせいなげぶし》　169　178
『童謡古謡』《どうようこよう》　96　109　155〜157
東嶺円慈《とうれいえんじ》　109　112　115
『兎園小説外集』《とえんしょうせつがいしゅう》　135　137
『言継卿記』《ときつぐきょうき》　182
徳川家光《とくがわいえみつ》　50　63
徳川義直《とくがわよしなお》　63
徳川頼宣《とくがわよりのぶ》　63
『徳島藩御船歌』《とくしまはんおふなうた》　71
戸田茂睡《とだもすい》　91
『利根川図志』《とねがわずし》　106　175

な

半井卜養《なからいぼくよう》　60　117〜120　128
投節《なげぶし》　178
『業平おどり十六番』《なりひらおどりじゅうろくばん》　72

ぬ

『ぬれほとけ』《ぬれほとけ》　7　81

ね

『猫の草子』《ねこのそうし》　34
『鼠の権頭』《ねずみのごんのかみ》　34　36
『鼠草子』《ねずみそうし》　34　36
『鼠の草子』《ねずみのそうし》　34　36　37　39〜41
『寝惚の眼覚し』《ねぼけのめざまし》　115

の

農兵節《のうへいぶし》　114　179
『後は昔物語』《のちはむかしものがたり》　110
野々口立圃《ののぐちりゅうほ》　58　120
『野守鏡』《のもりのかがみ》　20
のんせん踊《のんせんおどり》　119

は

『誹諧連歌』《はいかいれんが》　44
白隠慧鶴《はくいんえかく》　83〜89　91　93　95　96　98〜101　103　109　110　112　115　179
『白氏長慶集』《はくしちょうけいしゅう》　10
『幕府舟唄(一二)』《ばくふふなうたに》　70
『化物大江山』《ばけものおおえやま》　196
馬山樵夫《ばざんしょうふ》　9
「花子」《はなご》(狂言)　35
英一珪《はなぶさいっけい》　122〜124
英一蜻《はなぶさいっせい》　122
英一蝶《はなぶさいっちょう》　121〜124　126〜130
『はやり歌古今集』《はやりうたこきんしゅう》　95
「春駒くどき木やり」《はるこまくどききやり》　76
『万紫千紅』《ばんしせんこう》　93
『半日閑話』《はんじつかんわ》　128
『はんじ物づくし　当世なぞの本』《はんじものづくしとうせいなぞのほん》　133〜135
『万歳躍』《ばんざいおどり》　78

ひ

『人松島』《ひとまつしま》　110
『鄙廼一曲』《ひなのひとふし》　71　108　177
『姫小松』《ひめこまつ》　60　72　99　177
『百人一首』《ひゃくにんいっしゅ》　56

ふ

『ふくろうのそうし』《ふくろうのそうし》　42　44

富士唐麿《ふじのからまろ》 13
『藤の衣物語絵巻』《ふじのころもものがたりえまき》 27 31 32 35
『藤袋の草子』《ふじぶくろのそうし》 29 32
『撫箏雅譜大成抄』《ぶそうがふたいせいしよう》 98
「文荷」《ふみにない》(狂言) 39
『麓廼塵』《ふもとのちり》 88 93 179
『不留房絵詞』《ふりゆうぼうえことば》 42

へ

『平家納経』《へいけのうきよう》 2
『平家物語』《へいけものがたり》 28
『(別本)鼠のさうし』《べつぽんねずみのさうし》 34
『弁慶物語』《べんけいものがたり》 42

ほ

『豊国祭礼図屏風』《ほうこくさいれいずびようぶ》 61
泡斎踊《ほうさいおどり》 51 53 54 57 58 62 64
『豊蔵坊信海狂歌集』《ほうぞうぼうしんかいきようかしゆう》 72
『宝物集』《ほうぶつしゆう》 30
『北峯雑褋』《ほくほうざつざつ》 131
『卜養狂歌集』《ぼくようきようかしゆう》 68 118 120
法華経二十八品歌《ほけきようにじゆうはちほんか》 3
細り《ほそり》 78
ぽち袋《ぽちぶくろ》 197
『堀河百首題狂歌』《ほりかわひやくしゆだいきようか》 101
本阿弥光悦《ほんあみこうえつ》 6

ま

『枕草子』《まくらのそうし》 61
『マザー・グース』《まざーぐーす》 187
『松平大和守日記』《まつだいらやまとのかみにつき》 95
『松の落葉』《まつのおちば》 60 72 105 119 176 181
『松の葉』《まつのは》 60 67 71 72 80 108 119 122 128 174 178 181 182 194
松浦静山《まつらせいざん》 129
『魔仏一如絵詞』《まぶついちによえことば》 20 21
『万葉歌集』《まんようかしゆう》 60 72 78
『万葉集』《まんようしゆう》 54

み

「水汲新発意」《みずくみしんぼち》(狂言) 42
宮津節《みやづぶし》 176
『御代の腹鼓』《みよのはらつづみ》 115

む

『昔咄』《むかしばなし》 63
『無常和讃』《むじようわさん》 46
『紫の一本』《むらさきのひともと》 91

め

『明暦万治小歌集』《めいれきまんじこうたしゆう》 95

も

毛利輝元《もうりてるもと》 129
毛利元就《もうりもとなり》 129
本居大平《もとおりおおひら》 123
物云舞《ものいいまい》 26 29
『守貞謾稿』《もりさだまんこう》 102 155 157 158 175
『盲文画話』《もんもうがわ》 102

や

奴踊《やっこおどり》 64
八橋検校《やつはしけんぎよう》 98
柳沢淇園《やなぎさわきえん》 123
『弥兵衛鼠』《やひようえねずみ》 34 35 48
山岡鉄舟《やまおかてつしゆう》 109 114 115
山崎美成《やまさきよししげ》 131
山中節《やまなかぶし》 172 174
『破来頓等絵巻』《やれことんとうえまき》 42

ゆ

『遊女物語絵巻』《ゆうじよものがたりえまき》　27　32
『遊歴雑記』《ゆうれきざつき》　63　122

よ

『吉原はやり小哥そうまくり』《よしわらはやりこうたそうまくり》　59　63　76　79　99　108　171
「吉原紋尽しのたたき」《よしわらもんづくしのたたき》　66　68
『世継曽我』《よつぎそが》　71

り

『俚言集覧』《りげんしゅうらん》　177
「隆達節歌謡」《りゅうたつぶしかよう》　3　5　6　36
44　73　77　79　82　121～124　127～133　137　169　171　194
『柳亭記』《りゅうていき》　102　145　151
笠亭仙果《りゅうていせんか》　145
柳亭種彦《りゅうていたねひこ》　12　57　63　74　128　145　151
『柳亭筆記』《りゅうていひつき》　128
龍女の今様《りゅうにょのいまよう》　4
『梁塵秘抄』《りょうじんひしょう》　1～4　21　22　30　31　61
『梁塵秘抄口伝集』《りょうじんひしょうくでんしゅう》　3　31

れ

霊源慧桃《れいげんえとう》　98

ろ

『弄鳩秘抄』《ろうきゅうひしょう》　155　156
弄斎節《ろうさいぶし》　7　9　78　178
「露曲」《ろきょく》（早歌）　46

わ

若衆踊《わかしゅうおどり》　58～60　62　64
『若緑』《わかみどり》　119　176
『和河わらんべうた』《わかわらんべうた》　85
『童唄故実今物語』《わらべうたこじついまものがたり》　146
「椀久浮世十界」《わんきゅうきょじっかい》（歌舞伎狂言）　113

跋

本書は歌謡文学と絵画とのかかわりを、具体的な十の章から浮き彫りにしようとした。十の章には長短さまざまあり、少例をもって論じた章や、多くの例を省略するのに苦労した章もあった。章立てはおおまかに時代順としたが、各章それぞれ複数の資料を取りあげたため、必ずしもすべてが時代順になっているわけではなく、若干前後しているものもある。なお、江戸時代の資料のなかに今日の人権意識に照らして、差別用語と考えざるを得ない表現を持つものが存在する。しかし、本書ではそれらも日本人が歴史的に伝承してきた文化に他ならないとの判断から、そのまま掲載させていただくこととした。

ところで筆者は以前から日本文学史において、これまで一度も脚光を浴びたことのない作品を再評価する必要性を感じてきた。それは筆者の研究対象としている歌謡文学自体が、従来積極的な評価をほとんど受けてこなかったものであるからに他ならない。以前に刊行した『ことば遊びの文学史』も、そういったことば遊びにかかわる古典文学作品を再評価することを志した一冊であった。本書も同様に、文学史の周縁に置き去りにされた歌謡文学に、絵画資料の助けを借りることによって、改めて光を当てようとする試みであることをここに宣言しておく。

本書は筆者がこれまで発表してきた左記の論考をもとに改稿している。初出の表題と雑誌名を掲出しておく。なお、初出原稿の表題が本書の章題と同一であるものは「同題」とした。また、新稿はその旨を明記する。本書刊行に御理解いただいた笠間書院、新典社、臨川書店に御礼申し上げたい。

Ⅰ　『平家納経』――表紙絵・下絵・挿絵と歌謡

・同題（『大阪教育大学紀要（第Ⅰ部門）』第四十九巻第二号〈平成13年1月〉）

Ⅱ　『是害房絵』――中世物語絵巻と歌謡

・同題（『大阪教育大学紀要（第Ⅰ部門）』第四十九巻第一号〈平成12年8月〉）

Ⅲ　『おどりの図』――風流踊絵と歌謡

・新稿

Ⅳ　「名所花紅葉図」――近世初期風俗画と歌謡

・「近世歌謡資料一考察―絵画資料の紹介、並びに位置付けを中心に―」（『学大国文』第三十七号〈平成6年1月〉

／『近世歌謡の諸相と環境』〈平成11年・笠間書院〉所収）

・「近世歌謡の絵画資料」（『歌謡―文学との交響―』〈平成12年・臨川書店〉所収）

Ⅴ　「若衆図」――近世美人画と歌謡

・「近世歌謡資料一考察―絵画資料の紹介、並びに位置付けを中心に―」（『学大国文』第三十七号〈平成6年1月〉

／『近世歌謡の諸相と環境』〈平成11年・笠間書院〉所収）

・「近世歌謡の絵画資料」（『歌謡―文学との交響―』〈平成12年・臨川書店〉所収）

Ⅵ　白隠と仙厓――禅画と歌謡

・「白隠慧鶴と近世歌謡（一）～（五）」（『禅文化』第百六十八号〈平成10年4月〉～第百七十二号〈平成11年4月〉）

／『近世歌謡の諸相と環境』〈平成11年・笠間書院〉所収）

Ⅶ

・「近世歌謡の絵画資料」（『歌謡―文学との交響―』〈平成12年・臨川書店〉所収）

「隆達画像」――江戸期絵画と歌謡

・「「隆達節歌謡」未紹介資料・補遺㈣」（『大阪教育大学紀要（第Ⅰ部門）』第四十一巻第一号〈平成4年9月〉／『隆達節歌謡』の基礎的研究』〈平成9年・笠間書院〉所収）

・「近世歌謡資料一考察―絵画資料の紹介、並びに位置付けを中心に―」（『学大国文』第三十七号〈平成6年1月〉／『近世歌謡の諸相と環境』〈平成11年・笠間書院〉所収）

Ⅷ

『はんじ物づくし　当世なぞの本』――赤本の判じ物と歌謡

・「判じ物と歌謡―「隆達節歌謡」を中心に―」（『大阪教育大学紀要（第Ⅰ部門）』第四十三巻第一号〈平成6年9月〉／『「隆達節歌謡」の基礎的研究』〈平成9年・笠間書院〉所収）

・「〝判じ物〟の文学史」（『ことば遊びの文学史』〈平成11年・新典社〉所収）

Ⅸ

ちんわん節――おもちゃ絵と歌謡

・「「狆わん」の歌謡考」（『近世歌謡の諸相と環境』〈平成11年・笠間書院〉所収）

・「近世歌謡の絵画資料」（『歌謡―文学との交響―』〈平成12年・臨川書店〉所収）

・「〝ちんわんの歌謡〟続考」（『学大国文』第四十三号〈平成12年2月〉）

Ⅹ

竹久夢二――絵はがきと歌謡

・「『月刊夢二エハガキ』の歌謡」（『日本アジア言語文化研究』第七号〈平成12年3月〉）

本書の刊行に至るまでには多くの方々のお世話になった。執筆内容は筆者独自の資料調査に基づく新見を主としたが、全体的な基盤は諸先学の学恩にあずかっている。とりわけ「Ⅱ　『是害房絵』―中世物語絵巻と歌謡」「Ⅲ　『おどりの図』―風流踊絵と歌謡」においては、諸先学の研究に大きく依拠させていただいた。筆者の論を導いてくれた先行研究は、でき得るかぎり本文中に明記させていただいたつもりであるが、見落としている研究や書き落とした研究があれば、非礼をお詫びさせていただく。また、歌謡にかかわる絵画資料は本書で直接取りあげたもの以外にも多い。例えば、『鄙廼《ひなの》一曲《ひとふし》』を編集した菅江真澄に歌謡入りの絵画があるし、藤田徳太郎『近代歌謡の研究』には〝看々踊〟を中心とする資料が写真入りで紹介されている。本書では直接言及しなかったそれらについても、今後再び光をあてる必要があるものと考えている。

勤務校の大阪教育大学でお世話になっている同僚の先生方や学生、卒業生には特に御礼を申し上げたい。本書の構想は平成八年六月二日に話させていただいた講演から出発している。その講演は勤務校に新たに発足した日本アジア言語文化学会の第一回総会における記念講演であった。それまで折々に考え、散発的に原稿化していた歌謡と絵画というテーマを、体系的に整理しようと思い立ったのは、その講演で何を話せばよいか悩んだ末の結果であった。まさに怪我の功名とはこのことであろう。

もうひとつは、勤務校の授業担当科目のなかで唯一、二百人規模の受講生を抱えるものに文学概論Ⅰという科目がある。この授業はありがたいことに、文科系学生よりも理科系学生や芸術・体育専攻学生に多くの受講者がいる。その比率は約1：2：1で、文学とは縁の薄い学生が多いため、毎年そのテーマに工夫をこらすことになる。難解な文学論などは初めから避け、文学入門のような内容を志しているが、近年では学生にとって取っ付き易く、しかも文学と他の学問との境界線上にあるようなテーマ、例えば日本語のことば遊び（しゃれ、なぞ、判じ物、回文、尻取りなど）やＪポップ（ユーミン、中島みゆき、宇多田ヒカルの歌詞論など）を積極的に取りあげている。このような授業は一見安易に思えるであろう。しかし、実際に取り組んでみると決して安易ではないことがわかる。授業展開や評価の方法なども大きな問題となるが、まず最初に考えなければならないことは、授業の素材、すなわち何をテキストとするかである。文学概論という授業科目の枠内で、受講者に修得してほしい内容を真剣に考えれば、既に用意されているテキストでは使いものにならないことは明らかである。そこで、自らプリントを切り、可能であればテキストも作成しなければならなくなる。前掲『ことば遊びの文学史』もそこから誕生した。そして本書『絵の語る歌謡史』もその意図をおおいに含んでいるのである。

本書の写真掲載については多くの個人の方々や諸機関のお世話になった。とりわけ、財団法人角屋保存会の御協力、ならびに上田孜世子氏、貴道裕子氏、高倉一矢氏、田中大三郎氏、長沢信義氏、藪本俊一氏の御厚意には深く感謝申し上げます。

最後とはなるが、和泉書院社主の廣橋研三氏には出版に関して快いお返事を賜り、刊行に至るまで懇切な援助をいただいた。心より感謝の意をお伝えしたい。

平成十三年五月

小野恭靖

＜著者略歴＞
小野恭靖（おの　みつやす）
昭和33年　静岡県沼津市生まれ。
昭和63年　早稲田大学大学院文学研究科日本文学専攻博士課程単位取得退学。
現在　大阪教育大学教育学部助教授。博士（文学）。日本歌謡学会常任理事。
主要著書　『中世歌謡の文学的研究』（平成８年、笠間書院、平成７年度志田延義賞受賞）、『「隆達節歌謡」の基礎的研究』（平成９年、笠間書院）、『ことば遊びの文学史』（平成11年、新典社）、『近世歌謡の諸相と環境』（平成11年、笠間書院）
主要編著　『日本の歌謡』（平成７年、双文社出版）、『「隆達節歌謡」全歌集 本文と総索引』（平成10年、笠間書院）、『歌謡文学を学ぶ人のために』（平成11年、世界思想社）
現住所　〒634-0004　橿原市木原町31-8、2-403

絵の語る歌謡史

［いずみ 昴《すばる》 そうしょ 2］

2001年10月25日　初版第１刷発行

著　者――小野恭靖

発行者――廣橋研三

発行所――和泉書院

〒543-0002　大阪市天王寺区上汐5-3-8
電話　06-6771-1467
振替　00970-8-15043

印刷・製本――亜細亜印刷

装訂――倉本　修

ISBN4-7576-0126-3　C1392
定価はカバーに表示

◆いずみ 昴《すばる》 そうしょ◆

（価格は税別）

「ヨコ」社会の構造と意味
方言性向語彙に見る
室山敏昭 著
1
三五〇〇円

絵の語る歌謡史
小野恭靖 著
2
二六〇〇円